村上春樹
物語を生きる

浅利文子

翰林書房

村上春樹　物語を生きる◎目次

序

本書『村上春樹 物語を生きる』は、前著『村上春樹 物語の力』（翰林書房二〇一三）を引き継ぎ、村上春樹の描き出す物語世界の様相に注目しつつ、中編小説『スプートニクの恋人』（一九九九）と、三篇の長編小説――『海辺のカフカ』（二〇〇二）、『1Q84』（二〇〇九～二〇一〇）、『騎士団長殺し』（二〇一七）――を主たる考察の対象として取り上げた。

Ⅰ「齟齬と分裂の物語」では、主に、短編集『回転木馬のデッド・ヒート』（一九八五）『ノルウェイの森』（一九八七）『スプートニクの恋人』を取り上げた。『ノルウェイの森』と『スプートニクの恋人』は、『回転木馬のデッド・ヒート』というタイトルによって提示された〈回転〉という独特なイメージを引き継ぎ、そこに現代人の孤絶と自己喪失の様相を描き出している。すなわち、第1章1では、『回転木馬のデッド・ヒート』から『ノルウェイの森』に底流する「意識（精神）と無意識（肉体）の乖離」について考察した。第1章2では、主に、『回転木馬のデッド・ヒート』『ノルウェイの森』「人喰い猫」（一九九一）『スプートニクの恋人』に共通して描かれている、孤絶を表象する〈回転〉のイメージについて考察した。第2章では、「あちら側」への移動という視点から『スプートニクの恋人』を取り上げ、意識（精神）と無意識（肉体）の乖離という自己喪失の危機に瀕する三人の登場人物（ぼく、すみれ、ミュウ）の生の実相について考察を試みた。

Ⅱ「過去から引き継がれた物語」では、三篇の長編小説『海辺のカフカ』『１Ｑ８４』『騎士団長殺し』を取り上げた。第3章「過去の責任を継承する——『海辺のカフカ』」では、まず、『坑夫』『源氏物語』『雨月物語』などに言及した村上春樹の日本文学への親昵が何を意味しているか検討した。その後、「〈父殺し〉と〈異界往還〉」という「二本のストーリーライン」という観点に立って考察を進め、〈異界往還〉のストーリーに複式夢幻能の影響を読み取った。第4章1では、物語論として書かれた物語という視点から『１Ｑ８４』を取り上げ、『１Ｑ８４』を「世界の均衡を保つための物語」として提示した作者の物語に対する姿勢を明らかにした。また、第4章2では、『１Ｑ８４』の作品世界を支える媒介者《メディエイター》である「ふかえり」（深田絵里子）の独自性と、彼女が物語世界において果す独特な役割について考察した。第5章では、芸術論として書かれた物語として『騎士団長殺し』の特徴を分析した。すなわち、第5章1では、短編集『女のいない男たち』から『騎士団長殺し』へつながる人間観や、主人公が肖像画を描くことに物語を生きるという意味が重ねられていることについて考察した。第5章2では、『騎士団長殺し』で用いられているイデアとメタファーという二語が表している特殊な意味合いについて考察し、この二語が村上文学の核心に関わる含意を持つことを指摘した。第6章では、歴史を生きる魂という視点から『騎士団長殺し』を考察し、この作品の基本構造にも複式夢幻能の展開が認められることを確認した。また、『騎士団長殺し』の書かれた背景に『猫を棄てる　父親について語るとき』で語られた作者の記憶や想念があると考えられることから、作者にとって物語がいかなる意味を持つものであるか考察した。

Ⅰ「齟齬と分裂の物語」においては、〈回転〉という独特なイメージ等を駆使することにより、意識（精神）と無意識（肉体）の乖離、引いては自己喪失に悩む現代人の姿が浮き彫りにされていることが確認できた。また、Ⅱ「過去から引き継がれた物語」では、歴史の記憶をいかに受け継いでゆくべきかという問いに対し、村上春樹が特に長編小説においていかなる物語を生みだすことで応えて来たかが確認できた。

以上のように、日々自己分裂に悩む現代人が、いかに自己を回復し、いかなる自己認識を持って現実の中で生きてゆくことができるか、また、いかにして過去の歴史とつながる自己を確認することができるかという問いに対して、村上春樹文学が自己とつながり過去とつながる物語を一つの答として用意していることが確認できたと思う。

◆使用テクスト

『回転木馬のデッド・ヒート』『村上春樹全作品1979～1989⑤短編集Ⅱ』講談社 一九九一
『ノルウェイの森』『村上春樹全作品1979～1989⑥』講談社 一九九一
「人喰い猫」『村上春樹全作品1979～1989⑧短編集Ⅲ』講談社 一九九一
『海辺のカフカ』上・下 新潮社 二〇〇二
『スプートニクの恋人』『村上春樹全作品1990～2000②』講談社 二〇〇三
『１Ｑ８４』ＢＯＯＫ１・２ 二〇〇九、ＢＯＯＫ３ 新潮社 二〇一〇
『女のいない男たち』文藝春秋 二〇一四
『騎士団長殺し』第１部・第２部 新潮社 二〇一七
『猫を棄てる 父親について語るとき』新潮社 二〇二〇

I

齟齬と分裂の物語

第1章　自己分裂と孤絶の物語

――『回転木馬のデッド・ヒート』『ノルウェイの森』『スプートニクの恋人』

1　『ノルウェイの森』につながる短編群

村上春樹は、『回転木馬のデッド・ヒート』と『ノルウェイの森』について、「両者の内容には通底するところはほとんどない」[*1]と述べている。しかし、本論では、『回転木馬のデッド・ヒート』収録の八短編は、むしろ『ノルウェイの森』の物語世界に通底する要素を共有しているという立場から、その共通要素について考察したいと思う。

『回転木馬のデッド・ヒート』[*2]は、『中国行きのスロウ・ボート』[*3]『カンガルー通信』[*4]『蛍・納屋を焼く・その他の短編』[*5]に次ぐ、村上の四番目の短編小説集である。巻頭の「はじめに・回転木馬のデッド・ヒート」に続いて、八篇の短編小説が、「レーダーホーゼン」「タクシーに乗った男」「プールサイド」「今は亡き王女のための」「嘔吐　１９７９」「雨やどり」「野球場」「ハンティング・ナイフ」という順で収録されている。前書き「はじめに・回転木馬のデッド・ヒート」と「レーダーホーゼン」は書き下ろしで、それに続く七編は、「街の眺め」という題の連載短編として、一九八三年から翌八四年にかけて講談社の月刊文庫ＰＲ誌『ＩＮ・ＰＯＣＫＥＴ』に隔月で掲載されたものである。

（「プールサイド」一九八三年十月号、「雨やどり」同年十二月号、「タクシーに乗った男」一九八四年二月号、「今は亡き王女のための」同年四月号、「野球場」同年六月号、「ＢＭＷの窓ガラスの形をした純粋な意味での消耗についての考察」同年八月号（『回転木馬のデッド・ヒート』未収録）、「嘔吐１９７９」同年十月号、「ハンティング・ナイフ」同年十二月号）

作者はこの短編集を刊行する際、「街の眺め」を『回転木馬のデッド・ヒート』と改題した。そして、巻頭に前書き「はじめに・回転木馬のデッド・ヒート」を置き、続いて書き下ろしの「レーダーホーゼン」を置いた。そして、『ＩＮ・ＰＯＣＫＥＴ』に発表した七作のうち、前書きで強調している「聞いたままの話」ではなく「僕」の体験談という体裁で書かれた「ＢＭＷの窓ガラスの形をした純粋な意味での消耗についての考察」を除外し、その他の六作の掲載順序も『ＩＮ・ＰＯＣＫＥＴ』発表時とは大きく入れ替えている。

『回転木馬のデッド・ヒート』刊行時、村上は「はじめに・回転木馬のデッド・ヒート」の冒頭で、「ここに収められた文章」は「正確な意味での小説」ではなく、「聞いたままの話を、なるべくその雰囲気を壊さないように文章にうつしかえた」もので「話の大筋は事実である」と断り、「事実をなるべく事実のまま書きとめるという作業」を試みた理由として、「長編にとりかかるためのウォーミング・アップ」として「役立つ」と考えたからだと述べた。

しかし、「村上春樹全作品1979～1989⑤短編集Ⅱ[*6]」のパンフレット「自作を語る」では、刊行時は、「テーマは『聞き書き』」だとして「誰か他の人間」の話を書き取ったように装っていたが、実は「全部創作」で、「この連載でやろうとしたことは」「リアリズムの文体の訓練」であったと「告白」した。

「自分がどこまでリアリズムの文体で話を作って行けるか、というのが僕のそのときのテーマ[*7]」で、「その練習をするためには『聞き書き』というカモフラージュがどうしても必要だった」のだという。「スコット・フィッツジェラルドの『グレート・ギャッビイ』における語り手、ニック・キャラウェイ」のように「自分を相対化」することで、「リアリズムという世界に入っていく入口」を得、「自分を徹底した聞き手に限定すること」で、自己をできるだけ客観視して語る形式を作り、「擬似リアリズムを様々な角度から反復し繰り返すことによって、『ノルウェイの森[*8]』の下書きをした」のだという。

ちなみに、村上は『ノルウェイの森』刊行時、帯に自身が書いた「100パーセントの恋愛小説」というキャッチ・コピーについて、「僕はそのときほんとうは『これは100パーセントのリアリズム小説です』と書きたかったのだけれど（つまり『羊』や『世界の終り』とはラインが違いますということです）、そんなことを書くわけにもいかないので、洒落っけで『恋愛小説』というちょっとレトロっぽい『死語』を引っぱり出してきたわけです[*9]」と述べている。こうした発言からも、村上が『ノルウェイの森』を自身の作品系列中異色のリアリズム小説として位置づけていることが分かる。

さて、後年『ノルウェイの森』の第二章・第三章に組み込まれた短編「螢」は、初出が『中央公論』一九八三年一月号で、一九八四年七月に新潮社から刊行された短編集『螢・納屋を焼く・その他の短編』に収録されている。この短編集には、『文學界』一九八三年十二月号に発表された「めくらやなぎと眠る女」も収められている。一九九五年の夏に、阪神・淡路大震災の被災地となった神戸と芦屋で朗読会を行った際、村上は「めくらやなぎと眠る女」を約四割短くして朗読したが、オリジナルの「めくらやなぎと眠る女」と区別するために、短くした方に読点を入れて「めくらやなぎと、眠る女」とした。そして、「めくらやなぎと、眠る女」を一九九六年十一月刊行の短編集『レキシントンの幽霊』[*10]に収録する際、作品の直前に**〈めくらやなぎのためのイントロダクション〉**を置いて、こうした経緯を説明した。その中で、村上は「蛍《ママ》」「めくらやなぎと眠る女」『ノルウェイの森』の三作について、次のように述べている。

この作品(「めくらやなぎと、眠る女」)は同じ短編集に収められた「蛍」という短編と対になったもので、あとになって『ノルウェイの森』という長編小説にまとまっていく系統のものですが、「蛍」の場合とは違って、この「めくらやなぎと眠る女」と『ノルウェイの森』の間にはストーリー上の直接的な関連性はありません。

(括弧内論者 『レキシントンの幽霊』文藝春秋 一九九六年 一九八頁)

作者は「ストーリー上の直接的な関連性はありません」と述べているが、「めくらやなぎと眠る女」と「めくらやなぎと、眠る女」両作の回想部分における「僕」、「十七歳で死んだ友だち」、「ガール・フレンド」という三人の人物設定は、『ノルウェイの森』の「僕」、キズキ、直子の三人の関係を彷彿させるものである。また、「ガール・フレンド」が「ある夜見た夢をもとにして」作った長詩は、外界を排して自己愛に引きこもる思春期の少女の内面を表現しており[11]、直子の発病[12]の発端と受け取れる内容である。したがって、作者が「ストーリー上直接的な関連性は」ないと言っても、両作品には通底するものが色濃く感じられる。

『回転木馬のデッド・ヒート』の作品中『ＩＮ・ＰＯＣＫＥＴ』掲載が一番早いのが一九八三年十月号の「プールサイド」なので、初出が『中央公論』一九八三年一月号だった「螢」は、「プールサイド」より十ヶ月ほど早い時期には執筆されていたと推測できる。『羊をめぐる冒険』が『群像』一九八二年八月号に一挙掲載され、同年十月に講談社から刊行されているので、村上はおそらく一九八二年後半以降に「螢」を執筆し始め、一九八三年十月号から『ＩＮ・ＰＯＣＫＥＴ』に掲載を開始した連載短編において、「リアリズムの文体の訓練」として「『ノルウェイの森』の下書き」を始めたことになる。つまり、「めくらやなぎと眠る女」の初出は『文学界』一九八三年十二月号なので、一九八二年後半から一九八四年までの間に、「螢」、「めくらやなぎと眠る女」、そして『回転木馬のデッド・ヒート』収録作品と、『ノルウェイの森』につながる短編が次々に執筆されていったことが確認できる。

さて、あらためて『回転木馬のデッド・ヒート』を通読してみると、話を聞く「僕」が小説家「村上さん」だという「擬似リアリズム」の設定は、ぎこちなく感じられる。なぜなら、八つの話には通底するものがあり、八人の人から別々に聞いた話という設定は、不自然に感じられるからである。

2　『ノルウェイの森』につながる『回転木馬のデッド・ヒート』

それでは、『回転木馬のデッド・ヒート』所収の八短編に共通し、『ノルウェイの森』の内容にも通底する要素について整頓しておきたい。

その第一点は、語り手または話中の人物が、当人がそれと認識しない場合も含め、人生の転機につながる挫折や身体的症状・障害等を経験していることである。そして、それらの挫折経験には、精神と肉体、すなわち意識と無意識の乖離という事態が関連するか原因となっているため、精神的あるいは神経的な症状を来たすという例が繰り返し示されている。

それは、「今は亡き王女のための」の「彼女」の「あまり元気とも言えない時期」、「嘔吐１９７９」の「彼」の四十日間続く嘔吐と「分裂症の最初の兆候」等の言葉、「野球場」の「青年」の「のぞき見をすることによって、人は分裂症的な傾向に陥る」という言葉、「最後に彼女と話をしたときの」異様なまでの発汗等である。また、「ハンティング・ナイフ」のコッテージで「僕」の隣室に泊まっている二人連れの母の「神経の病気」や息子の「動かない脚」なども肉体と精神の乖離を示唆している。この第一点は、『ノルウェイの森』の直子の病やその運命につながっている。

第二点は、「レーダーホーゼン」と「嘔吐１９７９」以外は、「僕」が話を聞いている一九八〇年頃から数年あるいは十数年前に遡った、すなわち一九六〇年代後半から七〇年代頃の話を聞いているという設定であるか、特にヴェトナム戦争など一九六〇年代後半から七〇年代頃を象徴する出来事が描出されていることである。

例えば、「タクシーに乗った男」には、「一九六八年のことです」というトシコの言葉がある。「プールサイド」では、『ノルウェイの森』冒頭で、ハンブルクに着陸した航空機内でビートルズの「ノルウェーの森」の次にＢＧＭとして流れるビリー・ジョエルのアルバム『ナイロン・カーテン』に触れて時代背景を示唆している。「ハンティング・ナイフ」は、舞台が米軍の海軍基地にほど近い沖縄を思わせる海辺のリゾート地であるが、「僕」が海で泳いでいるとき「ブイの上」で出会うアメリカ人女性は、「私の学生の頃はヴェトナム戦争たけなわで、身内に職業軍人がいるってだけで肩身が狭かったものだけど、変わるものよね世の中って」と発言する。これらは、『ノルウェイの森』において、三十七歳の「僕」（ワタナベ・トオル）が、大学に入学した一九六八年の春から、上野駅でレイコさんと別れ緑に電話をする一九七〇年十月初旬までを回想するという設定に重なっている。

さて、『回転木馬のデッド・ヒート』所収の八作を執筆順に並べ替えると、『ＩＮ・ＰＯＣＫＥＴ』掲載順に、一九八三年十月号「プールサイド」、同年十二月号「雨やどり」、一九八四年二月号「タクシーに乗った男」、同年四月号「今は亡き王女のための」、同年六月号「野球場」、同年十月号「嘔吐

１９７９」、同年十二月号「ハンティング・ナイフ」となり、最後に書き下ろしの「レーダーホーゼン」が来る。『ＩＮ・ＰＯＣＫＥＴ』一九八四年八月号掲載の「ＢＭＷの窓ガラスの形をした純粋な意味での消耗についての考察」は、『回転木馬のデッド・ヒート』には収録されていない。その理由について、村上は、『村上春樹全作品1979～1989⑤短編集Ⅱ』付属のパンフレット「自作を語る」で、「自分でも気に入らなくて単行本には収録しなかった」と述べ、『村上春樹全作品1979～1989⑤短編集Ⅱ』にも収録していない。「思い切って書きなおしてみようかとも思ったのだけれど、正直に言って手のつけようがなかった。作品のカラーそのものが他のものとは大きく異なっていて、しっくりと馴染まないのだ」と、その理由を述べている。確かに、この作品では主人公「僕」が高校時代の同級生「彼」に金を貸した顛末が描かれており、「聞いたままの話」というより「僕」の体験談という体裁となっている。また、他の収録作品のように、肉体と精神、意識と無意識の齟齬という問題にも触れていない。村上がこの作品を『ノルウェイの森』につながる要素を持つ他の八作とは「カラー」が異なると考えたのももっともであろう。

さて、『回転木馬のデッド・ヒート』収録の八作品を執筆順に並べ替えてみると、『ノルウェイの森』に向けて、作者の中で徐々に深まっていったものがあることが感得される。それは、最初の三作とその後の五作との間の差異に現れている。すなわち、最初の三作「プールサイド」「雨やどり」「タクシーに乗った男」には、人は何らかの挫折を経験しつつ年を重ねてゆくもので、特に人生の節目として大きな意味を持つ青年期の終りにおいては多かれ少なかれ喪失感を味わい、何かしら精神的な傷を負わねばならないという人生の実相が、それが社会的な成熟を意味するのだという諦念を込めて描かれている。そして、後続の五作「今は亡き王女のための」「野球場」「嘔吐１９７９」「ハンティング・ナイフ」「レーダーホーゼン」に至ると、そうした挫折経験から受けた心の傷が、精神のアンバランスや神経的症状を引き起こしがちであることまで言及されている。そして、この八編に共通しているのは、本人には偶発的なものと受け止められている挫折が、実はみな自身の内面に起因しているのに、当人がもっとも無自覚であるために、まさに『ノルウェイの森』の直子のように悲劇的状況に踏み込んで行きがちだということである。

3　『回転木馬のデッド・ヒート』の八短編

本節では、『回転木馬のデッド・ヒート』収録の八作品が『ノルウェイの森』の物語世界に通底する基本的要素を共有しているという視点から、その内容を執筆順に確認してゆく。テクストは、すべて『村上春樹全作品1979～1989⑤短編集Ⅱ』によっている。なお、(1)から(8)の作品名の後に、各作品中、意識と無意識の齟齬を最も端的に表していると思われる部分をゴシック体で引用した。

(1)「プールサイド」

——どうして自分が泣いているのか、彼には理解できなかった。

三十五歳の誕生日を迎えた「プールサイド」の「彼」は、学業・仕事・結婚など、すべて自分の計画を実現し、思い通りに生きてきた。挫折知らずの「彼」は、肉体に老化現象が始まったことを察知した三年前から、「長い時間をかけて念入りに歯を磨」き、「運動と計画的な食事」に努めてきた。そのおかげで、「彼」の肉体は「28歳といっても十分に通用する」若さを保っているが、「彼の注意深い目」は、「宿命的な老いの影を見逃」すことがない。しかし、「彼」はなぜ、これほど肉体の若さに拘泥するのだろう。

「プールサイド」は、「35歳になった春、彼は自分が既に人生の折りかえし点を曲がってしまったことを確認した」と始まる。しかし、そのあとすぐ「いや、これは正確な表現ではない。正確に言うなら、35歳の春にして彼は人生の折りかえし点を曲がろうと決心した、ということになるだろう」と続く。作者が傍点を振った部分に注目すれば、「彼」が恐れているのは、老化現象そのものより、自己の根拠たる肉体が意のままにならない事態であり、「生まれてはじめて」「自分の中に名状しがたい把握不能の何かが潜んでいることを感じ」て「混乱している」彼自身であることが分かる。つまり「彼」は、自らの意志によって立ち向かうべき相手の正体が判然としない状況をこそ何よりも恐れているのである。

「自分の中」の「名状しがたい把握不能の何か」とは、生命の自然である。将来間違いなく「彼」に死をもたらす自然の摂理である。「人生の折りかえし点を曲がってしまった」と感じ、「俺は老いているのだ」という自覚を持った時には、「彼」の肉体にはすでに老化が現象している。自分の肉体

（無意識）が自らの意志（意識）と関わりなく、生命の摂理にコントロールされていることを受け入れられず、我知らず落涙する「彼」の姿には、まさに意識と無意識の齟齬が表象されている。

　そして、「どうして自分が泣いているのか」「理解できなかった」「彼」の耳に、「ラジオから流れるビリー・ジョエルの唄」が聞こえてくる。このとき、ビリー・ジョエルの唄は、数分前に聞こえていた「閉鎖された鉄工所についての唄」から「ヴェトナム戦争についての唄」に変わっている。その日、すなわち「彼」の35歳の誕生日の翌日は日曜日だったので、「彼」は妻と銀座に出かけ、「フランソワ・トリュフォーの新しい映画を観た」とある。「彼」の誕生日は「一九八三年の三月二十六日」とあるので、作品内の時間と現実の時間が一致しているとすれば、その翌日の時点で「フランソワ・トリュフォーの新しい映画」と言えるのは、日本公開が一九八二年十二月二十四日だった『隣の女』である。日本で封切られて約三ヶ月経った作品を「新しい映画」と呼べるかどうかは疑問だが、『隣の女』には、以前恋人同士だった男女がそれぞれ結婚した後、偶然隣合わせに住むこととなり、縒りを戻した二人が結局情死を遂げるという悲劇が描かれている。彼らが観たのが『隣の女』だったとしたら、「プールサイド」の夫婦の行く先には、悲劇的な何かが待ち構えているのかもしれない。

　さて、自分が泣いた理由が分からなかった「彼」は、「もう一度聴いてどんな気持ちがするものなのか」「試して」みようと考えて「閉鎖された鉄工所とヴェトナムの唄が入ったLP」を買う。そのアルバムは、一曲目に「アレンタウン」“Allentown”、四曲目に「グッドナイト・サイゴン～英雄達の鎮魂歌《レクイエム》」（邦訳）“Goodnight Saigon”を収録した『ナイロン・カーテン』“The Nylon Curtain”[*13]である。『ナイロン・カーテン』は、ビリー・ジョエル（Billy Joel）が一九八二年に発表したアルバムで、全米アルバム・チャートで七位を記録しているので、一九八三年当時日本国内でも耳にする機会が多かったと思われる。「アレンタウン」は、ペンシルベニア州の工業都市アレンタウンの人々が直面する深刻な不況と失望の中に生きる心情を描いた曲であり[14]、「グッドナイト・サイゴン～英雄達の鎮魂歌《レクイエム》」[15]は、ヴェトナム戦争に駆り出された兵士たちの視点から歌われた反戦歌で、『ローリング・ストーンズ』誌が「ベトナム戦争に対する、ポップ・ミュージックによる究極の碑文として記憶されるだろう」と評した曲である。

ここで作者が、『ナイロン・カーテン』から「アレンタウン」と「グッドナイト・サイゴン～英雄達の鎮魂歌《レクイエム》」の二曲を選んで取り上げたのは、三十五歳になって「人生の折りかえし点」を自覚した「彼」が、ラジオから流れる「閉鎖された鉄工所についての唄」や「ヴェトナム戦争についての唄」を、「何ひとつとして申しぶん」のない「典型的な日曜日の朝」のBGMとして聞き流すほど社会問題に関心が薄く、現実感覚に欠けていることを示そうとしたからだろう。そして、「彼」が『ナイロン・カーテン』を買うのを見た妻も、「驚いて」「どうしてビリー・ジョエルのLPなんて買う気になったの?」と聞く。そして、その直後には「上からじっと見下ろしていると、そのプールは少しずつプールとしての現実感を失いつつあるように僕には感じられた」[16]という叙述が続いている。これは、努力家で意志堅固な「彼」の日常が、いかに現実感覚に欠け、社会の現実からもかけ離れたものになっているかを示唆するものである。

(2)「雨やどり」

——私は高いのよ、と彼女は言った。どうしてそんなことを言ってしまったのか、自分でも理解できなかった。

「雨やどり」という題には、二重の意味が感じられる。一つ目は、文字通り「僕」が「表参道を渋谷寄りに入ったところにある新しいレストラン・バーのような店」に駆け込んで雨宿りしたという意味である。そして、二つ目は、「彼女」が「ある大手の出版社」を退社した後に約一カ月間仕事を休まざるを得なかった、作中で〈休暇〉と呼ばれている期間のことである。

「彼女」は、その〈休暇〉の間に、五人の中年男性を相手に売春をした。「彼女」は、最初の男に対したとき、思わず「私は高いのよ」という「ことばがごく自然に口をついて出てしまった」という。この言葉には、「彼女」の自棄と虚勢が滲み出ている。そして、「彼女」が「相手の顔を見て」「直観的に」「出てくる」「数字」を言ったというのは、男の表情や身なり・挙措動作などから、その男の社会的地位や経済力を瞬時に値踏みして具体的な金額として提示し、それを男に受け入れさせたことを意味している。

　恋人に見捨てられ、「ある大手の出版社」を退社せざるを得なかったという経験は、「彼女」の心に怒りと復讐心を芽生えさせたはずである。十歳年上で二人の子持ちの既婚者だった恋人は、それまでは、当時二十代後半の「彼女」の目には頼もしく映っていたのだろう。しかし、「彼女」と恋人が編集を担当していた女性向け月刊誌の廃刊が決まり、総務課に回された「彼女」が編集の部署に引っ張って欲しいと頼んだ時、彼は保身に精一杯で「彼女」には何の手助けもしてくれなかった。結局

「彼女」は、恋人に直接怒りをぶつけることもせず退社してしまった。こうした経緯から、「彼女」の中には、自分を専ら性的対象として見る年長の男性の社会的力量を値踏みすることで見返してやろうという攻撃的な心理が生じたのではないだろうか。もしくは、どの位の経済力を持った男なら相手にしても自分を納得させられるか、「彼女」の肉体（無意識）は、そうした痛々しい方法で自分の気持ち（意識）を確認しようとしたのかもしれない。

　退社と失恋を思いがけない形で一度に経験したことは、二十八歳の「彼女」には、まさに青春の終りを痛感させる挫折だったはずである。しかし、かつて取材した「村上さん」の前に立ったとき、〈休暇〉を過ごした後の「彼女」は、すでにその痛みをほとんど乗り越えていたようである。それは、「彼女が日常的平面として捉えている世界には本当の意味では属していない」「村上さん」を告白の相手として選んだにせよ、まさしく自分の身（無意識）に起きた出来事を、自分の言葉（意識）で、明確かつ詳細に語っていることから読み取れる。

　「彼女」の自信は、「その時その時で、ふっと口に出てくる金額が違うんです。いちばん高いので八万円、いちばん安くて四万円かな。相手の顔を見て直観的に数字が出てくるんです。金額を言って断られたことは一度もありませんでしたよ」という言葉に表れている。言わば「彼女」は、「一度も」男の値踏みに失敗せず、つまり、無意識の深層から湧き上がって来る感情の渦に巻き込まれて身を亡ぼすこともなく危ない橋を渡り終えることができたと「村上さん」に報告したのである。さらにこの言葉は、「お金をもらって複数の知らない男と寝た」経験が〈休暇〉といういわば心理的に特殊な時空間における出来事として、「彼女」の中で、すでに単なる数字と化していることも表現している。だからこそ「彼女」は、そのお金を将来のために役立てようと「三年定期にしちゃったの」と言って、「とても素敵な笑顔」を見せることができたのだろう。

(3)「タクシーに乗った男」
——人は何かを消し去ることはできない——消え去るのを待つしかない

「タクシーに乗った男」の画廊の「四十歳前後の女性のオウナー」・トシコ[*17]は、「あなたがこれまでに目にしたなかでいちばん衝撃的だった絵は何か」という「僕」の質問に対し、「タクシーに乗った男」という絵の話をした。トシコは、「そもそもは画家になるつもりでアメリカ東部の美術大学に留学していた」のだが、「自分の才能に見切りをつけ」、「卒業後もそのままニューヨークに残って」「絵のバイヤーの仕事を始め」た。一九六八年「当時一枚だけ」、「タクシーに乗った男」という絵を二十七歳の亡命チェコ人から「例外的に自分のために買った」ことがあった。その時二十九歳だった「彼女」は、「凡庸という名のタクシーの中に」「永遠に」「閉じこめられ」たその絵の男を「アパートの壁にかけて、毎日毎日眺めて暮らし」、「自分が失ったものの大きさ」あるいは「その小ささ」を「思い知らされ」、その男と「哀しみをわかちあ」っていた。そして「十年近く」前の一九七一年に離婚して「日本に帰る決心」をした時、「彼女」はその絵を「灯油をかけて焼き」、「自分自身が解放されるのと同時に彼を」「凡庸の檻」から解放したのだという。

自ら「商才がある」と語る「彼女」は、現在順調に画廊を経営しているが、去年の夏「アテネのタクシーの後部座席で」、焼き捨てた「タクシーに乗った男」の絵から抜け出てきたかと見紛う「ギリシャ国立劇場の俳優」と乗り合わせるという衝撃的な経験をした。話の最後に、「彼女」は「人は何かを消し去ることはできない――消え去るのを待つしかない」という「貴重な教訓」を得たと語った。

*

以上三作の語り手三人が「村上さん」に話をした時点の年齢は、「プールサイド」の「彼」が三十五歳、「雨やどり」の「彼女」は、「二年前の春」に二十八歳だった「彼女」と再会したのが「夏の終わり」とあるので、三十歳か三十一歳である。「タクシーに乗った男」のトシコは「四十歳前後」であるが、「僕」に聞かせた話の時点では二十九歳であった。男性の三十五歳あるいは女性の三十歳前後は、肉体的変化や社会的な立場の変化を経験し、青年期の終りを実感する人生の大きな節目に相当する年代と言えよう。ちなみに、大木志門は、東浩紀の『クォンタム・ファミリーズ』中の主人公の「プールサイド」解釈を引用し、「つまり「プールサイド」の「彼」の悲しみは、「仮定法の亡霊」である「なしとげられる《かもしれなかった》」人生の選択肢を振り返っての絶望ということだ。それは本作の「彼」固有の問題であるとともに、人生のおよそ半分にさしかかるあたりで人間を襲う普遍的な問題でもある」[*18]としている。

「プールサイド」の「彼」は、老化現象の進行をなんとか遅らせようと努力する。しかし、自分の意志により人生をコントロールし常に人生の勝者であろうとする意識があまりに強く、老化を万人に生じる自然現象として受け入れることができない。「プールサイド」の「彼」においては、精神（意識）と肉体（無意識）の懸隔が目立っているが、「雨やどり」の「彼女」の肉体（無意識）は、まさしく無意識のうちに売春に走り、その経験を〈休暇〉の期間に経験した一時の「雨やどり」として、むしろ心身（意識と無意識）のバランスを調整する契機とし、そこから、人生の次のステージを生き抜く力を得ているように見える。そして、「タクシーに乗った男」のトシコは、離婚と日本への帰国を境として、画家への夢を自ら断ち切るという形で青年期の終りを経験したが、「彼女」の中でとうに終わっていたはずの青年期の夢が「永遠に消え」るのを「はっきりと感じる」までには、約八年という歳月を必要とした。

「プールサイド」の「彼」においても、その精神（意識）と肉体（無意識）の懸隔は、気づいた時にはすでに老化現象が始まっているという形で、時間的ずれを伴って感受されていた。「雨やどり」の「彼女」も、男性の前でなぜ自分が金額を口にしてしまったのか分からないまま（意識が了解しないまま）、その肉体は売春に走ってしまった（無意識が暴走した）。トシコも、自ら決意を固めすべてを焼き捨てて帰国した（意識の上では了解済みであった）にも関わらず、青年期の夢を自ら「消し去る」ことはできず、ただ「消え去るのを待つしか」なかった（無意識が受け入れるのを待つしかなかった）。「プールサイド」の「彼」、「雨やどり」の「彼女」、そして「タクシーに乗った男」のトシコも、他ならぬわが身の経験に、精神（意識）と肉体（無意識）の乖離に加え、長短の差こそあれ時間的なずれが存在していたことが分かる。

(4)「今は亡き王女のための」
——他人の不在がもたらす痛みというものを、彼女は想像することさえできなくなっていたんです

「今は亡き王女のための」というタイトルは、一見して、フランスの作曲家モーリス・ラヴェルの“Pavane pour une infante défunte”から取られたことが分かる。これは、モーリス・ラヴェルが一八九九年に作曲したピアノ曲、および一九一〇年にラヴェル自身が編曲した管弦楽曲で、日本語では「亡き王女のためのパヴァーヌ」と表記されることが多い。『ノルウェイの森』第十一章には、「それからレイコさんはギター用に編曲されたラヴェルの「死せる王女のためのパヴァーヌ」とドビッシーの「月の光」を丁寧に綺麗に弾いた」とあることから、「今は亡き王女のための」は、自殺した直子を追悼するイメージにつながるタイトルと言える。

作品を一読すると、「今は亡き王女」が「大事に育てあげられ、その結果とりかえしのつかなくなるまでスポイルされた美しい少女」を指していることや、「僕」が「彼女」の夫に出会って話を聞いた時には、「彼女」は会ったとしても「うまく見わけがつかない」ほど様変わりしていて、「その場その場の状況に応じてうまく」「三人の男をあしらっていた」当時の、「一座のクィーン」として君臨していた姿は失われてしまっていることが分かる。

作品の冒頭で、「まだ二十一か二だった」「僕」は、「他人の気持ちを傷つけることが天才的に上手かった」「彼女の性向をずいぶん不愉快に感じ」ていたとある。そして、「今にして思えば彼女はそのように習慣的に人を傷つけることによって、自分自身をもまた同様に傷つけていたのだろうという気

がする」と言い、「だから誰かが、彼女よりずっと強い立場にいる誰かが、彼女の体のどこかを要領よく切り開いて、そのエゴを放出してやれば、彼女もずっと楽になったはずなのだ。彼女もやはり救いを求めていたはずなのだ」[*19]と述べている。この、「彼女」のエゴについて述べた文脈で、体を切り開くという肉体的イメージによる比喩が用いられていることは大変印象的で示唆的でもある。作者は、こうした比喩を用いて、「彼女」が自他を傷つけずにはすまないエゴを無意識のうちに身につけてしまっていることを強調し、同時に、「彼女」が成長過程においてそのようにスポイルされてしまった原因と責任は、周囲にいた「まわりの大人たち」にあったとしている。

> いちばん重要なことはまわりの大人たちの成熟し屈曲した様々な種類の感情の放射から子供を守る責任を誰がひきうけるかというところにある。誰もがその責任からしり込みしたり、子供に対してみんなが良い顔をしたがるとき、その子供は確実にスポイルされることになる。まるで夏の午後の砂浜で強い紫外線に裸身をさらすように、彼らのやわらかな生まれたばかりのエゴはとりかえしのつかないまでの損傷を受けることになる。それが結局はいちばんの問題なのだ。
>
> （「村上春樹全作品 1979～1989 ⑤短編集Ⅱ」三〇八～三〇九頁）

この引用部分にも「まるで夏の午後の砂浜で強い紫外線に裸身をさらすように」という肉体的イメージによる印象的な比喩が用いられている。そして、この説明を読んでまず思い浮かべられるのは、裕福な環境にありながら両親のまともな愛情に恵まれずに生い立った『ダンス・ダンス・ダンス』[*20]のユキ、『ねじまき鳥クロニクル』[*21]の笠原メイという二人の少女である。ユキもメイも、各作品の主人公「僕」と出会ってからは、それぞれ内面の物語に目覚め、自立への道を辿り始める様子が描かれている。しかし、そうした成長への契機が与えられなかったらこうなっていたに違いないという末路が「今は亡き王女のための」の「彼女」の姿として描かれていると言えよう。

「僕」は、「一九七〇年か七一年か、そのあたり」に「まだ二十一か二だった」が、「それから十二年か十三年」経っているとあり、作品末尾には「十四年前のあの夜」ともあるので、作品世界の現在は一九八二年から一九八五年頃で、「僕」は三十三歳から三十六歳位になっている。この、一九七〇年頃の出来事を現在三十三歳から三十六歳くらいの「僕」が回想するという設定は、『ノルウェイの森』に酷似しているが、さらに注目すべきなのは、「彼女」の現在の状態である。

「結婚して三年後に子供が産まれ」たが、「生まれて五ヵ月めに」「子供が寝がえりを打ったときに、敷布が顔にからまって、それで息がつまって死」ぬという事故が起きた。そのとき、「スポイルされきって」我が子の死という事態に対応すべき「感情の訓練を一度も受けたことがな」く「あまりにも無防備」だった「彼女」は、精神のバランスを失い現在も問題を抱えているらしい様子が、夫の控えめな言葉によって語られている。こうした「彼女」の状態は、『ノルウェイの森』の直子がキズキの死後も彼と二人だけで作り上げた排他的なエゴの世界から自立できないまま病を得て自殺を選ぶ運命を彷彿とさせるものであり、前述したように、「めくらやなぎと眠る女」「めくらやなぎと、眠る女」

両作の「ガール・フレンド」が「ある夜見た夢をもとにして」作ったという長詩の内容にもつながっている。

「彼女」の夫は、「そりゃ親にとって子供を失《な》くすくらい切ないことはありません。こればかりは経験したことのない人にはわかりません。でもそれでも、いちばん大事なのはあとに残された生きている人間だと僕は思います。僕はずっとそんな風に思って生きてきたんです」と言う。また、「でも僕は……うまい表現が思いつけないな、とにかく僕は彼女を愛していました。たとえ彼女が彼女自身や僕やまわりの何もかもを傷つけまわったとしても、僕は彼女を手放す気はありませんでした。夫婦とはそういうものです」とも述べる。この言葉は、『ノルウェイの森』で、ワタナベが死んだキズキに呼びかけた、生き残った者はどんなに辛くとも懸命に生き抜いていかねばならないという覚悟を表明した言葉に通じている。

> おいキズキ、と僕は思った。お前とちがって俺は生きると決めたし、それも俺なりにきちんと生きると決めたんだ。お前だってきっと辛かっただろうけど、俺だって辛いんだ。本当だよ。これというのもお前が直子を残して死んじゃったせいなんだぜ。でも俺は彼女を絶対に見捨てないよ。何故なら俺は彼女が好きだし、彼女よりは俺の方が強いからだ。
>
> （『村上春樹全作品 1979 ～ 1989 ⑥』三五六頁）

さらに「彼女」の夫は、次のように述懐している。

> 僕はときどき人の生は、かなり大きな部分を他の誰かの死のもたらすエネルギーによって、あるいは欠損感と言ってもいいんですが、そういうものによって規定されているんじゃないかと感じることがあります。
>
> （『村上春樹全作品 1979～1989⑤短編集Ⅱ』三一八頁）

この「彼女」の夫の言葉は、『ノルウェイの森』の「**死は生の対極としてではなく、その一部として存在している**」という言葉を説明的に言い換えたものとも言える。「今は亡き王女のための」では、幼い頃から無意識のうちに身につけてしまったエゴの殻を破って自立に向かうことができないまま大人になり、子供の死をきっかけに精神のバランスを失った「彼女」を描き、後年の『ノルウェイの森』に底流する死生観を先取りしていたことが窺える。

(5)「野球場」

——まるでつきものが落ちるみたいに、そういう欲求がなくなってしまったんです

「野球場」には、語り手の「彼」による二つの話が紹介されている。「彼」は、二十五歳の独身の銀行員である。「彼」は、「現実から少しばかりずれてしまったような」「奇妙な出来事」を「しょっちゅう」体験するので「小説を書いてみようと」思い立ち、シンガポールで経験したことを小説に書いて「僕」のところに送って来た。しかし、「実際に書いてみて」「小説ってのはこういうもんじゃないんだって」分かったと言う。そして、「僕」の求めにしたがって、大学三年生のとき同級生のアパートを覗き見するために野球場の隣に住んでいた話を始める。

「野球場」が他の七作と異なる点は、事実に基づいた話を書いても、それが必ずしもリアリズム小説になるわけではないということを、単なる聞き書きで小説ではないとあえて断った作品の中に書くのも矛盾しているようだが、「彼」の書いた蟹の話「原稿用紙七十枚ばかりの小説」を例に挙げて説明し、村上自ら《小説とは何か》という問いにさりげなく答えていることである。実際、どちらも村上の筆によって書かれているのだが、たしかに、「彼」が書いたという設定の蟹の話より、「彼」の語りを「僕」が書き取った「野球場」の方が、はるかに実感が込もっていて切迫感が感じられる。素人の「彼」が書いたという設定の、シンガポールで蟹を食べる話が素っ気ない作り話のように感じられるのに対し、「僕」が聞き取った「野球場」の話の方がたしかに真に迫って感じられるのである。

さて、「野球場」でも肉体的な反応や症状が数多く描出されているのは、他の七作品と同じである。それは、「彼」が「野球場」の隣のアパートの一室で覗きにとりつかれてゆく過程で、自分の「体の中にひそんでいた」「暴力性」に気づくこと、覗き見を「体の機能の一部」のように感じること、覗き見に夢中になって三ヵ月ほどの間ほとんど引きこもり状態になってしまうこと、夏休みに入って「彼女」が部屋からいなくなると「まるでつきものが落ちるみたいに」覗き見の「欲求がなくなってしまった」こと、そして、「九月になって」「学校の図書館でばったり彼女と出会」ったとき、「しぼれば水たまりができるくらい」服が「ぐしょぬれになって」しまったかと思うほど「とてもねばねばとして、嫌な匂いのする汗」をかいたことなどである。これらは、みな「彼」の深層に潜んでいた感情が肉体上に現象した反応と言えるだろう。

　これに対し、同じ肉体的反応と言っても、「彼」がシンガポールで蟹料理を食べた後の嘔吐は、蟹肉とともに胃に入った「微小な虫」を吐き出すための肉体的反応に過ぎなかったと言えるのではないだろうか。この話で不可解に見えるのは、嘔吐したのが彼だけで、恋人は吐き気も感じずにすやすやと眠っていたことであるが、同じものを食べて中《あた》る人と中《あた》らない人がいるというのは、間々見られる現象である。つまり、「彼」の書いた蟹の話と「彼」の語りを「僕」が書き取った「野球場」の話の違いは、肉体的反応の背後に当人の認識不能な無意識の働きがあるかどうかという点にあり、小説としての深みがあるかどうかという違いも、ここに見出すことができるだろう。村上がこの作中エピソードを後年「蟹」という独立した短編として書き直した理由もここから推測されるのである。

　「蟹」は、二〇〇九年に新潮社から出版された短編集『めくらやなぎと眠る女 TWENTY-FOUR STORIES』に書き下ろし短編小説として収録されている。「蟹」の主人公の青年は、嘔吐した後、「世界は変化を遂げ」「いろんなものごとの順番があらかた入れ替わってしまって、もうもとには戻らない」と実感し、「俺はおそらくもう、この女とうまくやっていくことはできないだろう」、「自分自身とさえうまくやっていけないかもしれない」と考える。青年は、予期せぬ嘔吐を経験して自分と世界の関係の変化を感得する。つまり、「蟹」における嘔吐は、単なる肉体的症状ではなく、自己と世界の関係の変化を示唆する契機であることが明確に示されており、そういう意味で「嘔吐１９７９」の「彼」の嘔吐に似ている。

(6)「嘔吐１９７９」
——僕の中のある種の罪悪感が——自分でも気づかない罪悪感が——嘔吐とか幻聴とかいう形をとって結像したものじゃないか

「嘔吐１９７９」のテーマは、〈嘔吐電話〉である。二十七歳の「彼」、「一度だけ僕とくんである雑誌の仕事をしたこと」がある「若手のイラストレーター」は、「一日も欠かすことなく日記をつけることができるという稀有な能力を身につけた数少ない人間の一人だったので」、吐き気が「１９７９年6月4日（晴）に始まり、同年の7月14日（くもり）に終」わったと「正確な日付けをきちんと引用することができた」という。こうした面から、「彼」が「プールサイド」の「彼」同様、几帳面で強い意志の持ち主であることが窺える。しかし、不思議なのは、「吐き気の期間とほとんど一致する」「6月5日から7月14日まで」の間、必ず毎日「彼」一人のときにだけ電話がかかって来ては「彼が出ると男の声が彼の名前を告げて」「ぷつんと切れる」ということが繰り返されたことである。

　しかし、嘔吐症状だけに限って言えば、その原因は、「彼」が「友だちの恋人や奥さんと寝るという行為」を繰り返していることにあると、「彼」自身も「僕」も気づいている。しかし、「僕」が「まともな恋人をみつければよかったんだ。自前のやつをさ」と提案しても、「彼」は、「吐き気とかいたずら電話といったようなわけのわからない理不尽なものに降参して、それで自分の生き方を簡単に変更しちゃう」というような「負け方」は「我慢ならない」、「とにかく体力と精神力の最後の一滴がしぼりとられちまうまでとにかく闘ってやろうと決心した」と主張する。そして、「彼」の64キロあった体重が58キロになったころ、〈嘔吐電話〉はふと止んだ。

〈嘔吐電話〉は、その原因が分からないまま止んでしまうが、それは「彼」が「わけのわからない理不尽なもの」——無意識の働き——に勝ったことを意味しているわけではない。それは、「理由なく始まったものは理由なく終わる。逆もまた真なり」という「僕」の言葉に示唆されている。「僕」が「まともな人間は友だちのつれあい専門に寝たりしないもんだぜ」と言った時、「彼」は「村上さんはそれが僕の中のある種の罪悪感が——自分でも気づかない罪悪感が——嘔吐とか幻聴とかいう形をとって結像したものじゃないかっていうわけですね」と答える。たしかに、それが〈嘔吐電話〉の原因だということは、すでに読者にも伝わっている。しかし、「彼」は最後まで「村上さん」の言葉を受け入れようとしない。つまり「嘔吐１９７９」の「彼」は、「プールサイド」の「彼」より一層「自分の中」の「名状しがたい把握不能の何か」を受け入れ難い、意識（精神）と無意識（肉体）の乖離の程度が甚だしい人物だと言えよう。

（7）「ハンティング・ナイフ」

――ただ僕はある日突然、無性にナイフというものが欲しくなったんです。どうしてだかはわかりません。

「ハンティング・ナイフ」というタイトルは、何を意味しているのだろう。

「ハンティング・ナイフ」の舞台は、「米軍基地に向う」「軍用ヘリコプターの飛来をべつにすれば、それは本当に眠りこんでしまいそうなほど静かで平和な海岸」のリゾート地である。「海軍基地からやってきたらしい一団のアメリカ人がやしの木にロープをはって、ビーチ・バレーボールをやって遊んでいた。みんなよく日焼けして背が高く、髪を短く刈りこんでいた。兵隊というのはいつの時代でも同じような顔つきをしている」という描写から、ここは、米軍基地が近くにある沖縄県のどこかの海岸のリゾート地、たとえば、宜野湾市の米軍海兵隊の普天間基地にほど近い宜野湾トロピカルビーチや、キャンプフォースター米国海兵隊施設に近いアラハビーチなどがモデルになっていると考えられる。高橋龍夫は、「『ハンティング・ナイフ』論――潜在するムーブメント／移動する舞台[*22]――」において、二〇一五年十月に『琉球新報』に掲載された本浜秀彦の「再啓　村上春樹さま」の中に、「米軍ヘリが沖合に浮かぶブイの上空を飛んだり、軍関係者の専用施設もあったり、私の知っている１９８０年代のオクマリゾートの風景そっくりです」とあるのを紹介し、「本浜の指摘通り、おおよそ作品の舞台は、その一部が米軍から返還された後の『オクマリゾート』と推測することは十分に可能なのである」としている。

「季節は六月の末でまだシーズンには間があった」ため、海岸もホテルも人が少なく閑散としている。「結婚して六年」になる二十九歳の「僕」が妻と泊まっているコッテージの隣室には、「60に近い五十代」に見える母親と、「我々と同じくらいの年代、28か29」に見える車椅子に乗った息子の二人[23]が泊まっている。九日間の滞在中、「我々」ともの静かなその親子は会釈を交わすだけだったが、最後の晩、夜中の「一時二十分」に「異様に激しい動悸」のせいで目が覚めた「僕」は、庭に出て月明かりの下で車椅子の青年と初めて話をする。青年は、今日は母が「神経の病気」で「具合がよくなかった」ので、「ずっと部屋で休んでいた」などと話した後、突然ポケットからハンティング・ナイフを出して「僕」に見せる。

ナイフという言葉は、この場面の伏線としてすでに一度使われている。それは、「僕」が海岸から泳いでいって、海中に浮かぶ「ブイに上ってやしの木の葉かげの方に目をやると、彼らはたしかに僕の方を見ているように思えた。ときどき彼らの銀色のポットがナイフのようにきらりと光るのが見えた」という描写[24]の中に出ている。しかし、「ナイフのようにきらりと光る」という陽光のイメージは、夜半過ぎに庭に出て青年を目にしたときには、以下の引用のように、「彼」の車椅子にまつわる、月光の下で「闇の中に」「氷のよう」に白く光る「不吉な」イメージに変化している。

> 車椅子の金属がたっぷりと月光を吸い込んで、氷のような白さに光っていた。それは遠くから見ると、まるで夜のためにしつらえられた特殊な目的を持つ精密な金属機械に見えた。車輪のスポークは異様に進化した獣の歯のように、闇の中に不吉な光を放っていた。

（『村上春樹全作品1979～1989⑤短編集Ⅱ』三九二頁）

青年は、「ただ僕はある日突然、無性にナイフというものが欲しくなったんです。どうしてだかはわかりません」と言い、「知人に頼んで」買ってきてもらった[25]という「僕だけの秘密」であるハンティング・ナイフを「僕」に見せ、「何かを切ってみていただけませんか?」と言う。「僕」の手に握られ、「やしの木の幹」や「発泡スチロールの安もののビート板」や夜の空気をなめらかに鋭く引き裂いてゆくナイフは、「動かない脚」を持つ青年が自らの「仕事」を「無《リヤン》を創りだすことにある」と表現するほどのいたたまれない思いから生み出された、暴力的なまでの自己否定、あるいは現実否定の願望を表象しているようである。青年が「僕」にナイフを見せた場面で、「小型とはいってもかなりの幅と厚みのあるなかなか立派なものだった。ハンティング・ナイフといえば、いちおう熊の皮をはげるくらいには作ってある」[26]と、わざわざ狩猟用のナイフであることを強調し、実際に使われたら血まみれになるナイフであることを示唆しているのも印象的である。それは、青年がときどき見る「僕の頭の内側から記憶のやわらかな肉にむけてナイフが突きささっている夢」の中で、「いろいろなものがだんだん消え失せていって、あとにはナイフだけが白骨のように残る」という内的イメージに照応している。つまりその夢には、青年が通常意識していない暴力的な想念が現出しており、ハンティング・ナイフとは、その想念が具現化したものと推測されるのである。

一方読者は、米軍の海軍基地で発着する「オリーヴ・グリーンのヘリコプター」が日に何度となく

「頭上を轟音とともに通りすぎ」るビーチで、アメリカ人の太った女が上空から見た「私たちの姿は」「とても平和そうで、楽しそうで、何も考えてないみたい」に見えるのだろうと言った言葉から、人々が「軍用ヘリコプター」に見慣れ、目前に顕現している暴力性をことさら意識せずにやり過ごしている日々の現実に気づかされる。

　さて、「ハンティング・ナイフ」には、29歳の「僕」が「プールサイド」の35歳の「彼」同様「青年期をつき抜けてしまって、既に体力的退潮のプロセスに足を踏み入れつつある人間である」と自覚していると書かれている。しかし、作者はなぜ「ハンティング・ナイフ」の「僕」が「プールサイド」の「彼」と同様の自覚を持っているという設定をして二人を結びつけたのだろうか。その理由は、「プールサイド」の「彼」が日曜日の朝に聞き流していたビリー・ジョエルの「グッドナイト・サイゴン」の歌詞にあるナイフ（knives）という言葉にあると考えられる。

　ちなみに、『めくらやなぎと眠る女 TWENTY-FOUR STORIES』所収の「ハンティング・ナイフ」には、二十九歳の「僕」が「プールサイド」の「彼」同様の自覚を持っているという叙述は見あたらない。その理由は、英語版の邦訳という形で二〇〇九年に刊行された同書には、「プールサイド」が収録されていないため「グッドナイト・サイゴン」の歌詞中のナイフ（knives）という語との照応が失われてしまったからだと推測される。このことは、村上が執筆当初に「ハンティング・ナイフ」というタイトルに込めた意図の裏付けと言えるだろう。

「グッドナイト・サイゴン」の歌詞と訳詞は、次の通りである。

“Goodnight Saigon” 歌詞・訳詞（括弧内は論者試訳）

We met as soul mates on Parris Island
パリス島で　僕らは親友になった
We left as inmates from an asylum
そして　収容所から同じ囚人として別れた
（海兵隊の新兵訓練基地で訓練し同志として戦地に向かった）
And we were sharp, as sharp as knives
僕らは　そう　ナイフの様に研ぎ澄まされていた
And we were so gung ho to lay down our lives
命を投げ捨てるには　僕らはあまりにも若かった
We came in spastic like tameless horses
僕らは野生の馬のようにけいれんしながら入って来た
We left in plastic as numbered corpses
そして　数字をつけられた死骸となって帰ってきた
And we learned fast to travel light
光の速度で旅することを教えられ（とにかく速く動けと叩き込まれた）

Our arms were heavy but our bellies were tight
僕らの腕は重かったが　腹は堅かった
（武器を持つ腕は重いが　ベルトがきつく感じる程　腹は満たされていた）
We had no home front, we had no soft soap
僕らに故郷はなく　柔らかな石けんもなかった
They sent us Playboy, they gave us Bob Hope
送られてくるものは「プレイボーイ」そして　与えられるものはボブ・ホープ
（彼らが僕たちに送ってきたのは「プレイボーイ」と慰問に来たボブ・ホープだけ）
We dug in deep and shot on sight
僕らは深く穴を掘り　目にするものはすぐ撃った
And prayed to Jesus Christ with all of our might
そして　イエス・キリストに心を込めて祈った
We had no cameras to shoot the landscape
景色を撮るカメラもなく
We passed the hash pipe and played our Doors tapes
僕らはハッシのパイプを回し　ドアーズのテープを聞いた
And it was dark, so dark at night

夜になると　あたりは真っ暗闇だった
And we held on to each other
僕らはまるで兄弟同志のように
Like brother to brother
おたがいにすがりあった
We promised our mothers we'd write
そして　母親たちに手紙を書くと約束した
And we would all go down together
僕らはみんな一緒に倒れるのだ
We said we'd all go down together
僕らはみんな一緒にやられるのだ
Yes we would all go down together
僕らはみんな一緒に死んでいくのだ
Remember Charlie, remember Baker
チャーリーを覚えてるか？　ベイカーを覚えてるか？
They left their childhood on every acre
彼らは少年時代の面影を残したまま墓地に眠っている

And who was wrong? And who was right?
誰が間違っていたのか？　誰が正しかったのか？
It didn't matter in the thick of the fights
戦いの真っ只中ではそんなことは関係ないのだ
We held the day in the palm of our hands
昼間は彼らの手中にあった
They ruled the nights, and the nights
しかし　夜は彼らの支配下にあった
Seemed to last as long as six weeks.....On Parris Island
そして　夜は六週間もの長さに思われた　パリス島（パリス島の訓練を思い出す）
We held the coastline, they held the highlands
僕らは海岸線を保守した　彼らは高地を保守した
And they were sharp, as sharp as knives
そして　彼らはナイフのように研ぎ澄まされていた
They heard the hum of our motors
彼らは僕らのモーターのうなる音を聞いた
They counted the rotors

彼らはヘリコプターの回転翼の音を数えた
And waited for us to arrive
そして　僕らの到着を待っていた
And we would all go down together
僕らはみんな一緒に倒れるのだ
We said we'd all go down together
僕らはみんな一緒にやられるのだ
Yes we would all go down together
僕らはみんな一緒に死んでいくのだ

（「ナイロン・カーテン」THE NYLON CURTAIN ビリー・ジョエル
BILLY JOEL CBS/SONY RECORDS 1988 CD ライナー・ノーツ 訳詞 山本安見）

図1 『ナイロンカーテン』CD ジャケット

「グッドナイト・サイゴン」の歌詞の中で、ナイフという言葉は、ヴェトナム戦争に駆り出される新兵たちが訓練の過程で暴力的に研ぎ澄まされてゆく比喩表現（And we were sharp, as sharp as knives）と、米軍を待ち伏せする敵の暴力的な鋭敏さの比喩表現（And they were sharp, as sharp as knives）として用いられている。村上は、この歌詞の中で二回使われているas sharp as knivesという直喩に用いられたナイフに、狩猟で獲物に止めを刺し、解体したり皮を剥いだりするハンティング・ナイフの酷薄なイメージを重ねてこの作品のタイトルとしたのだろう。

また、「グッドナイト・サイゴン」は、演奏の始まる前に静かなコオロギの鳴き声に続いてヘリコプターの回転翼の音が聞こえ、曲の終わった後にも、ヘリコプターの音に続いてコオロギの鳴き声が聞こえてくる。そして、上掲の歌詞第26・27行目のWe held the day in the palm of our hands（昼間は彼らの手中にあった）They ruled the nights, and the nights（しかし　夜は彼らの支配下にあった）以降、後半部分で、夜陰に潜む敵の気配に怯える兵士たちが描かれ、And they were sharp, as sharp as knives（そして　彼らはナイフのように研ぎ澄まされていた）に続き、They heard the hum of our motors（彼らは僕らのモーターのうなる音を聞いた）They counted the rotors（彼らはヘリコプターの回転翼の音を数えた）という歌詞が続いている。このように、夜の戦場で米軍兵士たちが暴力の予感と死の恐怖にさいなまれる情景を描き、ヘリコプターの回転翼の響きが米軍の暴力の象徴とされていることも、「ハンティング・ナイフ」の一見平和なビーチの情景描写にヒントを与えたのではないかと考えられる。

「動かない脚」の青年が、夜半の闇の中で鮮やかな切れ味を発揮するハンティング・ナイフを四六時中ポケットに隠し持っているように、私たちはみな心の奥底に暴力性を秘めている。しかし、平和な日常に恵まれている人々は、オリーヴ・グリーンの軍用ヘリコプターを目前にしても、ことさら戦争の暴力性を想起せずに日々を過ごすことができる。ヴェトナム戦争の時も、沖縄の基地から爆撃機が次々と飛び立って行くことに思いを致すこともなく日常を過ごし、沖縄のビーチで休日を楽しんでいた人々がいたとすれば、それは、車椅子の青年が夢（無意識）の暗示に従ってハンティング・ナイフを手に入れた後もナイフの意味するところに無自覚な（意識を持たない）のとまったく同じである。それに対し、And we were sharp, as sharp as knives あるいは And they were sharp, as sharp as knives という“Goodnight Saigon”の歌詞の一節には、ヴェトナム戦争当時、暴力性をことさら激しく掻き立てられて戦場に向い、敵の暴力に対峙して死を覚悟せねばならなかった米軍兵士の痛々しいまでに追い詰められた心情が込められている。

「ハンティング・ナイフ」には、内心に潜む暴力性に無自覚な青年同様、目前を去来する軍用ヘリコプターに暴力性を感受することのない人々の無自覚が描き出されており、ここにもやはり意識と無意識の懸隔が感じ取れる。

(8)「レーダーホーゼン」
――母は自分がどれほど激しく夫を憎んでいるかということをはじめて知ったのよ

『回転木馬のデッド・ヒート』巻頭の「レーダーホーゼン」にも、無意識が肉体上に現象する様子が印象的に描かれているが、この作品について特筆すべきなのは、女性のセクシュアリティに焦点が合わせられている点である。

「レーダーホーゼン」の語り手は、「僕」の妻の友人である。「彼女」は、妻が買い物に出ている留守に約束より二時間も早く訪れて、「僕」に「彼女」の母親が父親と自分を捨てて家を出ていった経緯を問わず語りに語る。その「彼女」について、作者はまず「女性にしてはかなり大柄な方」であるとその肉体的特徴を述べ、続いて「仕事以外の時間の大半を水泳やテニスやスキーに割いて」おり、「彼女の各種のスポーツに対する姿勢」が「マニアックと表現してもいいくらいに情熱的」であるのは、「彼女の肉体（そしておそらくはその肉体に付随した精神が）」「間断のない激しい運動を希求している」からなのだろうと説明する。そして、彼女がいまだ独身であることについて、「僕」は、結婚を「彼女が心からは望んではいない」「からであろう」と「想像」し、「彼女」における肉体（無意識）と精神（意識）の齟齬を示唆している。

「彼女」は「僕」に「母が父を捨てた」原因は「半ズボン」、すなわちレーダーホーゼンであったと語り始めた。レーダーホーゼンとは、ドイツ南部バイエルン地方の民族衣装として知られる鹿のなめし革で作った男性用半ズボンで、オクトーバーフェストで着用される男性用の民族衣装として知られている。オーバーバイエルンの民族衣装の情報センターで館長を務めるアレクサンダー・ヴァンディンガーによれば、もともと農家の作業ズボンだったという説もある一方、祭事の際に着用する高価な衣裳であり、貴族の男性は十八世紀頃にはすでに狩猟用ズボンとして、細緻な刺繍を施した高級レーダーホーゼンを着用していたという。ミュンヘン出身の民俗学者で現在オーストリアのクラーゲンフルトにあるアルペン・アドリア大学教授ジモーネ・エッガーによれば、近年では「社会が流動的で不鮮明なものへと変容していく流れと比例して、故郷や伝統を重要視する傾向」が強まり、レーダーホーゼンには人気復活の兆しがみられるという。そうした例としては、ドイツ・サッカーリーグで最多優勝記録を誇るFCバイエルンの選手たちが、レーダーホーゼンを履いてミュンヘン市庁舎のバルコニーで勝利の祝杯を挙げたこと、ギムナジウムを卒業するバイエルンの学生がレーダーホーゼンを着用して卒業証書を受け取るのが近年の恒例となっていること、ルフトハンザ航空には、オクトーバーフェストの時期に客室乗務員がドリンデルやレーダーホーゼンを着て乗客を迎えるフライトがあること等が挙げられる。丈夫で長持ちするレーダーホーゼンは、素朴で男らしいアルペン地方の気質を象徴する民族衣装で、柔らかくなめされた鹿の皮は、かつて男性が自然の脅威に立ち向かい肉体労働によって生計を立てていた時代を今に伝えているという。[*27]

「彼女」の母親は、一人でドイツに赴き、夫へのお土産として仕立屋でレーダーホーゼンを購入しようとする。夫の体型とそっくりな男性と仕立て職人が寸法合せをしている間、「そのレーダーホーゼンをはいた男をじっと見ているうちに父親に対する耐えがたいほどの嫌悪感が体の芯から泡のように湧きおこってき」て、「自分がどれほど激しく夫を憎んでいるかということをはじめて知」り、その三十分ほどの間に離婚を決意していたという。しかし、なぜその場面でそれほど激しい「嫌悪感が」「湧きおこってきた」のだろうか。

「彼女」の母親が訪れたのは、「百年以上のあいだ」来店した客に実際に体型にあったレーダーホーゼンをはいてもらい、細かい調整をしてから売るという「方針《プリンシプル》」を堅持してきた老舗であった。そこで「彼女」の母親は、今ここにいない夫のレーダーホーゼンを購入するために、夫に「そっくりの体型の人」を探して店に連れて来なければならなかった。モデルになってくれた気の良い現地の男性と店の人が寸法を調整しながら「ドイツ語で冗談を言っては笑いあっていた」間、おそらく「彼女」の母親は、その男性の、特にレーダーホーゼンを身に着けた腰部・腹部・股間から臀部・大腿部周辺を注視していたに違いない。長年見慣れてきた夫でも、そうした部分だけ注目して三十分間も眺め続けるようなことは、今までほとんどなかっただろう。その時「彼女」の母親が目にしていたのは、もちろん夫の肉体ではなく、夫と体型のそっくりな外国人の肉体であった。しかし、人種こそ違え、それが夫とそっくりであることで、レーダーホーゼンを身に着けるべき夫の肉体のその部分が、いわばセクシュアリティの塊となって「彼女」の母親の眼前に生々しく迫って来たのではないだろうか。

加藤典洋は、『村上春樹の短編を英語で読む 1979～2011』[*28] 第9章において、酒井英行の「『レーダーホーゼン』――〈のばしたり縮めたり〉され続けてきた自我」[*29] に触発された「学生のリポート」からヒントを得て、「女性器としてのレーダーホーゼン」という読みを展開している。しかし、女性も着用することはあるものの、レーダーホーゼンは、元来、オクトーバーフェストやクリスマス等の伝統行事の際に男性が着用する民族衣装である。したがって、男性が試着して仮縫いをしているレーダーホーゼンを注視する「母親」に、自身の女性器、あるいは抑圧され続けて来た女性のセクシュアリティがイメージされるというより、むしろ女性の視線が捉える男性器、あるいは男性のセクシュアリティのイメージが湧き上がって来たと考える方が自然ではないだろうか。

「彼女」の母親は、家庭を守るために夫の不倫にも長年耐えて来た人である。しかしその時ふと、長年無意識下に抑圧し続けて来た、夫のセクシュアリティと自らのセクシュアリティの齟齬にどうしようもなく直面してしまったのだろう。娘が「女関係では比較的だらしのない人だった」と表現した夫の性的放縦に長年耐えた末、最近では夫と「比較的親密」な関係を保っていた自分の中に、実は夫に対する「耐えがたいほどの嫌悪感」が潜んでいたことに気づいてしまったのだ。つまり、ドイツへの一人旅がまさしく「長いあいだ使われることなく彼女の肉体で眠っていた様々な種類の感情をよびおこした」のであった。

「彼女」は、当初母親が「父親とこみで私を捨ててしまった」わけが理解できず、母と「親類の葬儀」で「顔を合わせる」までの約三年間、母を「許すことができなかった」という。しかし、実は母親自身にさえ「物事の進み具合がよく把握できないでいた」のであった。そして、「彼女」は、三年ぶりに会った母親からレーダーホーゼンの店で起きたことを「聞いたあとでは」「母を憎みつづけることができなくなった」と「僕」に語る。その理由は、「私たち二人が女だからだと思う」と言い、「半ズボンの話を抜きにして、一人の女性が旅先で自立を獲得するというだけの話だったとしたら」母親に捨てられたことを許せなかっただろうとも語った。

ここには、同じ女性の肉体とセクシュアリティを持つ者同士の切ない共感が感じ取れる。未婚の娘は、母親が家庭を守るために結婚生活の中で長年抑圧し続け、意識の上に乗せまいとしてきた女性としてのセクシュアリティが自らの肉体にも宿っていることを自覚し、母親に共感を覚えるようになる。そのため、「彼女」の肉体（無意識）は結婚に向かって進んでいくことが難しくなってしまう。結婚して母親のように犠牲的に家庭や夫に尽くす妻になることはもちろん、結婚しても母親のような妻にはならず、結婚後も自立した生き方を実現するというイメージまで描けなくなってしまったかのようである。そうして、意識の上では結婚しようという気持ちを持つ反面、実際には結婚に踏み切れない、どちらにも進めないアンビバレントな心理に陥ってしまっている。いまだ未婚の「彼女の肉体が（そしておそらくはその肉体に付随した精神が）ほうき星の如く間断のない激しい運動を希求している」と「僕」は「想像」するが、「彼女の肉体」と「その肉体に付随した精神」は、まるで自分の肉体から女性としてのセクシュアリティを追い出し、その肉体を「間断」なく「激しい運動」に専念させておきたいと願っているかのようである[＊30]。

＊

「今は亡き王女のための」の「彼女」は、幼い頃から無意識のうちに身に着けてしまったエゴの殻を破って自立へ向かう成長の機を失い、我が子の死という事態に直面して精神のバランスを失ってしまった。「現実から少しばかりずれてしまったような」「奇妙な出来事」を「しょっちゅう」体験する「野球場」の「彼」は、大学時代、同級生の部屋を覗くために野球場のそばに住み、「のぞき見をすることによって」「分裂的な傾向に陥る」経験をした。「友だちの恋人や奥さんと寝るという行為」を繰り返している「嘔吐１９７９」の「彼」は、一カ月半近く〈嘔吐電話〉という現象に見舞われても、自分の中に罪悪感を認めることができなかった。「ハンティング・ナイフ」の「動かない脚」を持つ「青年」は、夢に現れたナイフが何を示唆しているのか理解できなかった。そして、「レーダーホーゼン」の「母親」は、ドイツに赴いてレーダーホーゼンの仮縫いの場面に遭遇するまで、自らの内に潜在していた夫に対する激しい憎悪に気づかず、その娘も、自身がなぜスポーツにばかり熱中して恋愛が結婚に結びつかないのか無自覚であった。こうした六人の体験は、「プールサイド」の「彼」、「雨宿り」の「彼女」、「タクシーに乗った男」のトシコと同じく、肉体（無意識）と精神（意識）の乖離によって引き起こされている。

結局、この九人は、作者が「はじめに・回転木馬のデッド・ヒート」の末尾で述べたように、「我々の人生という運行システム」に「規定」されて、それぞれの自己が、ひたすら「定まった場所を定まった速度で巡回」する状態のまま生きていることが分かる。彼らはみな、「どこにも行かないし、降りることも乗りかえることもできない。誰をも抜かないし、誰にも抜かれない」と作者が表現した、唯一無二の自己存在を懸命に、しかし孤独のうちに生きているのである。

4　『回転木馬のデッド・ヒート』に通底する意識と無意識の乖離

以上のように、『回転木馬のデッド・ヒート』所収の八作品に共通しているのは、語り手または話中の登場人物が、自らの肉体に現象した事柄を認識して初めて意識と無意識の乖離に気づき、そこに取り戻しようのない時間の経過を痛感する、あるいは、自らの肉体に現れた症状や現象の意味を認識できず、意識と無意識の乖離に気づくことができないために、何らかの身体的症状を呈したり、何らかの問題に直面したりする事態が描かれていることである。

気づいた時には、事態はすでに自明のものとして眼前に現れている。そこには、取り返しのつかない時間の経過がもたらした明白な結果が存在している。語り手あるいは話中の登場人物は、そうした事態に気づかずに時を過ごして来た背景に、意識と無意識のずれ、すなわち精神と肉体の齟齬が存在していたことにようやく気づく。あるいは、それに気づかない場合は、精神や肉体上に何らかの症状を呈することになる。

　このように、『回転木馬のデッド・ヒート』に繰り返し描かれた精神と肉体、すなわち意識と無意識の乖離と、それによって惹起される精神的、肉体的な症状、そしてそれに伴う悲劇は、『ノルウェイの森』につながっている。そしてそれは、「はじめに・回転木馬のデッド・ヒート」の最後の部分に、次のような言葉によって暗示されている。

> 我々が意志と称するある種の内在的な力の圧倒的に多くの部分は、その発生と同時に失われてしまっているのに、我々はそれを認めることができず、その空白が我々の人生の様々な位相に奇妙で不自然な歪みをもたらすのだ。
>
> （『村上春樹全作品 1979 ～ 1989 ⑤短編集Ⅱ』二四七頁）

　以上の考察により、精神と肉体の乖離、意識と無意識の乖離という現象が『回転木馬のデッド・ヒート』から『ノルウェイの森』に流れ込み、その物語世界を構成する要素として重要な働きをしていることが確認できた。

5 『回転木馬のデッド・ヒート』『ノルウェイの森』「人喰い猫」『スプートニクの恋人』に散見される回転のイメージ

回転運動のイメージは、『回転木馬のデッド・ヒート』の前書き「はじめに・回転木馬のデッド・ヒート」のメリー・ゴーラウンドの比喩に始まり、『ノルウェイの森』における直子と「僕」の心中に渦巻く回転のイメージ、「人喰い猫[*31]」と『スプートニクの恋人[*32]』における猫の失踪直前の回転疾走、そして、『スプートニクの恋人』における人工衛星・スプートニク、すみれの恋を喩えた竜巻、ミュウがドッペルゲンガーを体験したとき乗っていた観覧車などに引き継がれている。

これらの回転運動やそのイメージは、各作品において、登場人物の心理や個のあり方の表象として用いられている。この回転運動という特定のイメージが、いくつかのバリエーションを伴いながら、複数の作品に引き継がれているのは大変興味深い。作者の中には回転運動にまつわるなにか根源的なイメージが存在していて、そこから、折に触れていくつかのバリエーションが発現して来るのだろうか。次節以降、各作品における回転運動やそのイメージを確認し、回転運動のイメージが表出された一連の作品の間にどのような類縁性やつながりが見出せるか検討したい。

6 「はじめに・回転木馬のデッド・ヒート」で提出された回転のイメージ

短編集『回転木馬のデッド・ヒート』は、前述したとおり、前書き「はじめに・回転木馬のデッド・ヒート」からタイトルが採られている。日本国内で一九八三年の『中国行きのスロウ・ボート』以来、二〇二〇年までに出版された村上春樹の短編集一三冊[*33]のうち、収録作品名から短編集のタイトルを採っていないのは、『回転木馬のデッド・ヒート』と『東京奇譚集』の二冊だけである。『東京奇譚集』は、「東京奇譚集」と題した四編の短編「偶然の旅人」「ハナレイ・ベイ」「どこであれそれが見つかりそうな場所で」「日々移動する腎臓のかたちをした石」を雑誌『新潮』に二〇〇五年三月号から六月号まで連載し、それに書き下ろし作品「品川猿」を加えて新潮社から二〇〇五年に刊行された。また、村上春樹の短編集には前書きがなく、収録作品名を表題作とするのが通例であることから考えると、『回転木馬のデッド・ヒート』という短編集のタイトルには、ことさら回転のイメージを打ち出そうという作者の意図が感じられる。

村上は、前書き「はじめに・回転木馬のデッド・ヒート」の末尾で、「我々の人生という運行システム」が「我々自身をも規定している」様子をメリー・ゴーラウンドに喩えている。これが、村上が初めて回転のイメージを明確に表出した箇所である。

> 我々は我々自身をはめ込むことのできる我々の人生という運行システムを所有しているが、そのシステムは同時にまた我々自身をも規定している。それはメリー・ゴーラウンドによく似ている。それは定まった場所を定まった速度で巡回しているだけのことなのだ。どこにも行かないし、降りることも乗りかえることもできない。誰をも抜かないし、誰にも抜かれない。しかしそれでも我々はそんな回転木馬の上で仮想の敵に向けて熾烈なデッド・ヒートをくりひろげているように見える。
>
> （『村上春樹全作品 1979～1989 ⑤短編集Ⅱ』二四七頁）

ここで村上は、「人生という運行システム」に自ら「自身をはめ込」んだ「我々」自身が「そのシステム」に日々「規定」されていることに気づかずにいる有様を、まるで「熾烈な」メリー・ゴーラウンドの回転に憑りつかれているようだと表現している。「我々」は、いつの間にかそれこそが唯一の人生であると思い込み、「定まった場所を定まった速度で巡回」する――与えられた環境下で自明とされる価値観に従って生きることを甘受する――ようになる。「我々」は、「自身をはめ込」んだ「人生という運行システム」から「降りることも乗りかえることも」（しようと思えばできるのに）せず――一度「自身をはめ込」んだら、システムの「規定」以外の生き方を模索しようともせずに――「誰をも抜かないし、誰にも抜かれない」で――誰とも関わらず、誰ともつながることなく――日々を過ごしてゆく。こうして、知らず知らず個に立てこもり自己を見失ってゆく「我々」の姿を、村上は「回転木馬の上で仮想の敵に向けて熾烈なデッド・ヒートをくりひろげているよう」だと皮肉を込めて表現した。

この後で村上は、自ら個に閉じこもった「我々」の姿は、いかにも「奇妙にそして不自然に映る」が、そうした「奇妙で不自然な歪み」がもたらされるのは、「我々が意志と称するある種の内在的な力」のほとんどが「発生と同時に失われてしまっている」ことに、「我々」自身が気づいていないからだと述べ、このようにして「事実」と「我々」の認識の間隙に生じた「空白が我々の人生の様々な位相に奇妙で不自然な歪みをもたらすのだ」と結論した。

つまり村上は、誰の目にも明白であるはずの「事実というもの」を「我々」自身（の意識）が「認めることができ」なくなってしまっている事態に焦点を合わせているのであり、ここに『回転木馬のデッド・ヒート』から『ノルウェイの森』に向けて、一つのテーマ――意識と無意識（精神と肉体）の乖離――が引き継がれていることが分かる。

7　『ノルウェイの森』の直子と「僕」の心中に渦巻くとめどない回転という心的イメージ

『ノルウェイの森』では、意識と無意識（精神と肉体）の乖離を表象する回転運動のイメージは、直子と「僕」の心象として引き継がれている。キズキを失った後、際限のない喪失感に苛まれる直子と「僕」の心中には、とめどない回転のイメージが渦巻き、意識（精神）と無意識（肉体）の乖離が起きている。この点については、拙著『村上春樹 物語の力』第四章3「直子における身体と言葉」に詳述したが、ここに再掲してみたい。

「うまくしゃべることができないの」と直子は言った。「ここのところずっとそういうのがつづいてるのよ。何か言おうとしても、いつも見当ちがいな言葉しか浮かんでこないの。見当ちがいだったり、あるいは全く逆だったりね。それでそれを訂正しようとすると、もっと余計に混乱して見当ちがいになっちゃうし、そうすると最初に自分が何を言おうとしていたのかがわからなくなっちゃうの。まるで自分の体がふたつに分かれていてね、追いかけっこをしてるみたいなそんな感じなの。まん中にすごく太い柱が建っていてね、そこのまわりをぐるぐるとまわりながら追いかけっこしているのよ。ちゃんとした言葉っていうのはいつももう一人の私が抱えていて、こっちの私は絶対にそれに追いつけないの」

（『村上春樹全作品 1979 ～ 1989 ⑥』三四頁）

こうした「自分の体が」「もう一人の私」と「こっちの私」に「ふたつに分かれて」いるような分裂感や、「ぐるぐるとまわりながら追いかけっこしている」という回転の感覚は、直子あるいは「僕」の心理状態を反映するバーチャルな身体感覚と言えるものである。

たとえば、「殆んど一年ぶり」に「僕」と「中央線の電車の中で偶然出会った」その日も、直子は

「降りましょうよ」と「僕」を誘って「駅の外に出ると、彼女はどこに行くとも言わずにさっさと歩きはじめ」、「仕方なくそのあとを追うように」歩き始めた「僕」は、夕暮れ時まで「直子の一メートルほどうしろを」ついて歩き、二人は結局、四ッ谷駅から駒込まで歩き通してしまう。そして歩き終わったとき、二人は次のような不可思議な会話を交わしている。

「ここはどこ？」と直子はふと気づいたように訊ねた。
「駒込」と僕は言った。「知らなかったの？我々はぐるっと回ったんだよ」
「どうしてこんなところに来たの？」
「君が来たんだよ。僕はあとをついてきただけ」

（『村上春樹全作品1979〜1989⑥』三二頁）

直子は、自分から電車を降り、歩こうと「僕」を誘ったことも、どこをどう歩いたかも忘れたかのように、「ここはどこ？」「どうしてこんなところに来たの？」と「僕」に尋ねる。直子のこうした言動の背景には、意識（精神）と無意識（肉体）の乖離[*34]が感じ取れる。そして、さらに不可解なのは、「僕」がこの直子の問いに「我々はぐるっと回ったんだよ」と答えていることである。この日彼らの歩いたのは、「四ッ谷駅で電車を降りて、線路わきの土手を市ヶ谷の方に向けて歩」き、「飯田橋で右に折れ、お堀ばたに出て、それから神保町の交差点を越えてお茶の水の坂を上り、そのまま本郷に抜

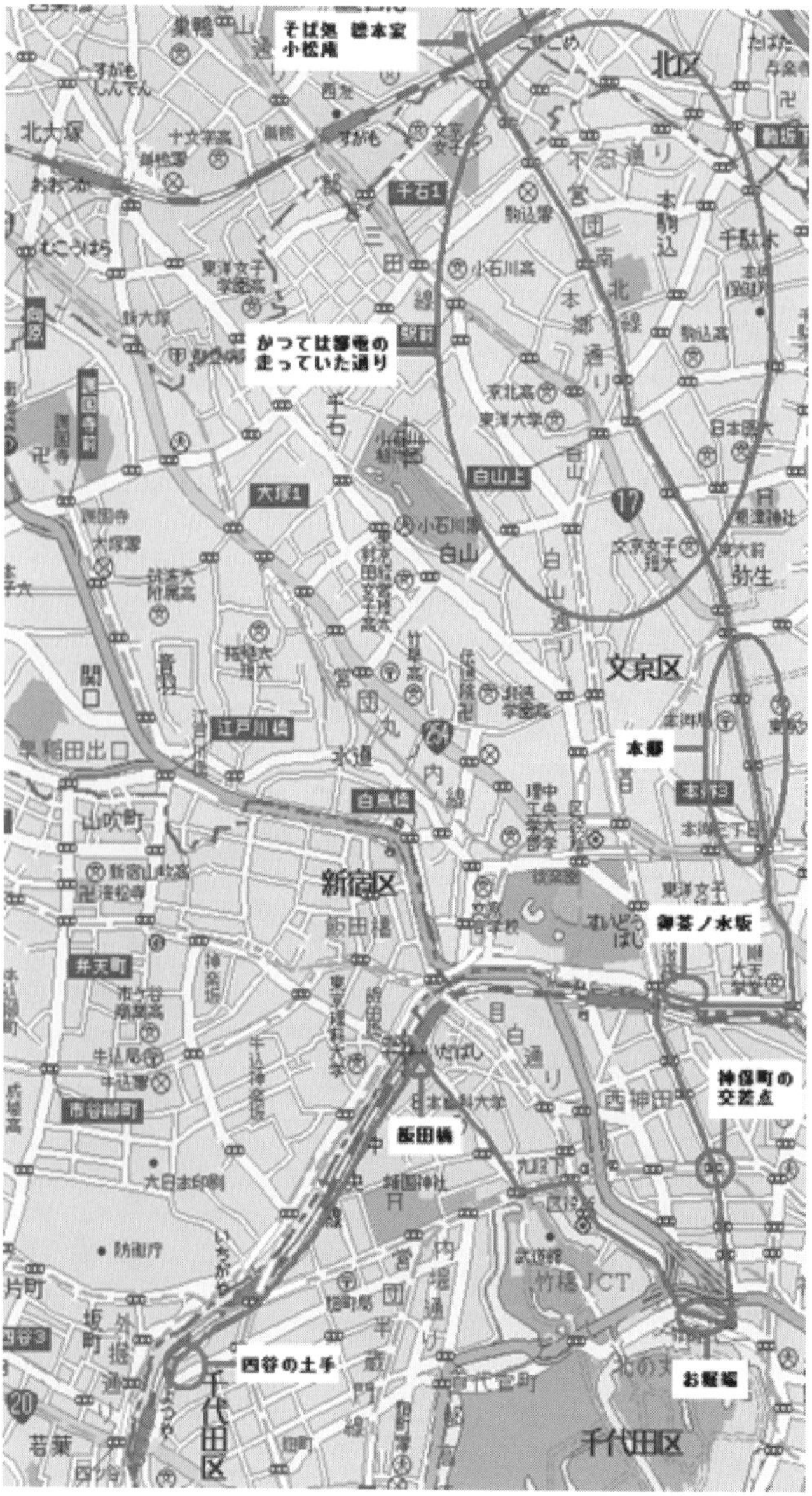

図2 「ノルウェイの森」の風景 http://www50.lok2.com/home/sada/index.html

けた。そして都電の線路に沿って駒込まで歩いた」という道筋である。（図2参照）これは、通常「ぐるっと回った」とは表現しない道筋である。

　この時直子は、「ぐるぐるとまわりながら追いかけっこしている」ような自己分裂の感覚に駆り立てられ、どこにも到達できない無力感を癒そうとするかのように、我知らず「僕」を伴って「散歩というには」「いささか本格的すぎ」る道のりを歩き通してしまったように思われる。これは、中里均が「分裂病者の身体体験」を論じる中で、「慢性期の患者には非常に寡黙な人が多い」一方、「ひとつの特徴的なこととして、慢性分裂病者の中には非常に長い距離を歩く人がいる」と指摘していることに通じる現象ではないだろうか。彼らは、「お金も持っているし、乗り物にも乗れるのに、わざわざ徒歩で行く」ことを選ぶ。「閉鎖病棟内で年中歩き回っている慢性患者も多」く、これらは「徘徊」と呼ばれる「分裂病の症状のひとつ」であるという。中里は、「徘徊」や「常同症」などの「リズミカルな身体運動」には、「自らの覚醒水準を変化させ」「『抑制』と『賦活』の布置を変える」機能があることから、それらが「ある極限状態におけるせめてもの環境適応努力」「であると解釈することも不可能ではない」と述べている。[*35]

　また一方の「僕」も、その当時「あの十七歳の五月の夜にキズキを捉えた死」に捉われまい、「深刻になるまいと努力」しながら、死という「深刻な事実」の前で「限りのない堂々巡りをつづけ」、「生のまっただ中で、何もかもが死を中心にして回転」するのを感じながら「十八歳の春」を過ごしていた。

しかしどう考えてみたところで死は深刻な事実だった。僕はそんな息苦しい背反性の中で、限りのない堂々めぐりをつづけていた。それは今にして思えばたしかに奇妙な日々だった。生のまっただ中で、何もかもが死を中心にして回転していたのだ。

（『村上春樹全作品1979～1989⑥』四〇頁）

キズキの死による深刻な喪失感の中でやり場のない思いを抱いていた直子と「僕」の心中には、このように、とめどない回転という共通のイメージが渦巻き、意識（精神）と無意識（肉体）の乖離という現象が起きていたのである。

8　『スプートニクの恋人』の「ぼく」、すみれ、ミュウの孤絶を表象する回転のイメージ

『スプートニクの恋人』では、まずタイトルで人工衛星の名が、さらに巻頭の引用で宇宙空間における人工衛星の止むことのない回転運動が提示されている。

1957年10月4日、ソヴィエト連邦はカザフ共和国にあるバイコヌール宇宙基地から世界初の人工衛星スプートニク1号を打ち上げた。直径58センチ、重さ83・6kg、地球を96分12秒で一周した。

> 翌月3日にはライカ犬を乗せたスプートニク2号の打ち上げにも成功。宇宙空間に出た最初の動物となるが、衛星には回収されず、宇宙における生物研究の犠牲となった。（「クロニック世界全史」講談社より）
>
> （『村上春樹全作品 1990～2000②』二三八頁）

茫漠たる宇宙空間の地球周回軌道上を半永久的に回転し続ける人工衛星に乗せられ、「衛星には回収されず、宇宙における生物研究の犠牲となった」ライカ犬は、人類最初の人工衛星という栄光とともに、いくら回転してもどこにも到達できない究極の孤絶のイメージを表出している。第8章でも、ミュウは「ぼく」に、「一人ぼっちでぐるぐると地球の周りをまわっている、気の毒な金属のかたまりにすぎない」人工衛星に、ロシア人はなぜ「旅の連れ」という意味を持つ「スプートニク」という「奇妙な名前をつけたのかしら」と語って、読者に人工衛星の回転にまつわる孤絶と空虚のイメージを想起させている。

『スプートニクの恋人』の「ぼく」、すみれ、ミュウの三人の孤絶と空虚は、スプートニクや竜巻、観覧車の回転のイメージによって表象されている。そして、この三人は、他とのつながりが薄れたり孤絶感が高まったりすると、意識（精神）と無意識（肉体）が乖離し、自己分裂の危機に直面するという点においても共通している。こうした現象は、前節で確認した通り、『回転木馬のデッド・ヒート』所収の八短編や『ノルウェイの森』から引き継がれたものと言えよう。

たとえば、すみれは冒頭で、激しい回転を伴う竜巻の比喩によって紹介されている。

> 22歳の春にすみれは生まれて初めて恋に落ちた。広大な平原をまっすぐ突き進む竜巻のような激しい恋だった。それは行く手のかたちあるものを残らずなぎ倒し、片端から空に巻き上げ、理不尽に引きちぎり、完膚《かんぷ》なきまでに叩きつぶした。そして勢いをひとつまみもゆるめることなく大洋を吹きわたり、アンコールワットを無慈悲に崩し、インドの森を気の毒な一群の虎ごと熱で焼きつくし、ペルシャの砂漠の砂嵐となってどこかのエキゾチックな城塞《じょうさい》都市をまるごとひとつ砂に埋もれさせてしまった。みごとに記念碑的な恋だった。恋に落ちた相手はすみれより17歳年上で、結婚していた。さらにつけ加えるなら、女性だった。それがすべてのものごとが始まった場所であり、（ほとんど）すべてのものごとが終わった場所だった。
>
> （『村上春樹全作品1990～2000②』二三九頁）

周囲のものを巻き込んで破壊しつつ突き進む竜巻は、すみれの「激しい恋」だけでなく、彼女の不器用なまでの頑なさや一途な生き方、そして失踪という悲劇的結末まで象徴しているようである。竜巻の回転は、急速に発達した積乱雲に伴う強い上昇気流により発生し、周囲の空気を天空に向かって激しく巻き上げる圧倒的な破壊力を持つが、数分から一時間程度、長くても数時間で消滅する気象現象である。こうした点で、向心力と遠心力が拮抗し慣性によって回転し続ける回転木馬や人工衛星、観覧車の回転とは性質が異なっている。岩宮恵子も、『増補 思春期をめぐる冒険 心理療法と村上春樹の世界』[*36]第4章で、すみれを「社会適応がなかなか難しい人」で、「こちら側」の自分にだけ夢中で「『向こう側』に対して閉ざされていた」点がミュウと同様であり、「自分全体で生きているという感覚」に欠けていたために体全体が「向こう側」に失われてしまったのだろうと述べている。

さて、「スプートニクの恋人」とは、第1章で、ミュウが「ビートニク」を「スプートニク」と言い間違えたことから、すみれがミュウに付けたニック・ネームである。この時、ミュウに一目で恋に落ちたすみれは、彼女の過去を知る由もなかった。しかし、ドッペルゲンガーを体験した後、心理的にも性的にも孤絶した状態で生きていたミュウに、すみれがそうとは知らずに孤絶を表象する回転のイメージそのもののニック・ネームを与えているのは、大変印象的な伏線である。

ミュウは、すみれと出会う十四年前、二十五歳の夏に、スイスに近いフランス国境の町の遊園地の観覧車上でドッペルゲンガーを体験し、それ以降、癒しようのない自己分裂に陥っていた。その観覧車は、次のように紹介されている。

> 彼女の部屋の窓から町外れにある遊園地が見える。遊園地には大きな観覧車がある。ドアのついた色とりどりの箱が運命を思わせる大きな車輪に結びつけられ、時間をかけて空をまわっているのが見える。それは限定された天空に達し、そして下降を始める。観覧車はどこにも行かない。上までのぼって、また戻ってくるだけだ。そこには不思議な心地よさがあった。

（『村上春樹全作品1990～2000②』四〇一頁）

このように、『スプートニクの恋人』の観覧車は、『回転木馬のデッド・ヒート』の前書きの回転木馬と同様、「定まった場所」あるいは「限定された」空間を回転し続けるものとして、どちらも「どこにも行かない」と形容されている。この「どこにも行かない」という言い回しは、人間関係が進展する可能性がみられない、事態が袋小路に入り込んで解決の見込みが立たないといった意味合いで、『スプートニクの恋人』以外の作品でも村上春樹が度々用いてきた表現である。そして、その直後に「そこには不思議な心地よさがあった」とあるのは、二十五歳になるまで「誰かを心から愛したことは一度もなかった」、すなわち、自身を他との関係の中に見出そうとすることなく生きてきたミュウが、個を守るだけの生き方に「心地よさ」を感じていたことを表現しているようである。

そして、ミュウが係員の老人に「そろそろもう終わりです」と言われて観覧車に乗り込もうとする場面では、他に乗客のいない観覧車の回転が虚無感と終末感に満ちたものとして描かれている。

観覧車の乗客は彼女一人しかいないようだった。目につく限り、どの箱にも乗客の姿はない。たくさんの空っぽの箱が、くるくると無為に空中を回転しているだけだ。まるで世界そのものが尻すぼみの終局に近づいているみたいに。

（『村上春樹全作品1990～2000②』四〇五頁）

こうしてミュウは、たまたま乗った観覧車の中でドッペルゲンガーを経験し、自分の半分が「あちら側」に失われ、自己分裂の状態に陥ってしまった。ここでミュウが体験した観覧車の回転運動とドッペルゲンガー体験は、『ノルウェイの森』の直子が発病前に経験した、「まるで自分の体がふたつに分かれていてね、追いかけっこをしてるみたいなそんな感じなの。まん中にすごく太い柱が建っていてね、そこのまわりをぐるぐるとまわりながら追いかけっこしているのよ。ちゃんとした言葉っていうのはいつももう一人の私が抱えていて、こっちの私は絶対にそれに追いつけないの」という回転のイメージを伴う自己分裂の感覚[*37]を想起させる。

しかし、自己分裂を来たした原因を自分自身の生き方にあると自覚し、その理由は「感動的な音楽を作り出すために必要な人としての深み」が欠けていたと語る点において、ミュウは、『回転木馬のデッド・ヒート』所収作品や『ノルウェイの森』の語り手や登場人物たちとは明確に異なっている。この点については、第2章5「ミュウの『あちら側』への移動」において詳述する。

『スプートニクの恋人』では、愛し合う者同士が深く結び合うことができない状態を「すべてのものごとはそこで行きどまりになっていて、誰もどこにも行けない。選ぶべき選択肢がない」と表現し、一人一人が孤立して身動きがとれない状態を「閉じられたサーキットの中にいる」と表現している。

> そしてぼくは今こうして、ひとつの閉じられたサーキットの中にいる。ぼくは同じところをぐるぐるとまわり続けている。どこにもたどり着けないことを知りながら、それをやめることができ

ない。そうしないわけにはいかないのだ。そうでもしないことには、ぼくはうまく生きていくことができないのだ。

（『村上春樹全作品 1990～2000 ②』三二五頁）

「ぼく」は、第5章で両親と姉のいる「普通の家庭」に生まれたが、「家族の誰とも気持ちが通じあわ」ず「孤独な人間」として生い立ったと語る。そして、第6章の末尾のこの引用部分で、唯一心を通じ合わせることのできたすみれと性的につながることができない状態を「ひとつの閉じられたサーキットの中」で「同じところをぐるぐるとまわり続けている」と表現している。

そして第14章で、アクロポリスの丘の夕暮れの空を見上げて「人工衛星の光を探し求め」る「ぼく」の寂寥と孤独は、「この惑星」（地球）の回転と「スプートニクの末裔《まつえい》たち」の回転に託され、次のように表現されている。

どうしてみんなこれほどまで孤独にならなくてはならないのだろう、ぼくはそう思った。どうしてそんなに孤独になる必要があるのだ。これだけ多くの人々がこの世界に生きていて、それぞれに他者の中になにかを求めあっていて、なのになぜ我々はここまで孤絶しなくてはならないのだ。何のために？この惑星は人々の寂寥を滋養として回転をつづけているのか。（中略）ぼくは眼を閉じ、耳を澄ませ、地球の引力を唯ひとつの絆として天空を通過しつづけているスプートニクの末《まつ》裔《えい》たちのことを思った。彼らは孤独な金属の塊として、さえぎるものもない宇宙の暗黒の中でふとめぐり会い、すれ違い、そして永遠に別れていくのだ。かわす言葉もなく、結ぶ約束もなく。

（『村上春樹全作品 1990～2000②』四四一頁）

「スプートニクの末裔《まつえい》たち[*38]」とは、故障などのため役割を終えた人工衛星やその残骸・破片等のスペースデブリのことだろう。この場面には、巻頭の引用にあった人類史上初の人工衛星という華々しさはもう感じられない。「地球の引力を唯ひとつの絆として」「宇宙の暗黒の中」をひたすら回転し続ける「金属の塊」という、はるかに矮小化された空虚なイメージが提示されているのみである。

9 「人喰い猫」と『スプートニクの恋人』における猫の回転疾走とそれに次ぐ失踪

「人喰い猫」は、一九九一年に刊行された『村上春樹全作品 1979～1989⑧短編集Ⅲ』に初めて収録された短編作品である。同書に付属するパンフレット「自作を語る」によると、「人喰い猫」は、『ダンス・ダンス・ダンス』を書き終えてほぼ二年後に書いた「**トニー滝谷**の少し前に書きあげ」たが、「出来」が「もうひとつ気に入らなかった」ため「何処にも掲載せずに放っておいた」のを、「全集刊行にあたって大幅に書き直してサルヴェージした」作品であるという。

「人喰い猫」と『スプートニクの恋人』には、ギリシャが舞台となっていることなど共通する要素が多々認められるが、ここで注目したいのは、両作品に紹介されている猫の失踪譚である。「人喰い猫」では、「僕」がイズミに、『スプートニクの恋人』では、すみれがミュウに、小学校二年生くらいの時飼っていた三毛猫が自宅の庭の松の木に登ったきり姿を消してしまったというエピソードを語る。どちらの話でも、猫は初めのうち、なぜか興奮して松の根元あたりで飛び跳ねたりうなったりしていた。その様子を見ているうちに、「僕」もミュウも、猫の目にしか見えないものがあるように思えて、だんだん怖くなってきた。やがて猫は、木の根元をものすごい勢いでぐるぐる走り始め、ひとしきり回った後で松の木の幹を一気に駆け上がって行った。当初は、木の上に猫の顔が見えていたので、名前を呼んでみたが降りて来なかった。その後も何日間か名前を呼び続け、木から降りてくるのを待っていたが、結局、猫は姿を消してしまったという思い出話である。

「人喰い猫」では、イズミが「僕」に、「あなたの子供は大きくなったらあなたのことをきっとそんな風に思い出すんじゃないかしら」と言って、猫の失踪を「僕」が妻子を捨てて姿を消したことに擬えている。また、このエピソードは、「人喰い猫」では、イズミが姿を消した日の朝に「僕」がイズミに、『スプートニクの恋人』では、すみれが姿を消した晩の午後にすみれがミュウに語っており、猫が松の木の根元を走り回った後に失踪したというイメージが、イズミやすみれの失踪の前触れとして語られているように受け止められる。

また、このエピソードは、『スプートニクの恋人』のミュウが、観覧車上で回転運動を経験した直後にドッペルゲンガーを経験して「あちら側」に「半分のわたし」が分裂し失われてしまったという展開や、『ノルウェイの森』の直子が「自分の体が」「もう一人の私」と「こっちの私」に「ふたつに分かれて」「ぐるぐるとまわりながら追いかけっこしている」ような自己分裂と回転の感覚を経験した後、発病し自殺に至ったという悲劇的結末ともイメージがつながっている。

さて、この飼い猫が松の木の上に上って姿を消してしまうというエピソードは、村上春樹の「子供時代の、猫にまつわる思い出」に基づいていることが確認できた。二〇一九年の『文藝春秋』六月号に掲載された「特別寄稿 自らのルーツを始めて綴った」「猫を棄てる――父親について語るときに僕の語ること」[*39]の最終節「松の木を上っていった猫」に、上記二作品で描かれたのと同様の思い出話が紹介されたからである。村上は『文藝春秋』の「猫を棄てる」で、「前にどこかの小説の中に、エピソードとして書いた記憶があるのだが、もう一度書く。今度は一つの事実として」と断っている。

しかし、「猫を棄てる」で紹介されたエピソードは、「人喰い猫」や『スプートニクの恋人』とは異なって、次のように始まっている。

> ある夕方、僕が縁側に座っていると、僕の目の前でその猫はするすると松の木を上っていった（うちの庭にはとても立派な一本の松の木が生えていた）。まるで自分の勇敢さ、機敏さを僕に自慢するみたいに。
>
> （『文藝春秋』二〇一九年 六月号 二六六頁）

「猫を棄てる」のエピソードでは、猫は、松の木に登る前に興奮して根元の周囲を走り回ったりしていない。また、「高いところに上ってはみたものの怖くて下に降りられなくなった」猫は、「助けを求めるような情けない声で鳴き始めた」とあり、木の上で「鳴き声すら聞こえない」、「大きな声で猫の名前を呼んでみた」が「聞こえないみたいだった」という「人喰い猫」や『スプートニクの恋人』の描写とはかなり異なっている。

「人喰い猫」と『スプートニクの恋人』では、猫は何かに取り憑かれたように興奮し、松の根元をぐるぐる走り回った後、一気に松の木に駆け上り、いくら呼んでも緊張した様子で反応せず、とうとう行方不明になってしまったと描写されている。これに対し、「猫を棄てる」の思い出話では、猫は、何気なく上った松の木から降りられなくなり、助けを求めて鳴き続けたが、助けてやれないまま行方知れずになってしまったという結末である。そして村上は、この思い出話から読み取れるのは、「『降りることは、上がることよりずっとむずかしい』ということ」で、「より一般化するなら」「結果は起因をあっさりと呑み込み、無力化していく」という教訓だと述べた後、「人喰い猫」や『スプートニクの恋人』で創出したイメージとはまったく異なる方向へ筆を進めている。

「人喰い猫」と『スプートニクの恋人』では、何が猫を興奮させたり緊張させたりしているのか、何が猫に取り憑いたのか、「僕」やすみれには分からない。しかし、猫は何かに魅入られたように松の木の根元を駆け回り、一気に木の上へ駆け上ったまま姿を消してしまう。つまり「猫を棄てる」の思い出話にはない、猫が松の根元を走り回るという描写は村上の創作だと分かる。しかし、すみれの言葉の中には、「やがて猫は木の根もとをぐるぐると走ってまわり始めた。すごい勢いで、まるで絵本に出てくるバターになっちゃうトラみたいに。」とある。また、「人喰い猫」の「僕」は、「そのうちに猫は『ちびくろサンボ』に出てくるトラみたいに、ものすごい勢いでぐるぐると松の木のまわりを走り始めた」と言っているところから、作者は、童話絵本『ちびくろ・さんぼ』のイメージを借りていることが分かる。『ちびくろ・さんぼ』は、一九五三年に邦訳版が出て広く親しまれた絵本なので、一九四九年生まれの村上春樹も幼少時に読んでいたのだろう。木の根元を回転しながら疾走する姿は、猫の興奮状態をよく表しているし、そもそも『回転木馬のデッド・ヒート』というタイトルのイメージも『ちびくろ・さんぼ』の虎が疾駆するイメージから発想されたものと想像されるのである。

そこで、南龍太によるヤフーニュース二〇二〇年六月二日（火）「これほど親しまれ憎まれた本はなかった　発刊から120年、ちびくろ・さんぼと黒人差別」の概要を以下に紹介しておきたい。

この絵本は、もともとはスコットランドの児童文学作家・絵本作家ヘレン・バナーマンがインドに滞在した経験をもとに文章と絵を考えて手作りし、それがイギリスの出版社を通じて一八九九年に世に出されたものであるという。日本では、一九五三年に岩波書店から邦訳版が出版されて広く知られるようになった。あらすじは次のとおりである。

> 父ジャンボ、母マンボと暮らしていたサンボは、ジャングルで四匹の虎に出会い、食べられそうになる。サンボは両親にもらったばかりの赤い上着、青いズボン、紫色の靴、緑色の傘を虎に譲

図３　『ちびくろ・さんぼ』（瑞雲舎）表紙、18・19 頁

り渡して食べられずに済んだ。虎たちは、サンボが渡した服や靴で着飾って「自分が一番立派だ」と争って互いに譲らず、いがみ合って木の周りをぐるぐると追いかけるうちにドロドロに溶けてギー（インドのバター）になってしまう。サンボは服や靴、傘を取り戻し、その虎のバターで作ったパンケーキを父母とおなか一杯食べた。

絵本『ちびくろ・さんぼ』は、多種多様な異本が出回る中、米国では“Sambo”が黒人に対する蔑称とされ、次第に同シリーズに対する抗議が強まった。一九五〇～六〇年代にかけて、アフリカ系米国人への差別撤廃を求める公民権運動の高まりもあり、七〇年代以降多くのサンボの本が図書館や書店から消えた。日本でも批判の声が上がり、「黒人差別をなくす会」などが主導して抗議が活発となった。八〇年代後半までに各出版社で絶版措置が相次いだ一方、絶版後も復刊を求める声があり、日本では二〇〇五年に瑞雲舎から、一九五三年の岩波書店の版を基にした「ちびくろ・さんぼ」が発刊されるなどの動きがあった。差別と著作権問題が絡み合いながら、

「ちびくろ・さんぽ」や「ちびくろ・みんご」など多くの派生版も出回るようになっている。

10　現代人の個が日々直面する問題

一九七九年の『風の歌を聴け』以来、村上春樹の作品においては、孤独や孤絶、意識（精神）と無意識（肉体）の乖離や自己分裂によって惹起される精神的症状や病、失踪といった現象が数多く描かれてきた。これらは、言うまでもなく多くの現代人が日々直面している問題であり、経験している症状でもある。本節では、こうした現象の表象として村上作品に散見される回転運動とそのイメージについて考察を試みた。

回転運動とそのイメージは、『回転木馬のデッド・ヒート』の前書き「はじめに・回転木馬のデッド・ヒート」に表出されて以降、『ノルウェイの森』の直子と「僕」の心象として受け継がれた。『回転木馬のデッド・ヒート』に収録された短編作品には、回転運動は描出されていないが、前述したように意識（精神）と無意識（肉体）の乖離や、自己分裂によって惹起される精神的症状や病という現象が収録作品八篇すべてに共通して描かれ、その流れは『ノルウェイの森』に引き継がれている。また、「人喰い猫」や『スプートニクの恋人』においては、回転とそのイメージは、登場人物の心理描写や人物関係の設定のみならず、イズミやすみれの失踪の伏線としても描かれており、プロットの展開にも影響力を発揮している。

以上のように、村上春樹のいくつかの作品において、回転とそのイメージは、一連の表象として異彩を放ち、現代人の抱える心理的・精神的な問題を敏感に映し出す役割を果たしていることが確認できた。

注

＊1 「村上春樹全作品 1979～1989 ⑤短編集Ⅱ」付属のパンフレット「自作を語る」

＊2 講談社 一九八五年

＊3 中央公論社 一九八三年

＊4 平凡社 一九八三年

＊5 新潮社 一九八四年

＊6 講談社 一九九一年

＊7 丸谷才一は、一九七九年第二十二回群像新人賞受賞の選評で『風の歌を聴け』について、「昔ふうのリアリズム小説から抜け出さうとして抜け出せないのは、今の日本の小説の一般的な傾向ですが、たとへ外国のお手本があるとはいへ、これだけ自在にそして巧妙にリアリズムから離れたのは、注目すべき成果と言っていいでせう」と述べ、村上のリアリズムから離れたスタイルを評価していた。

＊8 講談社 一九八七年

＊9 『夢のサーフシティー』朝日新聞社 一九九八年「読者&村上春樹フォーラム93」（一九九七年十月二十七日～十月三十日）

＊10　文藝春秋 一九九六年

＊11　拙著『村上春樹　物語の力』翰林書房 二〇一三年 第一章4「塞がれる耳」に詳述。

＊12　岩波明は、『精神科医が読み解く名作の中の病』新潮社 二〇一三年の一三頁で、「小説のヒロイン直子は、二十歳で統合失調症と考えられる精神疾患を発症する」としている。

＊13　ビリー・ジョエルのスタジオ・アルバム八作目。

＊14　シングル盤としては一九八三年に全米一七位を記録した。（小西慶太『「村上春樹」を聴く。ムラカミワールドの旋律』阪急コミュニケーションズ 二〇〇七年）

＊15　シングルで全米五六位を記録した。

＊16　「彼は、ある会員制のスポーツ・クラブのプールサイドにあるカフェテラスで、僕にこの話を」しているという設定である。

＊17　画廊の「四十歳前後の女性のオウナー」は、自分の語りの中で一度だけ「ドイツ人の画学生」に、「トシコ」と呼ばれているが、「僕」との会話の中では名前が出てこない。

＊18　「教材研究としての村上春樹「バースデイ・ガール再論――『プールサイド』と『三十五歳問題』を手がかりに」（『山梨大学教育学部紀要』第二十五巻 平成二十八（二〇一六）年度）

＊19　「僕」が「彼女」をたまたま「物理的に抱いた」とき、（おそらく「僕は僕なりにスポイルされることについてはちょっとした権威だったので、彼女がどれくらいスポイルされて育ってきたか手にとるようにわかった」ために）「お互いの考えていることを手にとるように感じることができた」とあるが、それは作品末尾の「彼女の息づかいと肌のぬくもりとやわらかな乳房の感触はまだ僕の中に残っていて、そのことで僕はまだ十四年前のあの夜と同じように、どうしようもなく混乱しているのだ」という「僕」

の肉体的な記憶にも結びついている。

＊20 講談社 一九八八年

＊21 新潮社 一九九四年〜一九九五年

＊22 二〇一九年第8回村上春樹国際シンポジウム国際会議予稿集

＊23 『めくらやなぎと眠る女 TWENTY-FOUR STORIES』新潮社 二〇〇九年所収の「ハンティング・ナイフ」では、この親子は「アメリカ人の母子」とされている。

＊24 前掲＊23 一三二頁では、「ときどき彼らの持っている銀色のポットが、ナイフのようにきらりと激しく光った」（傍線部・改変部分）となっている。

＊25 前掲＊23 一四五頁には、「通信販売」で手に入れたとある。

＊26 『村上春樹全作品 1979〜1989 ⑤短編集Ⅱ』講談社 一九九一年 三九八頁

＊27 以上、レーダーホーゼンについては「Dahoam-Porsche Christophorus 最終確認日二〇一九年一月六日」による。

＊28 講談社 二〇一一年

＊29 『村上春樹――分身との戯れ』翰林書房 二〇〇一年所収

＊30 酒井英行は、「彼女」は「意識の上では結婚を望みながらも、〈レーダーホーゼン・ショック〉にそれを拒否・抑圧されてしまう分裂、アンビバレンス」に直面しており、「意識と無意識の闘争の苦痛、理性と感情の齟齬のひずみを癒そうとする欲動がスポーツへの情熱となって噴出している」としている。（「『レーダーホーゼン』――〈のばしたり縮めたり〉され続けてきた自我」前掲＊29）

＊31 『村上春樹全作品 1979〜1989 ⑧』講談社 一九九一年

＊32　講談社　一九九九年

＊33　一九八三年『中国行きのスロウ・ボート』（中央公論社）同年『カンガルー日和』（平凡社）一九八四年『螢・納屋を焼く・その他の短編』（新潮社）一九八五年『回転木馬のデッド・ヒート』（講談社）一九八六年『パン屋再襲撃』（文藝春秋）一九九〇年『ＴＶピープル』（文藝春秋）一九九六年『レキシントンの幽霊』（文藝春秋）二〇〇〇年『神の子どもたちはみな踊る』（新潮社）二〇〇五年『象の消滅　短篇選集 1980-1991』（新潮社）同年『東京奇譚集』（新潮社）二〇〇九年『めくらやなぎと眠る女』（新潮社）二〇一四年『女のいない男たち』（文藝春秋）二〇二〇年『一人称単数』（文藝春秋）以上一三冊。なお、『はじめての文学　村上春樹』（文藝春秋　二〇〇六年）は、『はじめての文学』シリーズ十二巻のうちの一巻であることから、ここでは一三冊のうちに入れていない。

＊34　直子は、小学校六年生の秋、縊死した六歳年上の姉の遺体を発見したときに、「意識」と「体」の乖離を感覚し、言葉を失った経験を次のように語っている。「でも体の方が言うことを聞かないのよ。私の意識とは別に勝手に体の方が動いちゃうのよ。私の意識は早く下に行かなきゃと思っているのに、体の方は勝手に動いてお姉さんの体をひもから外そうとしているのよ。（中略）『それから三日間、私はひとことも口がきけなかったの。ベッドの中で死んだみたいに、目だけ開けてじっとしていて。何がなんだか全然わからなくて』」（『村上春樹全作品 1979～1989⑥』講談社　一九九一年　二一三頁）

＊35　『岩波講座精神の科学4精神と身体』岩波書店　一九八三年　第Ⅲ章「身体感覚とリズム」中里均　第二節「分裂病の身体」2「慢性期」

＊36　創元こころ文庫　二〇一六年

＊37　『村上春樹全作品 1979～1989⑥』講談社　一九九一年　三四頁

＊38『少年カフカ』新潮社 二〇〇三年 二四五頁には、「人はもちろん孤独です。僕も孤独です。あなたも孤独です。人と人が理解しあうことなんて不可能です。それは絶対的な真実です。僕らはみんなスプートニク衛星に乗って、地球のまわりをぐるぐるまわって、そのうちにどこかに消えていくライカ犬のようなものです。／でも、『風の歌を聴け』に、たしかディスクジョッキーが出てきましたよね。彼が『僕は君たちが好きだ』というとき（たしかそう言いましたよね）、彼は本気でそう言っているんです。そういうことって、何かの役に立つと僕は思うんです。そう思いませんか？」という村上のコメントがある。

＊39 二〇二〇年四月に『猫を棄てる　父親について語るとき』として文藝春秋から刊行

第2章　「あちら側」と「こちら側」――『スプートニクの恋人』

1　移動という視点

本章では、移動という視点に立って『スプートニクの恋人』（一九九九）を考察してみたい。移動という視点を設定することによって、次の三点を明らかにしたいと考えるからである。

第一点は、「ぼく」が日本とギリシャの間を移動する二つの章、すなわち「ぼく」が日本を発ちギリシャの「小さな島」に赴く第7章と、「小さな島」から日本へ帰国する旅程を描いた第14章が、作品の舞台を日本／ギリシャ／日本と切り替え、それによって、作品を三つの部分に分ける機能を果たしていることである。（したがって、本論では、第1章から第6章を第1部、第7章から第14章を第2部、第15章から第16章を第3部と呼ぶ）

第二点は、日本からギリシャへの移動は、「こちら側」（現実世界）から「こちら側」と「あちら側」の間にある境界領域への移動を意味し、ギリシャから日本への移動は、境界領域から「こちら側」への移動を意味しているということである。

第三点は、ミュウ・すみれ・「ぼく」の生の実相について考察する際、半身が心ならずも「こちら側」から「あちら側」へ移動してしまったミュウ、現実に生きることに行き詰まり、おそらくミュウの半身を追って「あちら側」へ移動することを自ら選んだすみれ、そうした二人の姿を認めつつ最後まで「こちら側」に踏みとどまって現実を生き切ろうとする「ぼく」という位置づけを明確にすることである。

つまり、本論では、移動という語は「ぼく」の日本・ギリシャ間の物理的移動を表すと同時に、「こちら側」と境界領域の間の行き来を表すものとも考える。また、ミュウの半身やすみれが「あちら側」へ失われてしまったことも、本論では、ミュウの人格破綻、あるいはすみれの失踪と解すると同時に、移動という語を用いて表現する。

2　日本からギリシャへ——現実世界から境界領域への移動

『スプートニクの恋人』の中で、実際に移動という語が用いられているのは、夜半過ぎに突然ミュウから電話を受けた「ぼく」が、早朝に東京を出て一日がかりでギリシャの「小さな島」に到着した、その夜の場面だけである。

一人になると突然ひどく眠くなった。時刻はもう12時に近くなっている。ぼくは服を脱いで、布団の中に潜り込んだ。でもうまく眠れなかった。ついこのあいだまでこのベッドですみれが眠っていたのだ、とぼくは思った。そして長い移動の興奮が、身体の中に残響のように残っていた。ぼくは固いベッドの上で、自分がまだ終りのない移動を続けているような錯覚に襲われた。

（傍線部論者『村上春樹全作品1990～2000②』三七三頁）

八月中旬の夜半過ぎ、午前二時頃にミュウから電話を受けた「ぼく」は、約二〇時間かけて東京からギリシャのロードス島付近の「小さな島」まで、全行程約一万二千三百㎞を移動した。「ぼく」は、始発電車が走り始めるのを待って中央線で国立から新宿に出、新宿から成田エクスプレスで空港に向かい、成田空港で成田・アテネ直行便はないと分かって、ＫＬＭ航空の便に搭乗して北極を越え、アムステルダムでアテネ行きの便に乗り継ぎ、アテネでオリンピック航空の国内便に乗り換えてロードス島に着き、そこから夕方のフェリーに乗って現地の夜七時過ぎに目的地の島に到着した。東京とサマータイム期間中のアテネとの時差は、東京が六時間進んでいるので、「ぼく」がこの島に到着してベッドに入ろうとした夜中の12時は、「ぼく」が東京を出発してほぼ一日後の東京時間の翌日の朝6時に相当する。こうして「ぼく」が到着したのは、南エーゲ海に浮かぶ「トルコとの国境に近い小さな島」である。

この「トルコとの国境に近い」という設定は、「小さな島」が境界性を帯びていることを示唆している。この島に到着した「ぼく」が「何かの事情で、改変を許さない他人の夢の流れの中にただ飲み込まれてしまっていただけのことなのかもしれない」と考えるのも、それを裏付けている。「ぼく」は、日本からギリシャへの移動が単なる地理的移動に止まらない、どこか次元の異なる世界への移動であることを敏感に感じ取っている。ミュウも、この島に来たときの感想を「まるで別の世界にまぎれこんでしまったみたいだった」、「わたしは世界の端っこにいて、そこに静かに腰かけていて、誰にもわたしの姿は見えない。そんな気がしたわ」と、「ぼく」に言う。こうした叙述から、この「小さな島」が今まで「ぼく」やすみれやミュウが生活していた東京とは次元の異なる時空間、つまり境界領域として設定されており、そのために固有名詞が与えられていないのだろうと推測される。

　そして、この「小さな島」にある「電話もインターネットも使えない」「海に面したヴェランダのついた小ぶりなコテージ」は、『羊をめぐる冒険』の十二滝村の山荘や、『海辺のカフカ』の高知県境近い山奥の小屋、『騎士団長殺し』の小田原市郊外の山上の家などを彷彿とさせる。それは、山中か海辺かの違いこそあれ、主人公が境界領域から「あちら側」へ踏み込んで行こうとする、まさしくその境界線上にこのコテージが位置していることを示している。そこは、『羊をめぐる冒険』や『海辺のカフカ』、『騎士団長殺し』で、主人公が失踪した親友・鼠や母親を探し求め、あるいは自らの生きる道を探しあぐねてようやくたどり着く地点[*1]でもある。主人公たちは、危険を覚悟の上でここから「あちら側」に踏み込んで行く。『羊をめぐる冒険』や『海辺のカフカ』では、失踪した相手と再会を遂げ、『騎士団長殺し』では、山上の家の庭に発見された穴に無事帰還を果たす。境界領域からあえて「あちら側」へ踏み込むということによって、主人公は失ったものをすべて取り返せないまでも、内的な回復への手がかりを得て、物語はようやく収束へ向かって行くのである。

つまり、このコテージの建つ「小さな島」は、複式夢幻能においてワキがシテに遭遇する虚実の間隙、あるいは時空の狭間に匹敵する境界領域として設定されていると見ることができる。ワキがシテに遭遇するのは、本来、時空を超越した架空の場所であるはずだが、多くの曲では、それを特定の名所・旧跡や歌枕に設定しているのは、周知のことである。

たとえば、『スプートニクの恋人』の三人を複式夢幻能の登場人物に擬えると、長旅を経てこの島にたどり着いた「ぼく」をワキ、この島で「煙のように消えてしまった」すみれをシテ、「ぼく」にすみれの失踪の経緯を語る美しい女・ミュウを前ジテと見ることができる。前ジテ・ミュウは、あたかも〈中入り〉のように、すみれの捜索を依頼しにアテネの領事館に赴いて「小さな島」という舞台から姿を消す。その間に、コテージに一人残された「ぼく」は、すみれがこの島へ来てから書いた文書1と文書2を発見して読む。文書1には、亡き母を何回も夢の世界まで追い求めて行く**〈すみれの夢〉**が、文書2には、ミュウが自己分裂について語った**ミュウの観覧車**の話が記されており、「ぼく」は、すみれとミュウの内的ドラマの真相を始めて知る。そうして「ぼく」は、夜半に音楽を耳にして山頂へ導かれて行き、月光の下でおそらくすみれが経験したであろう「奇妙な乖離《かいり》の感覚」を「身体の中に」体験する。それは、すみれの失踪を跡づける追体験、すなわち、ワキとシテの魂のレベルにおける近接を示唆していると見ることができる。

3　意識と肉体の乖離という自己喪失の危機

それでは、「ぼく」が山頂へ向かう途上で経験した「奇妙な乖離《かいり》の感覚」とは、何なのだろう。『村上春樹全作品1979～1989⑧』の末尾に書き下ろし作品として収録されている短編「人喰い猫」には、『スプートニクの恋人』と共通するイメージや類似する場面をいくつも見ることができる。たとえば、『スプートニクの恋人』の「小さな島」に似た、「僕」がイズミと住んでいる、やはりトルコ国境近くのギリシャの「小さな島」は、次のように描写されている。

> ここはヨーロッパ世界の文字通りの端っこだった。そこには世界の端っこの風が吹き、世界の端っこの波が立って、世界の端っこの匂いが漂っていた。好むと好まざるとにかかわらず、ひとつの世界の末端というのはそういうものなのだ。そこには何かしら避けることのできない退嬰の色合いがあった。それは、異物の領域に静かに呑み込まれていくような感覚を僕に与えた。それは末端のその先にある、何か漠然とした、そして奇妙に親切な異物だった。港にたむろする人々の顔にも目つきにも肌の色にも、どことなくその異物の影が感じられることがあった。
>
> （『村上春樹全作品1979～1989⑧』二五六頁）

ここには、「世界の末端」であることから生じる「退嬰の色合い」が表現されているが、こうした描写は、『スプートニクの恋人』にはほとんど見られない。「人喰い猫」の内容に沿って言うなら、「異物の領域に静かに呑み込まれていくような感覚」とは、家庭も仕事も失って何の当てもなくイズミとこの島にたどり着いた「僕」が、いつの間にか生きる意欲も失い、否応なく底なしの無力感に引きずり込まれてゆく癒しようのない喪失感を表現していると言えるだろう。

「人喰い猫」の「僕」は、東京で安定した仕事と家庭を持っていたが、仕事の関係でイズミという女性と知り合って不倫関係に陥り、それがイズミの夫の知る所となって、結局二人は日本を捨て、ギリシャのトルコ国境に近い「小さな島」にやって来た。そしてある夜半、聞こえてきた音楽に誘われるようにイズミの姿を探しつつ山頂へ向かう途上で、「僕」はあたかも意識と肉体が乖離するような危機的感覚を体験する。

> そして僕はふと自分を見失った。／それは月の光のせいかもしれない。あるいは真夜中の音楽のせいかもしれない。一歩また一歩と足を前に進めているうちに、僕はエジプトの上空を飛んでいるときに感じたのと同じ、あの深い自己喪失の流砂の中に足を踏み入れていった。
>
> （『村上春樹全作品 1979 ～ 1989 ⑧』二七一～二七二頁）

このように始まる一節で表現されているのは、「僕の意識存在」が「帰るべき肉体を持たない」という、限りなく死に近接した「自己喪失」の感覚である。「人喰い猫」のこうした場面を参考にすると、『スプートニクの恋人』第13章に描かれた「奇妙な乖離《かいり》の感覚」も、山頂へ向かう途上で「激しい悪寒に襲われた」[*2]「ぼく」が、「ぼくの身体」と意識が乖離しようとするのをなんとかやり過ごしたという描写があることから、やはり意識と肉体が乖離しようとする自己喪失の危機を表現したものと理解できる。[*3]

4　現実という「閉じられたサーキット」を生きる

「人喰い猫」の「僕」が「自己喪失」の危機に陥った原因は、家庭も仕事も、彼の人生を支えるバック・グラウンドであった日本という国も、つまり「僕」が生きてきた現実を一挙に失ってしまったことにあると考えられる。「僕」が現実を失いつつあることは、山頂への道で自己喪失の危機に見舞われたとき、「僕」が自分に向かって「お前はただ疲れて神経が昂っているだけなんだ。現実を摑め。なんでもいいから現実を摑んでいるんだ。僕はズボンのポケットに手を入れて、中の小銭を握りしめた。小銭はすぐに汗でぐっしょりと濡れた」[*4]という描写にも示唆されている。

それでは、『スプートニクの恋人』の「ぼく」が意識と肉体の乖離という「自己喪失」の危機にさらされねばならない原因は、どこにあるのだろうか。

『スプートニクの恋人』第1部には、語り手の「ぼく」、「ぼく」が恋する小説家志望のすみれ、すみれが初対面で恋に陥ったミュウが登場し、三人の関係が紹介されている。第2部に入ってすぐ、「小さな島」に到着した翌朝の場面で、「ぼく」は三人の関係を次のように表現している。

> この女性（ミュウ）はすみれを愛している。しかし性欲を感じることはできない。すみれはこの女性を愛し、しかも性欲を感じている。ぼくはすみれを愛し、性欲を感じている。すみれはぼくを好きではあるけれど、愛してはいないし、性欲を感じることもできない。ぼくは別の匿名の女性に性欲を感じることはできる。しかし愛してはいない。とても入り組んでいる。まるで実存主義演劇の筋みたいだ。すべてのものごとはそこで行きどまりになっていて、誰もどこにも行けない。選ぶべき選択肢がない。そしてすみれがひとりで舞台から姿を消した。
>
> （括弧内論者『村上春樹全作品 1990～2000 ②』三七五頁）

この三人の関係は、『ノルウェイの森』の三人——「僕」（ワタナベ・トオル）、直子、キズキ——の関係にとても似ている。即ち、キズキと直子が愛し合っているように、ミュウとすみれは愛し合っている。しかし直子がキズキに性欲を感じることができないように、ミュウもすみれに性欲を感じることができない。「僕」は直子を愛し、性欲を感じている。「ぼく」もすみれを愛し、性欲を感じている。しかし、直子は「僕」を好きではあるけれど愛してはいない。すみれも「ぼく」を好きではあるけれど愛してはいない。そして、直子が二十歳の誕生日以外は「僕」に性欲を感じることができなかったように、すみれも「ぼく」に性欲を感じることがない。そして「僕」同様、「ぼく」は別の匿名の女性に性欲を感じることはできるが、愛してはいない。また『ノルウェイの森』でも、直子は自殺し、すみれと同じく「ひとりで舞台から姿を消」してしまう。

　このように、『スプートニクの恋人』の三人の関係は、『ノルウェイの森』の三人の関係の引き写しのようにも見える。両作品の登場人物六人は、愛する人と安定した性的関係を保ちつつ心のつながりを深めてゆくことが不可能な状態にあり、その限界を打開できないまま索漠たる人間関係を生きている。『スプートニクの恋人』では、こうした愛し合う者同士が深く結び合うことができない状態を「すべてのものごとはそこで行きどまりになっていて、誰もどこにも行けない。選ぶべき選択肢がない」と表現し、第6章末尾では、一人一人が孤立して身動きのとれない状態にあることを「閉じられたサーキットの中にいる」と表現している。

> そしてぼくは今こうして、ひとつの閉じられたサーキットの中にいる。ぼくは同じところをぐるぐるとまわり続けている。どこにもたどり着けないことを知りながら、それをやめることができない。そうしないわけにはいかないのだ。そうでもしないことには、ぼくはうまく生きていくことができないのだ。

（傍線部論者『村上春樹全作品1990～2000②』三二五頁）

第5章では、両親と姉のいる「普通の家庭」に生まれながら、「家族の誰とも気持ちが通じあわず「孤独な人間」として生い立った「ぼく」の生育歴が語られている。そして第6章の末尾（第1部の末尾）のこの引用部分で、唯一心を通じ合わせることのできたすみれがレズビアンであったために、性的につながることができないという「ぼく」の孤絶感が「ひとつの閉じられたサーキットの中」で「同じところをぐるぐるとまわり続けている」と表現されているのである。

5　ミュウの「あちら側」への移動

すみれに「スプートニクの恋人」と命名されたミュウは、二人が出会う十四年前の二十五歳の夏に、スイスに近いフランス国境の町に滞在し、その町の遊園地の観覧車に乗ったときにドッペルゲンガーを体験した。岩宮恵子は、ミュウが一流のピアニストたらんと努力を重ねた末に、分身が性的に奔放にふるまうというドッペルゲンガーを経験し自己分裂を来たした経緯について、次のように述べている。

> この世のことは、努力さえすれば何でもできるはずであるという「こちら側」だけに片寄った世界観で生きていたミュウが、「向こう側」と接触するとき、それは強烈な穢れの侵入というかたちを取らざるを得なかったのだろう。そして生きるための力を得る通路が「向こう側」との間に

できるのではなく、すっぱりと二つに引き裂かれてしまったのだ。これは、現代を生きる人々が共通して抱いている課題なのだと思う。

（岩宮恵子『増補思春期をめぐる冒険』創元こころ文庫 二〇一六年 一九一頁）

さて、『スプートニクの恋人』では、ドッペルゲンガーによる自己分裂を体験したミュウの自省の言葉が、第12章「文書2」の**ミュウの観覧車の話**に記されている。そこで彼女は、「14年前にスイスでわたしの身に起こった出来事は、ある意味では私自身がつくり出したことなのかもしれないわね。時々そう思うの」と、自責の念を吐露している。

世界的ピアニストを目指してパリに留学したミュウは、ほどなく「わたしより明らかにテクニックが劣っていて、わたしほど努力しない人たちが、わたしより深く聴衆の心を動かして」いることに気づく。「音楽コンクールに出ても」「最終の段階でそういう人たちに打ちまかされ」てしまうことが度重なる。そうした経験を重ねるうち、ミュウは、自分には「なにか大事なもの」が、つまり「感動的な音楽を作り出すために必要な人としての深み」が欠けていたことに気づく。もともと「自立心が強く、きまじめな性格」だったミュウは、「子供の頃からまわりとは関係なく自分の中に規律を作って、それを守っていくことを好」み、日本に生まれ育ったが「国籍は外国人だった」ことから、「この世界で生きていくには自分自身を少しでも強くしなくてはならないと考えるようになった」という。

「強くなることじたいは悪いことじゃないわね。もちろん。でも今にして思えば、わたしは自分が強いことに慣れすぎていて、弱い人について理解しようとしなかった。(中略)わたしは、いろんなことがうまくいかなくて困ったり、立ちすくんでいたりする人たちを見ると、それは本人の努力が足りないだけだと考えた。不平をよく口にする人たちを基本的には怠けものだと考えた。当時の私の人生観は確固として実際的なものではあったけれど、温かい心の広がりを欠いていた。そしてそれについて注意してくれるような人はまわりには一人もいなかった。

(『村上春樹全作品 1990〜2000 ②』四一七頁)

ミュウは、「一流のピアニストになりたいという思いで頭がいっぱいでまわり道や寄り道をするなんて考えもせず」、弱い立場にある人に心を寄せることもできず、「自分になにが欠けているのか、その空白に気がついたときにはもはや手遅れだった」、「注意してくれるような人はまわりには一人もいなかった」と述べている。第1章3の(4)で詳述した通り、『回転木馬のデッド・ヒート』所収の「今は亡き王女のための」でも、「他人の気持ちを傷つけることが天才的にうまかった」「彼女」の成長過程に、歪んだ「エゴを放出して」くれる大人が周囲にいなかったために「彼女」は「確実にスポイルされ」てしまったという叙述があり、ミュウの生育環境に似たものが見出せる。

こうした言葉とミュウが実際にたどった運命には、中島敦の『山月記』[*5]の李徴に通ずるものが感じ取れる。両者の共通点は、まず、人間的な深みに欠けているために芸術的達成を遂げられず、この点について本人の自覚が欠けていたことが挙げられる。李徴の親友・袁傪は、山中で李徴が朗々と自作の詩を詠みあげるのを聞きながら「成程、作者の素質が第一流に屬するものであることは疑ひない。しかし、この儘では、第一流の作品となるのには、何處か（非常に微妙な點に於て）缺ける所があるのではないか」[*6]と感じ取っている。また、李徴自身が「虎となり果てた今、己は漸くそれに氣が付いた」[*7]と述べたように、自分の生き方を顧み反省したときにはもう取り返しがつかなくなっている点もミュウと共通している。中島敦は、「努めて人との交を避け」、一流の詩家となるべく孤高を持し、ついに虎となり果てた倨傲な李徴の内心に「臆病な自尊心」と「尊大な羞恥心」を見た。李徴は自己を見失い、虎に姿を変えられてしまったが、ミュウが自ら自己分裂を招いてしまった原因も、李徴と同様、一流の芸術家たらんとして他を顧みず自己に立て籠もった倨傲な生き方にあったと言えよう。

　当時二十五歳だったミュウは、「半分のわたし」が「あちら側に移っていってしま」い、「私という人間が決定的に二人に引き裂かれてしまった」という。李徴はその姿を虎に変えられて日々人としての心を失ってゆく運命にあるが、ミュウの自己分裂は、「こちら側」に残された「半分のわたし」が一夜にして「髪が一本残らず白髪になっ」てしまったことに象徴されている。

　このミュウの白髪は、『騎士団長殺し』の免色の総白髪や「白いスバル・フォレスターの男」の白のイメージにもつながっていると考えられる。ミュウと免色の総白髪は、竜宮から帰った浦島太郎や、謡曲『歌占』[*8]（うたうら）に登場する、頓死して地獄に堕ち三日後に蘇生したときには総白髪となっていた若い神職・伊勢の国の渡会某（わたらいのなにがし）などを想起させる。つまり、ミュウや免色や「白いスバル・フォレスターの男」の白は、異界を経験した者、あるいは何らかのかたちで異界とのつながりを持つ者を表象しているのだろう。

6　すみれの「あちら側」への移動

ミュウの半身が「あちら側」へ移動してしまったというのは、自己分裂の結果、人間として十全なあり方が「失われ」てしまった状態と考えられる。しかし、「ぼく」が考えるように、すみれが性欲を持つミュウの半身を追って自らの意志で「あちら側」へ移動したというのなら、すみれはミュウと同じ意味で「失われ」た、すなわち自己分裂を来したというわけではなく、彼女は再び自分の意志で「こちら側」へ戻って来る可能性があると言えるのではないだろうか。第16章の突然の電話で、すみれがホメロスの『オデッセイ』に言及するのも、彼女の帰還を暗示しているようである。

村上作品の中で、ミュウの状態に一番近い登場人物として想起されるのは、まず『海辺のカフカ』のナカタ、そして『ねじまき鳥クロニクル』の間宮中尉である。しかしこの二人は、状況こそ違え、戦時下において人間性の根源に徹底的な損傷を受け、戦後も回復の方途をほとんど見出せなかった戦争時代のシステムの犠牲者として描かれている。

また、自らの意志で「あちら側」の世界へ踏み込んだ登場人物としては、『羊をめぐる冒険』の「僕」、『ダンス・ダンス・ダンス』の「僕」、『海辺のカフカ』の田村カフカ、『騎士団長殺し』の「私」

などが挙げられるが、彼らは皆、元いた現実世界に無事帰還を遂げている。それに対し、自らの意志と関わりなく「街」に送り込まれた『世界の終りとハードボイルド・ワンダーランド』の「僕」は、元の世界に戻ろうとせず、知らぬ間に「あちら側」へ移動させられてしまった『1Q84』の青豆と天吾は、元の世界に戻ったかどうか判然としないまま物語が終わっている。

文書1の**〈すみれの夢〉**において、母の記憶をめぐって失望を重ねてきたすみれは、ミュウとの関係がこのままでは、「わたしは間断なく失われていくことだろう」と考え、「わたしはミュウと交わらなくてはならない」と心を決める。また、文書1の末尾近くにある「血は流されなくてはならない。私はナイフを研ぎ、犬の喉をどこかで切らなくてはならない」という言葉は、ミュウと交わることができなかった場合は、比喩として「犬の喉」を切り、たとえ何らかの犠牲を払っても「あちら側にいるはずのミュウ」のもとへ移動すると宣言していることが分かる。ここには、母の記憶をめぐる絶望をむしろスプリング・ボードとして、ミュウを愛することで現実を生きて行こうとする積極的な姿勢が見て取れる。そして「ぼく」も、今までのすみれの生き方から考えて、彼女が自ら死を選んだとはまったく考えていない。

7　「ぼく」と「にんじん」

「ぼく」がギリシャから東京に戻って第3部に入ると、作品世界は一変する。それは、「ぼく」が境界領域まで移動しながら「あちら側」には踏み込まず、物語が熟し切らないまま舞台だけが「こちら側」に切り替わってしまったような感触が残るからだろう。村上春樹の長編小説においては、深刻な喪失体験に直面した主人公が境界領域を経て異界（「あちら側」）に赴き、再び現実世界（「こちら側」）へ帰還を遂げるという内的経験を経て、自己を回復し成熟への手がかりをつかむ物語が書き継がれて来た。それは、『羊をめぐる冒険』から『騎士団長殺し』に至る長編小説の系譜に通底する物語世界の本流である。しかし、短編小説や村上自身が「中編小説、あるいは短いめの長編小説」にカテゴライズしている『スプートニクの恋人』『国境の南、太陽の西』『アフターダーク』『色彩を持たない多崎つくると彼の巡礼の年』などでは、登場人物の失踪や主人公の喪失体験だけが描かれ、自己回復へ至る異界往還の物語が成就しないまま結末を迎える作品も数多い。

　日本への帰途に立ち寄ったアテネのアクロポリスの丘で、「ぼく」は次のように述懐する。

> でもその世界への行き方がわからなかった。ぼくはアクロポリスのつるつるとした硬い岩肌を手で撫で、そこに染み込み、封じ込められた長い歴史のことを思った。ぼくという人間は否応なく、その時間性の継続の中に閉じこめられている。そこから出ていくことができない。いや、違う――そうじゃない。結局のところ、そこから出ていくことをぼくはほんとうには求めなかったのだ。

（『村上春樹全作品 1990～2000 ②』四四〇頁）

引用文中の「その世界」は、二段落前の「すみれがいて、失われた側のミュウがいる」「『あちら側』の世界」という語句を受けている。この一節から分かるように、帰国後の「ぼく」は、「こちら側」の世界の現実を生きてゆくことを選んだという自覚を持っている。しかし、すみれを失った「ぼく」の寂寥感は深刻である。この引用部分の直前、アクロポリスの丘の夕暮れの空に「人工衛星の光を探し求め」る場面には、「ぼく」の孤独と寂寥が集約されている。

> どうしてみんなこれほどまで孤独にならなくてはならないのだろう、ぼくはそう思った。どうしてそんなに孤独になる必要があるのだ。これだけ多くの人々がこの世界に生きていて、それぞれに他者の中になにかを求めあっていて、なのになぜ我々はここまで孤絶しなくてはならないのだ。何のために？この惑星は人々の寂寥を滋養として回転をつづけているのか。（中略）ぼくは眼を閉じ、耳を澄ませ、地球の引力を唯ひとつの絆として天空を通過しつづけているスプートニクの末裔《まつえい》たちのことを思った。彼らは孤独な金属の塊として、さえぎるもののない宇宙の暗黒の中でふとめぐり会い、すれ違い、そして永遠に別れていくのだ。かわす言葉もなく、結ぶ約束もなく。
>
> （『村上春樹全作品1990～2000②』四四一頁）

そして、第3部に入って「ぼく」の孤絶と寂寥がいよいよ深まってくると同時に、東京の煩雑な現実が一挙に「ぼく」に襲いかかって来る。しかし、その中で「ぼく」の寂寥を思いがけない形で受け止めてくれたのが「ぼく」のクラスの生徒、「にんじん」こと仁村晋一であった。

　仁村晋一は、『スプートニクの恋人』の中で唯一、漢字表記の姓名を与えられた登場人物である。これは、『ノルウェイの森』の第十章の末尾で、それまでレイコと片仮名のみで表記され、あたかも直子に付き添う分身のように描かれていた彼女が、「僕」宛ての手紙の末尾に石田玲子という漢字表記の姓名が示された後は、俄然、現実世界における確たる存在感をもって「僕」の面前に姿を現した例を想起させる。[*9]「僕」は、石田玲子とともに直子の霊を弔い、彼女と身体を重ね合うことによって新たな人生を生きてゆく力を分かち合うことができた。

　一方、『スプートニクの恋人』の「ぼく」は、「常習的な万引き」が発覚して「沈黙の中に引きこもったまま」の仁村晋一に向かって、自分の「心の中から自然に出てきた言葉」を問わず語りに語る。「ぼく」は、すみれを失った深い悲しみとうつろな心境を十歳の子供の前に何の衒いもなくさらけ出した。そのとき「ぼく」は、ただ仁村晋一を前にして「自分に向けて話し」、「声に出して物を考え」ようとしたのだという。その結果、「ぼく」は漢字表記の姓名を持ち、現実を生きる確たる姿勢を持つことを示唆されている仁村晋一の「僕を理解し、受け入れてくれた」純粋な心に触れ、現実を生きて行く力を得る手がかりをつかむことができたのである。

　それに対し、仁村晋一の母親は、スーパーマーケットの保安室で心の「扉を閉め、窓をふさいでいる」晋一が「別の世界に行ってしまっているみたい」に見えたと言う。そして、彼女は「夫も、子供も、友だちも」「みんな」「もう誰もわたしには話しかけてこなくなった」と言って、「ぼく」に孤独を訴える。こうしたことから、仁村晋一がかつての「ぼく」と同じように、物質的には満たされていても「家族の誰とも気持ちが通じ合わな」い家庭にあって、父母の不仲や母親とクラス担任の不倫関係に深く傷ついていたことが推測される。「ぼく」は、そこに「精神的な微妙な歪み」が生じ、常習的な万引きを惹起したと考えた。一方、「勘の良い」仁村晋一は、「ぼく」が心の内をすっかりさらけ出したことを感受し、父母や担任教師の愚かしい振る舞いの背後にも、癒し難い寂寥と孤絶があることを察知して「ぼく」を受け入れ、差し出された「ぼく」の手をとって家まで戻ることができたのだろう。

こうして「ぼく」は、仁村晋一が「ぼくを理解し、受け入れてくれた」、「ある程度」「赦してさえくれたのだ」という感慨を持つ。そして、彼のような傷つきやすく純粋な少年が「永遠に続くかと思える長い成長期」を「通り抜け、大人になっていく」際に必ず経験するだろう「きつさの概要」を自分の経験から「予測することができた」と述べて、仁村晋一のこれからの日々を思いやっている。

さて、最後に思い出されるのは、第1章で「ケルアックの小説世界にのめり込んでいた」すみれが、「いちばん心を惹《ひ》かれた」という「『ロンサム・トラヴェラー』の中にある山火事監視の話」から引用した次の一節である。

「人はその人生のうちで一度は荒野の中に入り、健康的で、幾分は退屈でさえある孤絶を経験するべきだ。自分がまったくの己れ一人の身に依存していることを発見し、しかるのちに自らの真実の、隠されていた力を知るのだ」

（『村上春樹全作品1990～2000②』二四一頁）

「ぼく」は、すみれにいつも「現実的で凡庸な見解」しか述べなかった。しかし、すみれを失った後、果たしてこのケルアックの「孤絶を経験するべきだ」という言葉を、現実の人生を生きるために必要な力として受け止めることができただろうか。

以上のように、移動という視点を設定して『スプートニクの恋人』を考察することにより、「ぼく」、すみれ、ミュウの三人が「こちら側」、境界領域、「あちら側」の間を移動することで場面が移動し、三人の運命が展開し、物語が深化して行くことが確認できた。

この三人の共通点については、第1章8に詳述したが、それは、スプートニクに代表されるような孤独を表象する回転のイメージを共通して有しており、他とのつながりが薄れ孤絶感が高まると、意識と肉体が乖離する自己分裂の危機に直面してしまうことである。すみれは、半身が「あちら側」に移動してしまったミュウに恋をし、ミュウの半身を追って「あちら側」に移動してしまった。しかし、すみれを愛する「ぼく」は、「こちら側」に踏みとどまり現実を生きることを選んだ。

すみれが「こちら側」に帰ってきたかどうか明らかにされない結末は、物足りなくはある。しかし、「にんじん」こと仁村晋一との心の交流が「こちら側」で現実を生き、孤独の中ですみれを待ち続けようとする「ぼく」を励ましていることは確かである。そして、『スプートニクの恋人』では、十二年前の『ノルウェイの森』の結末と比べても明らかなように、主人公が現実世界でより一層地に足をつけた生き方に努めようとしている姿勢が強調されていることが分かる。

注

＊1 「山上の家」が現実世界と異界の境界領域に位置していること」については、本書第5章、第6章に詳述した。

＊2 『村上春樹全作品 1990～2000 ②』四二九～四三〇頁

＊3 しかし、「月の光はそこにあるあらゆる音をゆがめ、意味を洗い流し、心のゆくえを惑わせていた。それはミュウに自らのもうひとつの姿を目撃させた。それはすみれの猫をどこかに連れ去った。それはすみれの姿を消した。それは（おそらく）存在するはずのない音楽をかなで、ぼくをここに運んできた」とある（『村上春樹全作品 1979～1989 ⑧』四三一頁）ことから、音楽が止んで山頂に立った時、「ぼく」が月の光に特別な意味を感じ取っている点は「人喰い猫」と異なっている。

＊4 『村上春樹全作品 1979～1989 ⑧』二七二頁

＊5 『中島敦全集』第一巻 筑摩書房 一九七六年

＊6 前掲＊5 一五七頁

＊7 前掲＊5 一五八頁

＊8 作者は観世十郎元雅、四番目物

＊9 拙著『村上春樹 物語の力』一四一～一四二頁に詳述。

II

過去から引き継がれた物語

第3章　過去の責任を継承する――『海辺のカフカ』

1　日本文学に依拠しつつ戦後日本の深層を描き出す

『海辺のカフカ』[*1]（二〇〇二）の特徴の一つは、主人公・田村カフカが夏目漱石の『坑夫』の感想を述べたり、大島が『源氏物語』や『雨月物語』についてカフカに解説したりするという形で、しばしば日本文学を取り上げていることである。村上春樹の作品では、『羊をめぐる冒険』（一九八二）で、「誰とでも寝る女の子」の読んだ本として大江健三郎・三島由紀夫の名前が挙げられ、三島由紀夫の割腹事件を報じる音声のないテレビ場面が描かれていたこと以外、日本文学に言及した例はなかったため、『海辺のカフカ』や『１Ｑ８４』[*2]（二〇〇九～二〇一〇）で『平家物語』を引用する等、村上春樹が作品中に日本文学、特に古典文学を取り上げ始めたのは画期的なことと言える。

　論者が特に注目したいのは、『海辺のカフカ』における『坑夫』『源氏物語』『雨月物語』三作品への言及が、単に作者のブッキッシュな興味によるものではなく、作品のテーマやプロットを示唆し、読者を物語の核心に導く機能を果たしていることである。『海辺のカフカ』は、主人公カフカが、ギリシャ悲劇のオイディプス王の物語を下敷きとする「父殺し」と「母との結婚」という内的経験を経て、現実世界を生きる契機をつかみ、ようやく成長へ向かってゆく内界の物語である。フランツ・カフカにちなんで自らカフカと名乗る少年が、フロイトの提唱したエディプス・コンプレックスさながらのドラマを生きることによって、自我を確立し成長のきっかけをつかもうとする展開には、たしかに西欧文化の影響が色濃く反映している。しかし、このいかにも西欧的な衣をまとった『海辺のカフカ』は、そのテーマやプロットにおいて、紫式部の『源氏物語』、上田秋成の『雨月物語』、そして夏目漱石の『坑夫』という日本文学作品に依拠しつつ戦後日本の深層を描き出そうとしているのである。

2　『坑夫』——深い地底にもぐる、生きるか死ぬかの体験

家出をして高松市の甲村記念図書館にやって来たカフカ少年は、漱石の『坑夫』を読んだ感想を大島に述べる。カフカは「全作品を読破しようと思うくらい漱石を気に入っている」のだが、ここで話題になるのは、決して漱石の代表作とは言えない、大島も「あまり漱石らしくない内容だし、文体もかなり粗いし、一般的に言えば漱石の作品の中ではもっとも評判がよくないもののひとつ」と否定的評価を下す（これは作者の意見でもあるのだろう）『坑夫』である。ちなみに、漱石自身も『坑夫』執筆について、「ある日私のところに一人の若い男がヒヨツクリやつて來て、自分の身上に斯ういふ

材料があるが小説に書いて下さらんか」という申し出を受け、やむなく買った話の種をもとに『坑夫』を書いたのだという。その際に、「事件の進行に興味を持つよりも、事件其物の眞相を露出する」、すなわち事件の「原因や結果は餘り考へない」で、「事件中の一箇の眞相」を追究し「甲なる事と、乙なる事と、丙なる事とが寄つて、斯うなつたと云ふ風な所に主として興味をもつて」書くという、必ずしも「私の主義ではない」「書方」をしたと述べている。[*3]

カフカ少年は『坑夫』の読後感を次のように述べている。

「主人公はお金持ちの家の子供なんだけど、恋愛事件を起こしてそれがうまくいかず、なにもかもいやになって家出をします。あてもなく歩いているときにあやしげな男から坑夫にならないかと誘われて、そのままふらふらとついていきます。そして足尾銅山で働くことになる。深い地底にもぐって、そこで想像もつかないような体験をする。世間知らずの坊ちゃんが社会のいちばん底みたいなところを這《は》いずりまわるわけです」（中略）「それは生きるか死ぬかの体験です。そしてそこからなんとか出てきて、またもとの地上の生活に戻っていく。でも主人公がそういった体験からなにか教訓を得たとか、そこで生きかたが変わったとか、人生について深く考えたとか、社会のありかたに疑問をもったとか、そういうことはとくには書かれていない。彼が人間として成長したという手ごたえみたいなのもあまりありません。本を読み終わってなんだか不思議な気持ちがしました。この小説はいったいなにを言いたいんだろうって。でもなんていうのかな、そういう『なにを言いたいのかわからない』という部分が不思議に心に残るんだ。うまく説明できないけど」

（『海辺のカフカ』上 一八一頁〜一八二頁）

村上は、『海辺のカフカ』で『坑夫』を取り上げたことを裏付けるかのように、二〇〇六年から二〇〇九年の間に英語と日本語で夏目漱石について言及している。まず、'Rashomon and Seventeen Other Stories'[*4]（二〇〇六）の邦訳『芥川龍之介短篇集』（二〇〇七）の序文[*5]では、「明治維新以降の日本における、いわゆる近代文学作家の中から「国民的作家」を十人選ぶための投票があったとしたら」「夏目漱石は疑いの余地なくトップをとるだろう」と述べた後、「そのような『国民的作家』たちの中で、僕が個人的に愛好するのは、夏目漱石と谷崎潤一郎だが、芥川龍之介にはそれに次ぐ――いくぶん距離は開いているにせよ――好意を抱いている」と述べている。また、'Sanshiro'（二〇〇九）のIntroduction[*6]では、村上が学生結婚したばかりの二十二歳の頃、お金がなくて読みたい本を買えず、仕方なく夫人の書棚にあった自分の趣味ではない宮沢賢治全集・夏目漱石全集・谷崎潤一郎・『源氏物語』を読んだところ、宮沢賢治や『源氏物語』には好感を持てなかったが、漱石や谷崎はそう悪くなかった（Soseki and Tanizaki, though, were not so bad.）とし、漱石の作品の中では初期三部作『三四郎』『それから』『門』が一番好きで、『門』の若夫婦が理想からまったくかけ離れた環境で生活している姿に強い共感を覚えたと述べている。またこの時、『海辺のカフカ』に取り上げた漱石と

『源氏物語』を前後して読んでいたというのも、偶然とはいえ興味深く思われる。
　ちなみに、一九九五年十一月に行われた河合隼雄との対談[*7]では、『ねじまき鳥クロニクル』を書くとき、夏目漱石の『門』の夫婦が「イメージとして」「頭の片隅にあった」と述べ、二〇一〇年五月のインタビュー[*8]でも、『ねじまき鳥クロニクル』の原点となった短編「ねじまき鳥と火曜日の女たち」（一九八六）[*9]では、「もともと、漱石の『門』みたいな状況」――「路地の奥にひっそりとある一軒家」で、「若い夫婦が」「世界から、世間から二人きりで孤立した状況」――を「書いてみたかった」とも述べている。

　こんなふうに村上春樹が漱石を「愛好」し、自作の「イメージとして」取り入れていたことを踏まえると、カフカと大島の会話に漱石の作品が登場するのも不自然なこととは思われない。そして、村上が『坑夫』に、主人公が暗黒の地底世界に表象される無意識の領域に下り立って自己と向き合い、現実世界で生き延びる契機をつかんで帰還を遂げるという村上作品特有の物語構造の原型を見出し、『海辺のカフカ』の「イメージとして」利用したのではないかという推測も可能になる。

　しかし、村上作品のなかで「深い地底にもぐってそこで想像もつかないような体験をする」物語と言ったら、まず『世界の終りとハードボイルド・ワンダーランド』（一九八五）が思い浮かべられる。『世界の終りとハードボイルド・ワンダーランド』では、情報戦争に巻き込まれた「僕」が、博士に会うために地底の暗闇を彷徨するうち、「組織《システム》」の抑圧下で深刻な自己喪失に陥っていた自分に気づいて[*10]、邪悪な「やみくろ」の蠢く地下の暗闇世界を生き延びて必ず地上に戻ろうと決意する。一方、

『坑夫』の主人公は、「物語の中で成長していく」「いわゆる近代教養小説」の主人公・三四郎や、『世界の終りとハードボイルド・ワンダーランド』の「僕」とは異なり、「自分で判断したとか選択したとか」いうことは「ほとんどなにも」なく、「目の前にでてくるものをただだらだらと眺め、そのまま受け入れ」、「穴に入ったときとほとんど変わらない状態で外に出て」くると、カフカは語る。しかし、この「すごく受け身」な『坑夫』の主人公について、カフカは「人間というのはじっさいには、そんなに簡単に自分の力でものごとを選択したりできないものなんじゃないかな」という感想を述べてもいる。

これを聞いた大島が「君は自分をある程度その『坑夫』の主人公に重ねているわけかな？」と尋ねるように、カフカのこの感想は、父の呪いから逃れるために家出をしたのに、結局、「父なるものを殺し、母なるものを犯し、姉なるものを犯」すという父の呪いどおりの「運命」をたどってゆくカフカ自身を示唆していることになるだろう。なぜなら、カフカと大島が『坑夫』について会話をしたのは、カフカが高松市内の見知らぬ神社の境内で血まみれになって意識を取り戻した、すなわち〈幽体離脱〉したカフカが無意識裡にナカタと協働して父を殺した翌日だったからである。

3 『源氏物語』と『雨月物語』――〈幽体離脱〉の物語

『海辺のカフカ』は、〈幽体離脱〉によって展開してゆく物語である。作者は、ナカタとカフカ、佐伯とカフカを、時空を超えた無意識の次元で邂逅させ、ナカタと佐伯の生の記憶を15歳のカフカへ引き継がせるために、『源氏物語』の〈幽体離脱〉を通路《チャネル》として借用している。

　村上春樹の従来の長編小説では、主人公の肉体から意識が離れて異界へ赴く際には、境界領域に位置する媒介者《メディエーター》——『羊をめぐる冒険』の「耳のガールフレンド」や羊男、『ねじまきクロニクル』の本田老人や加納クレタ・マルタ姉妹、ナツメグ・シナモン親子など——が主人公を誘導するのが通例であった。『海辺のカフカ』にも、ナカタをジョニー・ウォーカーのもとへ導く犬、カフカを図書館に留まらせ山小屋に導く大島、カフカの「辺土《リンボ》」往復の道案内をする二人の兵士、星野に「入口の石」のありかを教えるカーネル・サンダース、星野がナカタの「資格」を引き継ぎ「邪悪なもの」を「圧倒的な偏見をもって強固に抹殺」すべきだと告げに来る黒猫・トロなど、多くの媒介者《メディエーター》が登場する。しかし、ナカタとカフカ、佐伯とカフカの無意識のレベルにおける邂逅は、媒介者《メディエーター》を介することなく、専ら〈幽体離脱〉という通路《チャネル》を通じて行われる。これが、作者が『海辺のカフカ』において、どうしても『源氏物語』と『雨月物語』に言及せねばならなかった所以であろう。

　たとえば、大島が『源氏物語』の六条御息所の生き霊について語ったのは、佐伯の〈幽霊〉を見て戸惑っているカフカに、人間には〈幽体離脱〉をする可能性があると説明するためであった。

「紫式部の生きていた時代にあっては、生き霊というのは怪奇現象であると同時に、すぐそこにあるごく自然な心の状態だった。その二つの種類の闇（外なる物理的な闇と、内なる魂の闇）をべつべつに分けて考えることは、当時の人々にはたぶん不可能だったろうね。しかし僕らの今いる世界はそうではなくなってしまった。外の世界の闇はすっかり消えてしまったけれど、心の闇はほとんどそのまま残っている。僕らが自我や意識と名づけているものは、氷山と同じように、その大部分を闇の領域に沈めている。そのような乖離《かいり》が、ある場合には僕らの中に深い矛盾と混乱を生みだすことになる」

（括弧内論者『海辺のカフカ』上　三八九頁）

大島は、『源氏物語』の時代と現代の人間の心のあり方の違いについてこう説明し、『海辺のカフカ』が「心の闇」を見失った、つまり無意識との結びつきを喪失した現代人の陥りがちな「深い矛盾と混乱」から始まる物語であることを示唆している。大島は、さらに『雨月物語』の「菊花の約《ちぎり》」を例に挙げて、佐伯の生き霊が六条御息所のような「ネガティブな感情」から生み出されたものではなく、「世界を再構築する」「前向きな愛」から生み出された可能性があると語る。つまり、大島は作者に代わって、『海辺のカフカ』における〈幽体離脱〉が、「自分が生き霊になっていることに」まったく気づかないまま、「空間を超えて、深層意識のトンネルをくぐって」他の登場人物と無意識のレベルで結びつく通路《チャネル》として機能していることを示唆しているのである。

この〈幽体離脱〉という言葉を『海辺のカフカ』の中で最初に使ったのは、「東京帝国大学医学部精神医学教室教授」の塚山重則である。塚山は、一九四四年に山梨県山中で起きた「お椀山事件」

（RICE BOWL HILL INCIDENT）に関する「アメリカ陸軍情報部（MIS）」のインタビューに応え、ナカタ少年の「意識不明」について説明するために、やはり『源氏物語』の「生き霊」を引き合いに出している。

妙な表現かもしれませんが、入れ物としての肉体だけがとりあえずそこに残されて、留守を預かり、様々な生体レベルを少しずつ下げて、生存に最低限必要な機能を維持し、そのあいだ本人はどこかべつのところに出かけて、何かべつのことをしているみたいに見えました。〈幽体離脱〉という言葉が私の頭に浮かびました。その言葉はご存じですか？よく日本の昔話に出てきますが、魂が肉体を一時的に離れて、千里の道のりを越えてどこか遠くに行き、そこで大事な用事をすませて、それからまた元の肉体に戻ってくるというやつです。『源氏物語』にも「生き霊」がよく出てきますが、それに近いものかもしれません。死んだ人の魂が肉体を出るというだけではなく、生きている人にも――思いさえ強ければということですが――それと同じことができるのです。あるいは日本には魂についてのそういう考え方が、古代から土着的に自然なものとして根付いていたのかもしれませんね。しかしそんなものを、科学的に立証することはまったく不可能です。仮説として持ち出すことだってはばかられます。

（『海辺のカフカ』上 一一三頁～一一四頁）

デビュー作『風の歌を聴け』（一九七九）以来、村上作品においては、意識（精神）と無意識（肉体）の齟齬・乖離という現象が繰り返し描かれてきた。たとえば、『ノルウェイの森』（一九八七）の直子は、キズキを愛しながら肉体的にはキズキを受け入れられず、ワタナベと二十歳の誕生日にだけセックスが可能であったが、彼女の病は、意識（精神）と無意識（肉体）の齟齬から生じたものであった。また、「眠り」（一九八九）には、無意識との結びつきを喪失して家庭生活の不満を意識化できない「私」が、精神と肉体の齟齬が原因で不眠に陥ってしまう姿が描かれ、[*11]「人喰い猫」[*12]（一九九一）には、「僕」が意識（精神）と無意識（肉体）の乖離によって「深い自己喪失」に陥り、死の誘惑に引き込まれる恐怖が描かれていた。また、『アフター・ダーク』[*13]（二〇〇四）の語り手である「私たち」は、「肉体を離れ、実体をあとに残し、質量を持たない観念的な視点」で「どのような壁も抜け、空間を移動し、物語の場面を捉えることが出来る」「中立的な存在」と設定されているが、これも〈幽体離脱〉した意識を思わせる視点である。そして、『世界の終りとハードボイルド・ワンダーランド』（一九八五）の「私」や『スプートニクの恋人』[*14]（一九九九）のミュウは、「影の病い」「影のわずらい」とも呼ばれ、肉体から魂（意識）が分離して生じる離魂病として伝承される[*15]ドッペルゲンガーを経験した衝撃から人生が一変してしまう。

　こうした意識（精神）と無意識（肉体）の齟齬・乖離は、村上文学において、世界の全体性と切り離され、集合的無意識、あるいは個人的無意識とのつながりを見失った現代人に現象する特徴的な症状として描かれてきた。したがって、作者がここで意識（精神）と無意識（肉体）の齟齬・乖離の延長線上にある〈幽体離脱〉について、当時の精神医学の権威である塚山に語らせていることには、重要な意味がある。なぜなら、人間を「科学的」かつ分析的に見る精神医学が見落としがちな意識〈精神〉と無意識〈肉体〉の結びつきや、内界に展開する物語を描くことにこそ村上文学の身上があり、また、その祖型が日本の昔話や『源氏物語』の〈幽体離脱〉や「生き霊」の物語に見出せるからである。

『海辺のカフカ』の主要な登場人物三人であるカフカ、ナカタ、佐伯は、それぞれ〈幽体離脱〉を経験し、そのために深刻な生を背負わされる。まず、ナカタは、太平洋戦争末期に山梨県山中で起きた「お椀山」事件の後、読み書きをはじめとする知的能力と性欲を喪失し、知的障碍者として孤独な生涯を強いられてきた。また、ナカタ同様「半分しか影のない」、すなわち生の実体を失った佐伯は、二十歳の頃、恋人と二人きりの世界を失うまいとして精神的成長を拒み、「入口の石を開」けて「あちらの世界」へ踏み込んだ「報いを受け」、恋人を失った後は「心を病み」、「空虚な」人生を送ることを余儀なくされてきた。そしてカフカは、「カラスと呼ばれる少年」との会話から小説が始まることで暗示されているように、常日頃から〈幽体離脱〉の状態に陥りやすく、意識を失って暴力的になる自分を危惧し、父の遺伝子を持つ自分から逃れようとして家出をする。

「カラスと呼ばれる少年」がカフカの魂すなわち意識を表象していることは、第43章に次のような記述があることによって明らかであろう。

> でも時間をかけ、僕は僕自身を離れる。魂は僕というこわばった衣装を抜け出して一羽の黒々としたカラスとなり、庭の松の木の高い枝にとまり、そこから縁側に座っている4歳の僕自身を眺める。
>
> 僕は仮定をする一羽の黒いカラスになる。
>
> （『海辺のカフカ』下 三〇三頁〜三〇四頁）

このように、村上作品における意識（精神）と無意識（肉体）の齟齬・乖離や〈幽体離脱〉は、そのほとんどが病的な症状や生の喪失感と結びつけられてきた。しかし、『海辺のカフカ』のテーマは、ナカタと佐伯が〈幽体離脱〉という通路《チャネル》を通じて、それぞれがカフカとつながり、二人が空虚な生から脱する道筋をたどる過程に見出せる。ナカタと佐伯は、まるで次世代のカフカに遺伝子を伝えるかのように、自らの生の記憶を無意識のレベルにおいてカフカに引き継がせようとする。そして、自らは静かに死に赴きながら、彼らに空虚な生を生きることを余儀なくさせたものの正体を、カフカにおいて見極めさせようと意図しているようである。

4　日本の深層

それでは、ナカタに空虚な生を背負わせたものの正体とは何だろうか。

それは、太平洋戦争の末期、「お椀山」で岡持節子にナカタに対して激しい暴力をふるわせた抑圧的モラルであり、その根源に存在する〈父なるもの〉としての〈権力システム〉であろう。野外実習の引率に出かける日の未明に、応召中の夫と激しい性交をする夢を見た岡持は、子供たちを引率しながら生々しい性夢の余韻を味わっていた自分を恥じ、ナカタが彼女の月経血の付いた手拭いを持って来たことに激昂してしまう。それは、戦時下の厳しい思想的締め付けによって岡持のうちに内在化していた国家主義による抑圧的なモラルが、夫との性愛に陶酔する自分を抑圧しようとして噴出した、激しい羞恥と自罰的衝動に駆られた暴力であったと言える。一方、それまで父親の家庭内暴力にさらされていたナカタは、実の父親と戦時下の国家主義を支える〈権力システム〉という二つの父権的暴力に挟撃されて逃げ場を失い、意識を失ってしまったと考えられる。

　したがって、ナカタを「空っぽ」な人間であると見抜き、岡持に内在化していた抑圧的モラルのごとく「ナカタの中に入って」殺人を強要したジョニー・ウォーカーの正体は、「お椀山」で九歳のナカタから人生の実体を奪い取った〈父なる権力システム〉と等しいものであると判明する。ナカタが「知事さんにホジョをいただいて生活しております」と何度も繰り返したり、ジョニー・ウォーカー殺しの直後、交番に出頭して「知事さんにご報告せねばと思ったのであります」と言ったりするのも、ナカタが「おっかない知事さん」を自身の生殺与奪の権を握る〈父なるもの〉と認識しているからであろう。したがって、ナカタの「知事さんでいらっしゃいますか？」という質問に、ジョニー・ウォーカーが「そのようなものだ」と答えたのは、ジョニー・ウォーカー自身〈父なるもの〉の象徴であることを認めたことになる。こうして、ナカタによるジョニー・ウォーカー殺しは、ナカタが「そこにいたはずの15歳の少年のかわりに」少年の父（田村浩一）、ひいては〈父なる権力システム〉を殺すことによりカフカの人生に参与した無意識の協働であったことが判明するのである。

一方、佐伯は一九七〇年に恋人が学生運動のセクト争いに巻き込まれて殺害されて以降、ナカタと同じく「空っぽ」の生を生きることを余儀なくされてきた。柴田勝二は、「佐伯さんは彼女（直子）の死を比喩的に反復しつつ、直子の生きなかった七〇年代以降の時間を空無として色付けつつ生きている」[*16]（括弧内論者）と述べた。たしかに十代の頃、佐伯が社会に背を向けて成長を拒み、恋人との蜜月だけを望んだという意味でも、彼女は直子に通じている。佐伯は、甲村図書館のかつて恋人の住んでいた部屋で、「もう一度15歳の少女に戻り彼と交わりました」とナカタに語る。佐伯の言う「彼」とは、その部屋に掛けられた絵の中の十五歳当時の恋人「カフカ」であり、現実の田村カフカでもある。佐伯は、自分の人生のすべてを書き記した原稿をナカタの手にゆだねた後、静かに息を引き取ってしまうが、その直後、山中の「辺土《リンボ》」で再びカフカの前に姿を現す。佐伯は、最後までカフカの母であるかどうか明言しないが、カフカが「お母さん」「僕はあなたをゆるします」という言葉を聞くと、佐伯は、ピンを左腕の静脈に突き立て、まさしく息子に〈血を分ける〉ように、傷口からこぼれる血をカフカに吸わせ、「もとの場所に戻って、そして生きつづけなさい」という言葉を遺して立ち去って行く。

僕の舌が彼女の血をなめる。僕は目を閉じてその味を味わう。僕は吸った血を口にふくみ、ゆっくりと飲み込む。僕は喉の奥に彼女の血を受け入れる。それは僕の心の乾いた肌にとても静かに吸いこまれていく。自分がどれほどその血を求めていたか、はじめてそのことに思いあたる。僕の心はひどく遠い世界にある。でもそれと同時に僕の身体《からだ》はここに立っている。まるで生き霊《りょう》のように。

（『海辺のカフカ』下 三八二頁～三八三頁）

佐伯の中で、かつての恋人とカフカが重ねられているように、カフカの中でも、佐伯は恋人であり母なる存在でもある、そういう相互の両義性において二人はつながっている。それは、佐伯が〈幽体離脱〉によって「もう一度15歳の少女に戻」って現実のカフカと「交わり」、カフカも「生き霊」となって山中の「辺土《リンボ》」を訪れたことにより可能になったつながりである。佐伯は、十五歳の少女が十五歳の少年にするように、また、五十二歳の母親が十五歳の息子に対するように、現実の世界に帰還し、生き続けてゆく希望をカフカに託している。

　このようにして、カフカは〈幽体離脱〉という通路《チャネル》を通じて、ナカタ、佐伯の両人と運命を交差させた。ナカタからカフカに、佐伯からカフカに受け渡された記憶として共通するのは、かつて日本を悲惨な戦争に追いやり、六十年代の青年たちに挫折を味わわせた、〈父なる権力システム〉の記憶である。それは、『羊をめぐる冒険』では、「鼠」に入り込んだ「羊」として、『ねじまき鳥クロニクル』

では、ワタヤ・ノボルに宿った邪悪な意志として、『海辺のカフカ』では、ジョニー・ウォーカー、あるいは、ナカタの死体の口から現実世界に侵入しようとする白い「邪悪なもの」として描かれ、『1Q84』では「リトル・ピープル」と名付けられたものである。村上春樹は、これらの物語に底流する〈父なる権力システム〉をエルサレム賞受賞スピーチ[*17]において「個」に対峙する「壁」と呼んだ。村上は、『源氏物語』や『雨月物語』のような、「深層意識」において「生き霊」が登場する物語に基づいて『海辺のカフカ』を書いた。これは、日本社会の深層に蠢く邪悪な「意志」との闘いが次世代に引き継がれる歴史の「深層意識」を描いた物語なのである。

5　「日本的なもの」を自らのうちに見る

『海辺のカフカ』は、書き下ろしで上・下二冊が同時刊行された。『羊をめぐる冒険』（一九八二）から数えて六作目の長編小説である。

村上は、一九九一年二月からアメリカ合衆国ニュージャージー州のプリンストン大学に客員研究員として招聘され、翌一九九二年には、一年間客員講師として大学院の授業を「週に一コマ」担当した。このとき村上は、テキストとして「第三の新人」の作品ほか六篇の短編小説、吉行淳之介「水の畔り」、小島信夫「馬」、安岡章太郎「ガラスの靴」、庄野潤三「静物」、丸谷才一「樹影譚」、長谷川四郎「阿久正の話」を取り上げ、「学生たちと一緒に系統的にじっくりと読みこんで」「ディスカス」し、その成果をまとめたのが『若い読者のための短編小説』[*18]（一九九七）である。一九九三年には、「ライター・イン・レジデンス」としてボストン郊外のタフツ大学に移り、マサチューセッツ州ケンブリッジで『ねじまき鳥クロニクル』を執筆しはじめた。しかし一九九五年一月十七日に発生した阪神淡路大震災、同年三月二十日の地下鉄サリン事件に大きな衝撃を受け、一九八六年以来の海外生活を切り上げ、一九九五年五月、日本に帰国した。

　帰国後の村上は、まず、地下鉄サリン事件の被害者に個別に面接して、聞き書きのノンフィクション『アンダーグラウンド』[*19]（一九九七）を刊行し、続いて、事件の加害者側であるオウム真理教信者と元信者にも個別に面接して『約束された場所で――underground2』[*20]（一九九八）を出版した。その後、『新潮』一九九九年八月号から十二月号に「地震のあとで」と題した短編小説五編「ＵＦＯが釧路に降りる」「アイロンのある風景」「神の子供たちはみな踊る」「タイランド」「かえるくん、東京を救う」を順次掲載し、これに書き下ろしの「蜂蜜パイ」を加え、短編集を『神の子供たちはみな踊る』と改題して二〇〇〇年二月に上梓した。[*21]この時期の村上は、一九九五年の二大事件が与えた衝撃とその意味を追究しようとして、地下鉄サリン事件の被害者と加害者側の人々に直接会って話を聞き、まずは事件当事者一人一人が生きている〈物語〉を自らの内に還元し、ようやく短編小説によって自らの〈物語〉が向かうべき新たな方向を模索していたと言えよう。

　この一九九五年の一月と三月に相次いで発生した二大事件について、福田和也は、「悪意の具体的表出という点で、地震もオウム事件も、氏（村上春樹）にとっては同義だったのではないか」[*22]（括弧内論者）と指摘した。たしかに、地震とオウム事件が村上の〈物語〉世界を揺るがす破壊的な力として作用したのは、村上自身が天災と人災を同等にとらえる独特な感性、すなわち、どちらも、地下の無意識の闇から、『世界の終わりとハードボイルド・ワンダーランド』の「やみくろ」のような、邪悪なエネルギーが突如噴出したと受け取める感性を持っているからである。

こうした経緯を経て、二〇〇二年九月に刊行された『海辺のカフカ』は、『ねじまき鳥クロニクル』以来七年ぶりの長編小説ということもあり、発売前から広くメディアの注目を集めた。三人称で書かれたはじめての長編小説であるとともに、前節で詳述したとおり、フランツ・カフカにちなんだ題名や登場人物、ギリシャ悲劇の『オイディプス王』を下敷きにした展開など、外国文学の影響が強く打ち出される一方、カフカ少年が夏目漱石の『坑夫』を読み、『源氏物語』や『雨月物語』が幽体離脱の根拠として援用されるなど、今までになく日本文学が表立って取り上げられたことは、新しい傾向として注目された。従来、村上春樹が自作に引用してきた文学がほとんどアメリカ、ロシアやヨーロッパ諸国の近代以降の作品であったことを考えると、この傾向は、作者の日本文学に対する意識が日本に帰国した九十年代半ば前後から変化し始め、日本文学への傾倒をこだわりなく表現しようとする姿勢として現れてきた結果と考えられる。

プリンストンの授業をもとに書かれた『若い読者のための短編小説』は、『アンダーグラウンド』の刊行（一九九七年三月）をはさんで一九九六年一月から一九九七年二月まで『本の話』に連載され、一九九七年十月に刊行された。村上は『若い読者のための短編小説』の「まずはじめに」で、「これまでの人生の大半にわたって、日本の小説のあまりよい読者では」なかった自分が、「集中して長編小説」を書くために「八〇年代後半から断続的に」「七年くらい」「日本を出て、外国に住みはじめた」時期に、「自分が日本人の作家で、日本語で小説を書いているという客観的事実に日々まざまざと直面」し、「日本とは何か日本人とは何かという自己定義」の必要に迫られ、「四十歳を過ぎて少ししたころに、『そろそろ僕も日本の小説を系統的に、腰を据えて読み始めていいんじゃないか』と自然発生的に考えるようにな」り、「日本に帰るたびに、熱心に日本の文学作品を買い込んでいくようになりました」と述べている。そして、「これは決していわゆる『日本回帰』」ではなく、「日本の文化的異質性」を「異質性として、部分的には『自らのうちにあるもの』として公平に認めること」が「できるようになった」ということだと説明している。

　村上春樹は、作家デビュー二年後の一九八一年、村上龍との対談集『ウォーク・ドント・ラン』の中で、「ぼくの場合、日本の小説育ちじゃない」と語ったあと、次のように述べていた。

> うちはおやじとおふくろが国語の教師だったんで、で、おやじがね、とくにぼくが小さいころね、『枕草子』とか『平家物語』とかやらせるのね。でね、もう、やだ、やだと思ったわけ。それで外国の小説ばっかり読みはじめたんですよね。でも、いまでも覚えてるんだね、『徒然草』とか『枕草子』とかね、全部頭の中に暗記してるのね、『平家物語』とか。食卓の話題に万葉集だもの。おふくろはね、僕を生んでからは先生やっていなかったけどね。絶対に日本の小説読みたくない

と思ったんですよ、小さいころ。まして日本語で小説書くなんて思いもよらなかったな。

（『ウォーク・ドント・ラン』講談社　一九八一年　一二三～一二四頁）

日本生まれの日本育ちで、三十歳を過ぎるまで海外に出た経験のない村上春樹が、日本文学を「異質性として」意識し、同時に「部分的には『自らのうちにあるもの』」と表現した自己矛盾のそもそもの原因は、「小さいころ」「『枕草子』とか『平家物語』とか」を「やらせ」た（おそらく暗誦させたという意味であろう）「国語の教師だった」「おやじ」に対する反発心だったわけである。しかし、こうした「小さいころ」の経験からすれば、『海辺のカフカ』で『源氏物語』や『雨月物語』に言及したり、『１Ｑ８４』で『平家物語』を取り上げたりしているのは、むしろ自然なことと言えよう。特に『１Ｑ８４』では、ディスレクシアの深田絵里子に、小泉八雲の「耳なし芳一の話」さながら『平家物語』の「壇ノ浦の合戦」を多分、自身もさせられたように長々と暗唱させている。これは、子供時代から親しんだ古典の中でも特に『雨月物語』と『平家物語』が好きだという村上春樹の、日本文学に対する親昵の情の自然な表出と見ることができる。

本章では、村上が日本古典文学への親昵を率直に表明した傾向の延長線上に、『海辺のカフカ』における複式夢幻能の影響を読み取りたいと思う。

6　二本のストーリー・ライン――〈父殺し〉と〈異界往還〉

『海辺のカフカ』には、二本のストーリー・ラインが並行している。一つは、奇数章を中心に展開する田村カフカ（以下、カフカと表記する）の「〈父殺し＝システムとの闘い〉の物語」、二つめは、偶数章のナカタサトル（以下、ナカタと表記する）を中心に展開する「〈異界往還による生の意義回復と鎮魂〉の物語」である。

奇数章のカフカをめぐる物語は、古代ギリシャ三大悲劇詩人ソポクレスの『オイディプス王』を下敷きにしている。〈父の呪い〉から逃れようと家出したカフカは、「父なるものを殺し、母なるものを汚《けが》し、姉なるものを汚《けが》し」、さらに山中のリンボで母を許すという内的経験を経てようやく、「ほんとうに自分自身を取り戻すこと」ができた。一方、〈ジョニー・ウォーカー殺し〉に引きずり込まれ、カフカの〈父殺し〉を代行したナカタが自己の虚妄に気づき、〈入口の石〉を開閉する使命に目覚めて西に赴くという偶数章の展開には、複式夢幻能を思わせるものがある。

奇数章と偶数章に隔てられたカフカとナカタは、『世界の終わりとハードボイルド・ワンダーランド』の「僕」と「私」同様、一度も顔を合わせないまま、分身として呼応し合い、ときに同期する。東京都中野区を出立した二本のストーリー・ラインは、〈ジョニー・ウォーカー殺し〉をめぐって交錯し、高松市の甲村記念図書館で、「君のラインと、その謎の老人のラインが」「クロスしようとしている」という大島の予告どおり、佐伯との出会いによって綯い合わされる。

そして、二本のストーリー・ラインの帰着点には、「〈システム〉下で個を蹂躙された現代人が異界往還という内的経験によって生の意義を回復する」というテーマが浮上する。これは、『羊をめぐる冒険』（一九八二）以来、『世界の終わりとハードボイルド・ワンダーランド』（一九八五）『ダンス・ダンス・ダンス』（一九八八）『ねじまき鳥クロニクル』（一九九四〜一九九五）『１Ｑ８４』（二〇〇九〜二〇一〇）等の長編小説に一貫して描かれてきた村上春樹の核心的テーマである。

しかし、『海辺のカフカ』が従来の長編小説と異なるのは、〈システム〉との闘いに行使する暴力の責任を問う姿勢を明らかに示していることである。今まで、『羊をめぐる冒険』の「僕」が「鼠」の山荘を「黒服の男」もろとも爆破した責任や、『ねじまき鳥クロニクル』の「僕」（岡田亨）が暗闇の世界でワタヤ・ノボルに振るった暴力の責任を問うという姿勢は見られなかった。『ダンス・ダンス・ダンス』の「僕」が「高度資本主義社会」の中で抱え込んでいた鬱屈した暴力衝動について、その解消方法が示されるということもなかった。しかし、『海辺のカフカ』においては、カフカもナカタも、自分を蹂躙し圧殺しようとする〈システム〉＝〈父なるもの〉の存在に気づき、闘い、その血みどろの闘いの中で我知らず振るった暴力・あるいは暴力的衝動に傷つき、その責任を自らのうちに痛感している。

彼らの暴力が、〈システム〉に取り込まれ、判断力を奪われた結果、無意識のうちに振るわれたものであることは、例えば、カフカが漱石の『坑夫』を読んで「すごく受け身」な主人公に何かしら共感を覚え、「人間というのはじっさいには、そんなに簡単に自分の力でものごとを選択したりできないものなんじゃないかな」とつぶやくことにも示唆されている。さらには、「アドルフ・アイヒマンの裁判について書かれた本」を読んだことを契機として、父に対して抱いていた暴力衝動が初めて意識の俎上に載り、カフカは〈父殺し〉の責任を自身に問い始める。カフカが身に覚えのない〈ジョニー・ウォーカー殺し〉の返り血を浴びて、はかり知れない恐怖にとらわれるのは、自分が父を殺したかどうか自覚できないのに、〈父殺し〉の衝動がまぎれもなく、自らの内からこみ上げてきたものであると実感されていたからであろう。

7　夢の中から責任は始まる

カフカが大島の書棚にあった「アドルフ・アイヒマンの裁判について書かれた本」を読むのは、深い森の入口、すなわち、深層意識への入口を暗示する山中に建つ山小屋であり、〈ジョニー・ウォーカー殺し〉、つまりカフカが自分のシャツに「新しい血」がついているのに気づいた日の二日後のことである。カフカは、その本の「後ろの見開き」に、大島が書きつけた鉛筆書きのメモを見つける。

「すべては想像力の問題なのだ。僕らの責任は想像力の中から始まる。イェーツが書いている。In dreams begin the responsibilities――まさにそのとおり。逆に言えば、想像力のないところに責任は生じないのかもしれない。このアイヒマンの例に見られるように」

（『海辺のカフカ』上二二七頁）

ここに引かれている英文は、アイルランドの詩人・劇作家ウィリアム・バトラー・イェーツ William Butler Yeats（一八六五―一九三九）の詩集『責任』"Responsibilities"（一九一四）のひとつめのエピグラフである。（イエイツ、イエーツ等の表記もあるが、本稿では『海辺のカフカ』の表記に従い、引用部分以外イェーツとする）

引用された英文は、In dreams の後、begin the responsibilities と定冠詞を用い、複数形で表記されている。しかし、'RESPONSIBILITIES AND OTER POEMS'（THE MACMILAN COMPANY 1916）では、次のとおり単数形である。

'In dreams begins responsibility.'

Old play.

'How am I fallen from myself, for a long time now I have not seen the Prince of Chang in my dreams.'

Khoung-fou-tseu.

（William Butler Yeats'RESPONSIBILITIES AND OTER POEMS'THE MACMILAN COMPANY 一九一六）

THE MACMILAN COMPANY（一九一六）版で単数形だったエピグラフが、『海辺のカフカ』に引用される際、複数形に書き換えられたのはなぜなのだろう。

アメリカ合衆国の作家、デルモア・シュウォーツ Delmore Schwartz（一九一三〜一九六六）の短編小説「夢で責任が始まる」（一九三八）のタイトルは、〝In Dreams Begin Responsibilities〟と複数形になっている。村上春樹は多分、これを知っていたと思われる。なぜなら、畑中佳樹の翻訳した「夢で責任が始まる」は、村上が中心となって、柴田元幸・畑中佳樹・斎藤英治・川本三郎の五人がそれぞれお気に入りのアメリカ短篇小説を訳出したアンソロジー『and Other Stories——とっておきのアメリカ小説12篇』（文藝春秋 一九八八）に収録されているからである。

柴田元幸は、デルモア・シュウォーツの小説のタイトル〝In Dreams Begin Responsibilities〟は、「イェーツの詩集『責任』（Responsibilities 一九一四）のエピグラフ'In dreams begins responsibility'を踏まえた」もので、作品の内容に沿って、二重の意味が込められていると解説している。ひとつは、主人公の父母が「求愛期という『夢』から夫婦生活という『責任』ある立場に（主人公の見るところ、充分な自覚なしに）入っていくということ。そしてもう一つは、主人公が」「映画のような『夢』のなかで幼児的にふるまった末に映画館の案内人に叱責され、人としての『責任』を教えられるということ」だという。[*23] シュウォーツは、イェーツのエピグラフにもとづき、「夢で」はじまる「責任」に「二重の意味」を込めた。そのためにタイトルを〝In Dreams Begin Responsibilities〟と、responsibility を複数形に変えたのだろう。

さて、『W・B・イエイツ全詩集』では、二つのエピグラフは次のように訳されている。

「夢のなかで責任がはじまる」
――古い戯曲

「甚矣。吾衰也。久。吾不復夢見周公。」
（甚《はなは》だしい矣《かな》、吾《わ》が衰えたるや。久しいかな、
吾また夢に周公を見ず。）
――孔子

（『W・B・イエイツ全詩集』鈴木弘訳 北星堂書店 一九八二年九月 五九頁）

訳者・鈴木弘は、注において「巻頭に引用された二つの題辞は、イエイツが夢、すなわち、おのが内的世界のヴィジョンを通して詩人として責任をはたそうとする力強い決意を裏書きしていよう。アンタレッカーは、その責任を、過去、つまり、いまは亡き先祖や詩人たちへの責任、社会的責任、個人的責任、美に対する責任に分類している」と解説している。なお、二つめのエピグラフは、『論語』述而第七の一節である。金谷治は、「先生が言われた、『ひどいものだね、わたしの衰《おとろ》えも。久しいことだよ、わたしがもはや周公を夢にみなくなってから』」と解釈している。[*24] どちらのエピグラフも、詩人としての自覚の表明であり、dreamsという語が「内的世界のヴィジョン」と睡眠中の夢という無意識下の世界につながるものを意味しており、夢が詩人としての生の意志を担うと考えられている

図4 『イェルサレムのアイヒマン』

点で共通している。

さて、大島のメモは、直訳すれば「夢の中で責任が始まる」となるはずの dreams を「夢」とせず、「想像力」と置き換えて、「僕らの責任は想像力の中から始まる」と解釈している。大島の書棚にあった「アドルフ・アイヒマンの裁判について書かれた本」の書名は明記されていないが、作者の念頭には、『イェルサレムのアイヒマン――悪の陳腐さについての報告』[*25]があったと推測される。なぜなら、この本のカバーの表には、正面を向いて腕組みをしながら俯く拘留中のアイヒマンのモノクローム写真が使われており、『海辺のカフカ』第15章の「金属縁の眼鏡をかけた髪の薄い親衛隊中佐」という描写と一致するからである。そして何より、ハンナ・アーレントは、この本の「あとがき」に、「自分の昇進にはおそろしく熱心だったということのほかには何らの動機もなかった」アイヒマンは、どんな意味においても悪人ではなく、「自分のしていることがどういうことか全然わかっていなかった。まさにこの想像力の欠如のために」（傍点原作）数ヶ月間にわたる警察の訊問でも、自分の出世について「くりかえし説明することができた」、そうした「完全な無思想性」こそ、アイヒマンが「あの時代の最大の犯罪者の一人になる素因」であったと――「想像力の欠如」という言葉を用いて――述べているからである。

大島の「想像力のないところに責任は生じない」という言葉は、アイヒマンに「悪魔的な底の知れなさ」ではなく、「機械のなかの〈ちっぽけな歯車〉」にすぎない〈陳腐〉さを見たハンナ・アーレントの視点に通じている。大島は、第19章で「想像力を欠いた人々」のことをT・S・エリオットの言葉を借りて〈うつろな人間たち〉と呼び、「想像力を欠いた狭量さ、非寛容さ。ひとり歩きするテーゼ、空疎な用語、簒奪《さんだつ》された理想、硬直したシステム。僕にとってほんとうに怖いのはそういうものだ。僕はそういうものを心から恐れ憎む。なにが正しいか正しくないか――もちろんそれもとても重要な問題だ。（中略）しかし想像力を欠いた狭量さや非寛容さは寄生虫と同じなんだ。宿主を変え、かたちを変えてどこまでもつづく。そこに救いはない」と怒りをこめてカフカに語る。これは作者自身の言葉として、『海辺のカフカ』奇数章のストーリー・ラインのテーマとして読むべき言葉であろう。「寄生虫と同じ」「宿主を変え、かたちを変えてどこまでもつづく。そこに救いはない」という言葉は、まさに『羊をめぐる冒険』の「羊」を連想させるからである。

　ハンナ・アーレントが「全体主義的支配の本質、またおそらくすべての官僚制の性格は、人間を官吏に、行政装置のなかの単なる歯車に変え、そのようにして非人間化することである」と述べてからちょうど四十年後の二〇〇九年二月、村上春樹はイェルサレム賞授賞式に出席するため、毀誉褒貶の相半ばするなか、ガザ侵攻停戦直後のイェルサレムに赴き、“Always on the side of the egg”[*26]と題したスピーチを行った。その中で村上は、元来、人を守るために人によって作られたシステムが人を殺し、また、冷酷に効果的に組織的に人を殺させるものにもなると述べた。これも、やはりハンナ・

アーレントの指摘に通じる発言である。

そして我々はみんな多かれ少なかれ、それぞれにとっての硬い大きな壁に直面しているのです。その壁は名前を持っています。それは「システム」と呼ばれています。そのシステムは本来は我々を護るべきはずのものです。しかしあるときにはそれが独り立ちして我々を殺し、我々に人を殺させるのです。冷たく、効率よく、そしてシステマティックに。

（『雑文集』新潮社 二〇一一年 七八頁）[*27]

一方、カフカは In dreams begin the responsibilities を「夢の中から責任は始まる」（傍点原作）と読んで、二日前の夜半、自分のシャツに付いていた「新しい血」に対し、「僕はたぶん責任を負うことになるだろう」と考え、「自分が裁判にかけられているところを想像する」。

記憶にないことには責任を持てないんだ、と僕は主張する。そこでほんとうに何が起こったのか、それさえ僕は知らないんだ。でも彼らは言う、「誰がその夢の本来の持ち主であれ、その夢を君は共有したのだ。だからその夢の中でおこなわれたことに対して君は責任を負わなくてはならない。結局のところその夢は、君の魂の暗い通路を通って忍びこんできたものなのだから」（改行）ヒットラーの巨大に歪んだ夢の中に否応《いやおう》もなく巻き込まれていった、アドルフ・アイヒマン中佐と同じように。

（『海辺のカフカ』上 二二八頁）

ここまで読みすすめて来ると、引用されたイェーツのエピグラフのdreamsや「夢」という言葉の意味が拡大し、重層的な意味合いで用いられるようになっていることに気づかされる。

まず、大島のメモにおける「想像力」（1）という言葉への読み換え。次に、カフカがdreamsを文字通りに読み取った「夢」。しかしこの場面では、睡眠中に見る夢という意味ではなく、「記憶にないことには責任を持てないんだ」「その夢の中でおこなわれたこと」という部分から、カフカが意識を失っていた数時間の無意識の状態（2）を意味していると分かる。また、「誰がその夢の本来の持ち主であれ、その夢を君は共有したのだ。」「結局のところその夢は、君の魂の暗い通路を通って忍びこんできたものなのだから」「ヒットラーの巨大に歪んだ夢」とある四つの「夢」は、『羊をめぐる冒険』の「羊」という概念を彷彿させる〈システム〉の権力主体から抑圧的に与えられた〈物語〉（3）を表していると考えられる。

さらに、第15章末尾には、次のような一節がある。

君は想像力を恐れる。そしてそれ以上に夢を恐れる。夢の中で開始されるはずの責任を恐れる。でも眠らないわけにはいかないし、眠れば夢はやってくる。目覚めているときの想像力はなんと

か押しとどめられる。でも夢を押しとどめることはできない。

（『海辺のカフカ』上 二三八頁）

この部分の「**夢**」は、「**眠れば夢はやってくる**」とあるところから、睡眠中の夢（4）と分かるが、ここまでの流れから「**夢**」がそれだけの意味にとどまらないことも明白である。「**君は想像力を恐れる。そしてそれ以上に夢を恐れる**」という部分は、カフカがマスターベーションをしようかと考えて思いとどまった直前の内容を受けているため、「**想像力**」は性的想像力、「**夢**」は夢精（5）という意味を含んでいる。さらに、「**夢の中で開始されるはずの責任を恐れる**」「**でも夢を押しとどめることはできない**」の「**夢**」は、この直前に、「**君はその夢の中で、ほんものの姉や母を犯すことになるかもしれない。君にはそれを統御することはできない。それは君の力を超えたものごとなんだ。君はただ受け入れるしかない**」という運命論的な言葉があることから、睡眠中の夢（4）、夢精（5）という意味に加えて、意識を喪失した無意識の状態（2）、あるいはエディプス・コンプレックスという意味で集合的記憶としての無意識（6）を指し、さらに〈システム〉から抑圧的に与えられた〈物語〉（3）という意味が重層的に含まれていることが理解できる。

以上、イェーツの詩集“Responsibilities”から引用されたエピグラフ‘In dreams begins responsibility’のdreamsが、『海辺のカフカ』ではどんな意味で用いられているか確認した。イェーツがこのエピグラフによって、創造の源泉たる「内的世界のヴィジョン」を通して詩人として果たすべき責任を表明したのだとすれば、村上春樹は原義から意味を転じ、大島に「僕らの責任は想像力の中から始まる」（傍線論者）「想像力のないところに責任は生じないのかもしれない」と言わせ、「アイヒマンの例」に引き付けて、無意識下に潜む暴力的エネルギーの噴出としての民族差別やジェノサイド、そして戦争に対する責任を現代に生きる我々一人ひとりに問うていることになる。一方、父を殺した記憶のないカフカには、文字通り「夢の中から責任は始まる」と受けとめさせ、「僕は夢をとおして父を殺したかもしれない」と言わせて、「夢」を共有した者の負うべき責任を表明している。ここには、一九九五年三月の地下鉄サリン事件におけるオウム真理教信者、すなわち麻原彰晃の巨大に歪んだ夢の中に否応《いやおう》なく巻き込まれていった人々の負うべき責任の問題が提示されているとも言える。

以上のような経緯から、単数形 responsibility を用いた、果たすべき責任を概念的に表現したエピグラフ 'In dreams begins responsibility' を引用する際、村上は In dreams begin the responsibilities と、作品から重層的に読み取れる複数の責任を明確に指示しようとする意識から意図的に定冠詞を用い、The responsibilities と複数形に書き換えたのだろう。

実際、村上は柴田元幸のインタビューを受けて、「第二次世界大戦の戦争責任が、今の日本人にあるかと言われれば、僕はあると思う。というのは、僕らはその記憶を受け継いでいるから」「僕らはそこに集合的記憶というチャンネルを通してつながって、それなりの責任を引き受けざるを得ないと思う」と述べている[28]。また、二〇〇八年十月に「サンフランシスコクロニクル」に掲載されたインタビュー[29]でも、I was born in 1949, after the war ended, but I feel like I'm kind of responsible for that war. と述べ、戦後生まれだから戦争に責任はないと言う人々もいると前置きした後、We have to be responsible for our memories. と述べ、歴史認識にもとづき自らの戦争に対する責任を表明している。[30]

8　複式夢幻能の影響を読む

『海辺のカフカ』に引用されたイェーツは、ケルト民族の神話や伝説などをもとにした創作によりアイルランドの文芸復興を促したが、日本の能の影響を受けて創作をしたことでも知られている。イェーツは、当時のヨーロッパのリアリズムの風潮には与せず、神秘主義、ロマン主義を吸収し、暗示的・象徴的な劇世界を創造した。彼は、一九一〇年代に秘書を務めたエズラ・パウンドEzra Pound（一八八五―一九七二）がアーネスト・フェノロサ Earnest Fenollosa（一八五三―一九〇八）の遺稿をもとに「錦木」「砧」「羽衣」といった謡曲の英訳をロンドンで発表し、それらをまとめた『能――日本古典演劇の研究』'Noh or Accomplishment, a Study of the Classical Stage of Japan'（一九一六）を出版したことから大きな影響を受け、能の様式に触発されて『鷹の井戸』[31] 'At the Halk's Well'（一九一七）等の舞踏を取り入れた詩劇を創作した。

成恵卿は、イェーツの劇と能について次のように述べている。

> イエイツの劇と能とを結ぶものは、いうなれば、「鎮魂」の芸術のもつ普遍性であったといえ

よう。能の影響を受けて書かれた彼の劇には、しばしば亡霊が登場する。その亡霊たちは現世の人間の前に姿を現し、過去を再現する。それは、ゆかりの地を離れずにいる死者たちが、そこを訪れる旅僧の前で過去を語り、再現するという、「夢幻能」または「複式夢幻能」と称される能の形式から示唆を得たもので、イエイツは自らの劇にこの形式を取り入れることによって、人間の死後も消えない情念や悔恨、さらには人間の業の深さを鮮やかに浮き彫りにすることができた。救いを求めながらも、現世への執着や怒りのために「成仏」できないでいる人間（亡霊）を夢幻能は描いて見せるが、イエイツはそれを煉獄にいる魂と重ね合わせていたのである。

（成恵卿『西洋の夢幻能——イエイツとパウンド』河出書房新社 一九九九年 一〇頁）

アイルランドの幻想に親しんでいたイェーツは、日本の能に通底するものを直感し、複式夢幻能の形式から示唆を得て、『鷹の井戸』のような舞踏を取り入れた詩劇を創作した。そして、イェーツを引用した村上春樹も、『海辺のカフカ』の偶数章のストーリー・ラインに夢幻能の幻想世界とともに、「『成仏』できないでいる人間（亡霊）」を「鎮魂」に導く物語を描き出そうとしたのである。

村上作品と複式夢幻能との関連については、二人の論者が『羊をめぐる冒険』を取り上げて、次のように指摘している。まず、内田樹は「村上春樹はその小説の最初から最後まで、死者が欠性的な仕方で生者の生き方を支配することについて、ただそれだけを書き続けてきた」ことが「彼の文学の世界性を担保している」と断じ、『羊をめぐる冒険』は、「正しい葬礼を受けていない死者が服喪者の任に当たるべき生者のもとを繰り返し訪れるという話型」であり、「複式夢幻能と同一の劇的構成」を持つと認めている。[32] また、森正人は、『羊をめぐる冒険』は、「複式夢幻能もその一種であるところの浦島型異境訪問譚として分析する視点が有効」であるとして、能『井筒』の展開と照らし合わせ、「妄執にとらわれている死者の霊魂を慰め、救済を図るのが夢幻能であるとすれば」「『羊をめぐる冒険』の主題が」複式夢幻能と同じく「鎮魂にあることは明瞭すぎるほど明瞭である」としている。[33]

さて本稿でも、複式夢幻能の典型的な形式を持ち、現在広く親しまれている『井筒』を念頭に置き、『海辺のカフカ』と複式夢幻能の関連について検討してみたいと思う。

参考のために、伊藤正義 校注『新潮日本古典集成 謡曲集 上』における『井筒』の**登場人物・構成と梗概**を引用しておく。

登場人物

前シテ　里の女
後ジテ　紀有常の娘の霊
ワキ　旅僧
アイ　所の男

構成と梗概

①　ワキの登場　諸国一見の僧（ワキ）が在原寺《ありわらでら》に立ち寄り、業平夫婦を偲んで弔《とむら》う。

②　シテの登場　里の女（前シテ）が現れ、秋の夜の古寺に仏法帰依《きえ》の心を述べる。

③　ワキ・シテの応対　僧は古塚に回向《えこう》する女の素性を問う。女は業平の昔を懐かしむ風情を見せる。

④　シテの物語り　女は、『伊勢物語』の歌をめぐる業平と紀有常の娘の純愛について語る。

⑤　シテの中入り　女は、自分が井筒の女とも言われた紀有常の娘であると名乗って、井筒の蔭に消える。

⑥　アイの物語り　里の男（アイ）が僧の尋ねで業平と紀有常の娘のことを物語り、弔いを勧める。

⑦　ワキの待受け　僧は夢に見ることを期待して寝る。

⑧　後ジテの登場　業平の形見の衣を着た紀有常の娘（後ジテ）が現われ、人待つ女とも言われた業平への一途の純愛を示す。

⑨　シテの舞事　業平思慕の移り舞。

⑩　シテの立働き・結末　われとわが身を井筒に映して業平を偲ぶ昂まりの中で、夜明けとともに僧の夢は覚める。

（伊藤正義校注『新潮日本古典集成 謡曲集 上』新潮社 一九八三年 一〇二頁）

『井筒』は、世阿弥最晩年の作品で、『申楽談儀』[*34]では、世阿弥自身「上果也《じょうかなり》」[*35]「直《すぐ》なる能」[*36]と高く評価した作品である。梅原猛は、「世阿弥の言う『幽玄』の極致に至った能である」とし、「『井筒』は、鬘物に属しているものの」「世阿弥の能の特徴」である「物狂いの性格が強い」としている。梅原は、「物狂い・鬼」とは、「何らかの理由で社会から排除された存在」であると言い、「物狂いの性格が強い」理由について、『井筒』が『伊勢物語』第二十三段（「筒井筒」）、二十四段（「梓弓」）、十七段（桜花をめぐる応答の段）を元にして作られており、「中世の」「物語の人物を特定の人物に当てはめて考える」「特殊な解釈」、すなわち第二十三段、二十四段だけでなく、恋の話ではない十七段も業平を待つ「有常の娘の恋の哀しみ」を表現しているとする解釈の影響を受けたからだと解説している[*37]。

紀有常の娘の「人待つ女のやるせなさ」は、前シテの「里の女」によって次のように語られている。

（**構成と梗概②**）

［サシ］シテ〽さなきだに物《モノ》の淋《サミ》しき秋の夜《ヨ》の　人目稀《ヒトメマレ》なる古寺《フルテラ》の　庭《ニワ》の松風《マツカゼ》ふけ過ぎて　月も傾《カタム》く軒端《ノキバ》の草《クサ》　忘れて過ぎしいにしへを　しのぶ顔《ガオ》にていつまでか　待つことなくてながらへん　げになにごとも思《オモ》ひ出《デ》の　人には残る世の中かな

［下ゲ歌］シテ〽ただいつとなく一筋《ヒトスジ》に　頼《タノ》む仏《ホトケ》の御手《ミテ》の糸《イト》　導《ミチビ》き給へ法《ノリ》の声《コエ》

（伊藤正義校注『新潮日本古典集成 謡曲集 上』一〇四頁）

この一節には、待つことなどせず生き永らえたいと思うのに、愛の思い出が忘れられず恋しい人を待ち続けている、そういう自分を仏さまに救ってほしいと願う女の切ない思いが表現されており、後《のち》場《ば》で登場する後ジテ「帰らない夫を待ちわびて恨む狂女」、すなわち紀有常の娘の霊が登場する伏線と見ることができる。

さて、こうした「複式夢幻能」の形式に倣うとすれば、シテには佐伯、ワキにはナカタとカフカを擬えることができる。大島がカフカに、佐伯は「死にかけている」「死がやってくるのをただ待っている」と言うとおり、生前の佐伯は、「生きつづける意志」を失い「ただ率直に静かに死に向かっている」、半ば霊的な存在である。佐伯という名に、英語で「魂、精神、心」を表す psyche（サイキ）という音の響きが感じられること、そして psyche の語源が古代ギリシャ語の psukhe（プシューケー）であり、ギリシャ・ローマ神話においては、psukhe（プシューケー）が cupid の愛した美少女であり霊魂の化身でもあることは、佐伯が「生き霊」または「幽霊」としてカフカの前に十五歳の美少女の姿を現し、息を引き取った後は、リンボで母としてカフカに再会する「亡霊」であることを裏付けている。

また、佐伯は、『井筒』のシテが亡夫・業平の邸跡の在原寺に潜んでいるように、亡き恋人、甲村家の長男・カフカが住んでいた甲村記念図書館の館長として、毎日二階の書斎にこもり、過去の人生のすべてを自分自身のために執筆している。そのひたすら内向する苦悩は、「人待つ女のやるせなさ」に我を忘れ、「帰らない夫を待ちわびて恨む狂女」と化した紀有常の娘の亡霊に擬えられよう。

また、甲村記念図書館は、毎週火曜日に館内ツァーを実施しているが、カフカもナカタも、火曜日に甲村記念図書館を訪れて、このツァーに参加している。二人は、佐伯館長から、甲村記念図書館が古くから、志賀直哉、谷崎潤一郎など——種田山頭火は「乞食坊主」として相手にされなかったと語られるが——多くの文人墨客を迎えたこの地の文化サークルであったという由来を聞く[*38]。この場面は、シテがワキに名所旧跡や歌枕などを紹介する、能の「名所教え」を連想させる。

また、ワキに擬せられるカフカとナカタについて、柴田勝二は、ナカタを漢字で書いた「中田」の二文字を重ねた「甲」に、田村カフカの「村」に加えると「甲村」となることから、「両者の分身性」は、「甲村記念図書館を媒介として」いることが分かると述べている[*39]。たしかに、ナカタは、カフカのために〈ジョニー・ウォーカー殺し〉を代行し、星野の助けを得て「入口の石」を探し、その石を開閉したために命を縮めている。ナカタとカフカは、佐伯というシテに遭遇するために、分身として「中野区野方からまっすぐ」「二人の」「名前の〈和〉として成り立」つ「甲村」に向かって旅路を辿りながら、ともにワキとしての役割を務めていると認められよう。

ワキ方の能楽師である安田登は、次のように述べている。

> 能（夢幻能）とは、ワキが異界の住人であるシテと出会う物語だ。二人の出会いが実現されたとき、そこには異界が出現する。そして、その出会いを実現するためには、ワキは自分の存在をなるべく無に近づけるための行為をする必要がある。／それが旅だった。しかも乞食の行として

の旅だった。乞食の旅をその生にすることによって、ワキは異界と出会い、新たな生を生き直す可能性が与えられる。彼は旅に生き、そして旅に死ぬ。

（『異界を旅する能　ワキという存在』ちくま文庫　二〇一一年　一二六頁）

カフカとナカタの旅、特にナカタのヒッチ・ハイクの旅路は、現代の「乞食の行」と言えそうである。また、ナカタが「大きな橋を渡って、四国まで参りました」など、「橋を渡る」という言葉を何度も繰り返すのは、能舞台の「橋掛り」を渡って本舞台に入るイメージを連想させる。カフカは、「バスが瀬戸内海にかかる巨大な橋を渡るところを」「じっさいに目にするのを楽しみにしていた」のに「眠っていて見逃してしまう」と書かれている。これは、眠りという深層意識の入口を意味するものが、「巨大な橋」＝「橋掛り」と同義の、現実世界と異界との境界として印象づけられているようである。作品の末尾が「やがて君は眠る。そして目覚めたとき、君は新しい世界の一部になっている。」という言葉で終わっているのも、睡眠という境界を経て異界から現実世界へ帰還するイメージが表現されていると言えよう。

カフカとナカタは、それぞれ駆り立てられるような思いを抱いて出奔し、甲村記念図書館という「異界」で、佐伯というシテに出会う。その出会いは、偶然の出会いであり、必然の出会いでもある。ワキとしてのカフカとナカタは、今までの自分を捨て、ゼロになるための旅の中で、出会うべくしてシテの佐伯に出会い、その出会いを通じて自分自身に出会う。

カフカは、「図書館の一部になる」――亡き甲村少年・カフカと一体化して佐伯と愛し合う――ことによって甲村の死後、空疎な生を生き永らえてきた佐伯（前シテ）の魂（サイキ）を慰撫し、彼女が息を引き取った後は、リンボまで赴いて母としての佐伯（後シテ）を許し、そうすることによって「新たな生を生き直す可能性」を得る。一方、ナカタは、佐伯（前シテ）の「書き物」、つまり往生の妨げとなっていた罪業を引き受け、それを火中に投じて彼女の罪障を消滅して「成仏」を促し、「空っぽ」だった人生の最期に、ようやく生の意義を実感して安らかな死を迎える。このように考えると、日頃から文字の読み書きもできない至らなさを自覚し、〈ジョニー・ウォーカー〉に侵入されてしまったのは「空っぽ」のまま生きていたからだと気づいたナカタは、出家者ではないものの、その坊主頭は、ワキの旅僧の外貌としてふさわしいものであったと納得がいくのである。

「生きることによって、俺はなにものでもなくなってしまった」（傍点原作）と嘆いていた星野も、ナカタの「世界を見る姿勢」に惹かれ、ナカタのそばにいると「お釈迦《しゃか》様かイエス・キリストの弟子になった」ように、「自分が正しい場所にいる」「実感」を感じることができると言う。カフカを生かし、佐伯を「成仏」させるために生命を縮めたナカタは、星野にも、生きる実感を伝えて逝ったと言えよう。

佐伯が、いわば生き延びた直子であり、『ノルウェイの森』の直子のごとく、六十年代学生運動終焉後の精神的空虚を象徴する存在であるとすれば、自ら「ナカタはそれ（影）を前の戦争のときになくしました」（括弧内論者）と言うナカタは、歴史認識を忘却した敗戦後日本の精神的空虚を象徴している。また、父の抑圧に対する憤懣から、自らの内に渦巻く突発的な暴力衝動に悩むカフカは、二〇〇〇年代のティーンエイジャーの精神的空虚を象徴していると言えるだろう。『海辺のカフカ』は、カフカ、ナカタ、佐伯、そして星野、大島という、多かれ少なかれ「何らかの理由で社会から排除された存在」としての要素を持つ登場人物一人ひとり──それは、日々を懸命に生きようとしている平凡な現代人一人ひとりでもある──の抱えるそれぞれの空虚を描き出し、その空虚と空虚の出会うところに救いを求めようとしている。その時、作者は、妄執にとらわれて「成仏」できずにいる死者の霊魂を慰め、救済を図る様式を持つ複式夢幻能から、多くのヒントを得、種々のイメージを取り入れたのではないだろうか。

『海辺のカフカ』の奇数章のストーリー・ラインがギリシャ悲劇の『オイディプス王』を下敷きにしているとしたら、偶数章のストーリー・ラインの根底には、複式夢幻能の世界がイメージされている。そして、物語全体の構想から見ると、『オイディプス王』にもとづく奇数章のストーリー・ラインは、暴力の連鎖を断ち切る救済の可能性を開く複式夢幻能の影響を受けた偶数章のストーリー・ラインに支えられている。

村上春樹のデビュー作『風の歌を聴け』には、すでに後年の作品に通底する死生観や救済観の片鱗が現われていた。たとえば、冒頭第1節には、「文章を書くこと」は「自己療養へのささやかな試み」であり「うまくいけばずっと先に、何年か何十年か先に、救済された自分を発見することができるかもしれない」（傍線論者）と書かれていた。こう書いた時、村上春樹は、千駄ヶ谷でジャズ・バーを経営する傍ら、小説を書き始めたばかりであった。しかし、村上が「文章を書くこと」に手を染めたとき、「何年か何十年か先に、救済された自分を発見する」というイメージを鮮やかに想い描き、「その時、象は平原に還り僕はより美しい言葉で世界を語り始めるだろう」という希望を抱いていたことに、後年の「〈異界往還による生の意義回復〉の物語」の原点が潜んでいたと見ることができよう。

注

＊1　新潮社

＊2　ＢＯＯＫ1・2　新潮社　二〇〇九年、ＢＯＯＫ3　新潮社　二〇一〇年

＊3　「『坑夫』の作意と自然派傳奇派の交渉」『漱石全集』第三十四巻　岩波書店　一九八〇年。また、『坑夫』の話を売り込みに来た「一人の若い男」は、夏目鏡子述・松岡譲筆録『漱石の思ひ出——附漱石年譜』岩波書店　二〇一六年「三二坑夫」には、「書生の新井」として紹介されている。

＊4　Penguin Classics

＊5　ジェイ・ルービン編　新潮社　二〇〇七年の序文村上春樹「芥川龍之介——ある知的エリートの滅び」二九頁、三二頁（'Akutagawa Ryunosuke :Downfall of the Chosen'）

＊6　Penguin Classics, Introduction'The（Generally）Sweet Smell of Youth'ｘｘｖ頁

＊7　『村上春樹、河合隼雄に会いにいく』新潮文庫　一九九九年　九九頁～一〇〇頁

＊8　「特集村上春樹ロングインタビュー」『考える人』新潮社　二〇一〇年夏号　二四頁

＊9　『新潮』一九八六年一月号、『パン屋再襲撃』文藝春秋　一九八六年　所収

＊10 拙著『村上春樹 物語の力』第三章「3闇と影」に詳述

＊11 拙稿「村上春樹・意識と肉体の統合へ向かう『眠り』」『村上春樹スタディーズ2008-2010』若草書房 二〇一一年、拙著『村上春樹 物語の力』第七章

＊12 『村上春樹全作品1979～1989⑧』に書き下ろし

＊13 講談社

＊14 講談社

＊15 河合隼雄『影の現象学』講談社学術文庫 一九八七年 六九頁～七〇頁

＊16 『村上春樹と夏目漱石』祥伝社新書 二〇一一年 一八九頁

＊17 エルサレム賞受賞記念講演 二〇〇九年二月十五日

＊18 『本の話』一九九六年一月号～九七年二月号、文藝春秋

＊19 講談社

＊20 文藝春秋

＊21 新潮社

＊22 「正しいという事、あるいは神の子どもたちは「新しい結末」を喜ぶことができるか?――村上春樹『神の子どもたちはみな踊る――』論」『文学界』二〇〇〇年七月号 一九四頁

＊23 柴田元幸『20世紀アメリカ小説と映画』（現代文芸論研究室論集2010『れにくさ』第二号）

＊24 『論語』岩波クラシックス13 一九八二年

＊25 みすず書房 一九六九年（新装版一九九四年十一月）。ハンナ・アーレントが雑誌『ニューヨーカー』の特派員としてイェルサレムに赴き、アイヒマン裁判を傍聴して執筆した。

＊26　このスピーチは、村上の用いた比喩から、一般に「壁と卵」と呼ばれるようになった。
＊27　And each of us, to a greater or lesser degree, is confronting a high, solid wall. The wall has a name: It is The System. The System is supposed to protect us, but sometimes it takes on a life of its own, and then it begins to kill us and cause us to kill others - coldly, efficiently, systematically.（Haruki Murakami's Jerusalem Prize acceptance speech'Mainichi Japan'March 3,2009）
＊28　『ナイン・インタビューズ 柴田元幸と9人の作家たち』アルク 二〇〇四年 二七六頁
＊29　このインタビューの行われた時点で、『海辺のカフカ』はすでにアメリカ合衆国内で翻訳出版されていた。
＊30　村上春樹の記憶と戦争責任に関する発言・歴史認識の詳細については、拙著『村上春樹 物語の力』二一八～二二八頁を参照されたい。
＊31　『鷹の井戸』は、その後、横道萬里雄によって謡曲『鷹の泉』、さらに『鷹姫』として翻案され、現在も観世流の演目のひとつとなっている。
＊32　『もういちど村上春樹』アルテスパブリッシング 二〇一〇年
＊33　『2015年度第4回村上春樹国際シンポジウム国際会議予稿集』（淡江大学村上春樹研究センター 二〇一五年）、『村上春樹における両義性（pharmakon）』村上春樹研究叢書ＴＣ００３（淡江大學出版中心 二〇一六年）
＊34　『世子六十以後申楽談儀』の通称。世阿弥の息子元能が一四三〇年（永享二年）に出家する際にまとめた能楽の伝書。
＊35　「『申楽談儀』にも『井筒、上《じょう》果《か》也《なり》』とあるので、世阿弥自身も『井筒』を自己の作った能の中で、最

も優れた能の一つと考えています」（梅原猛『能を観る』朝日新聞出版 二〇一二年 八八頁）

＊36 あまり手のこんだ趣向をこらさず、「主題がストレートに打ち出されている能」の謂《いい》かと思われるが、事実、本曲は紀有常の娘の業平への思いを「懐旧」という主題に集約させている点で、「直なる能」というにふさわしい作品となっている。（『能を読む②世阿弥』角川学芸出版 二〇一三年「『井筒』小誌」四五頁）

＊37 梅原猛『能を観る』朝日新聞出版 二〇一二年 八九〜九二頁

＊38 大島は、カフカ到着時、この図書館の由来を紹介するのに、若山牧水、石川啄木の名も挙げている。

＊39 柴田勝二『村上春樹と夏目漱石』祥伝社新書 二〇一一年 二〇〇〜二〇一頁

第4章　物語論としての物語――『1Q84』

1　物語の役目

『1Q84』[*1]は、村上春樹最初の総合小説[*2]である。村上は、総合小説について度々言及している。

> 僕が『カラマーゾフの兄弟』みたいな小説を書きたいと言ったのは、一種の総合小説、十九世紀的な総合小説という文脈で言っています。総合小説とは何かというと定義が難しいんですが、いろいろな世界観、いろいろなパースペクティブをひとつの中に詰め込んでそれらを絡み合わせることによって、何か新しい世界観が浮かび上がってくる、それが総合小説だと僕は考えています。ということは、パースペクティブをいくつかに分けるためには、人称の変化というのはどうしても必要になってくるんですね。

（『翻訳教室』柴田元幸 新書館 二〇〇六年 一五八～一五九頁）

> 僕は、バルザックのような世俗そのものを書いた小説が好きで、この時代の世相全体を立体的に描く僕なりの「総合小説」を書きたかった。純文学というジャンルを超えて、様々なアプローチをとり、たくさん引き出しを確保して、今ある時代の空気の中に、人間の生命を埋め込めればと思った。

（「村上春樹氏インタビュー『１Ｑ８４』への30年」上 読売新聞 二〇〇九年六月一六日 聞き手・尾崎真理子）

こうした発言から、総合小説として書かれた『１Ｑ８４』が今までで一番長く、全編を通じて三人称で書かれており、エンターテインメント的要素もふんだんに盛り込まれている所以が理解される。また、青豆という個性的な女性主人公に対し、小説家志望の川奈天吾という副主人公を設定して、物語論を含む物語としていることも、従来の六つの長編小説[*3]には見られなかった特徴[*4]と言えよう。また、読みやすく翻訳しやすい平易な言葉遣いで書いていることから、今まで以上に多くの読者を獲得し、人々の心に浸透する物語として普及しようという狙いが読み取れる。『空気さなぎ』が作中で多くの読者を得て「リトル・ピープル対抗モーメント」として機能し世界の均衡を保つことに貢献したように、村上は、『１Ｑ８４』が世界中に広まって、『アンダーグラウンド』（一九九七）所収の「目じるしのない悪夢」で言及したような、「まったく新しい物語（物語を浄化するための別の物語）[*5]」として実効性を発揮し、オウム真理教のようなカルトが提出する稚拙な「物語」を駆逐する「対抗モーメント」として機能することを意図したのだろう。

本章では、作中の「物語の役目」という語句から出発して、青豆の身体が表象するもの、『１Ｑ８４』に反映する時代意識、長編小説における物語構造の劇的変化、さらに、システムの象徴として描かれるリトル・ピープルをめぐって考察し、村上春樹の長編作品における物語のあり方について考察したい。

村上は、小説家を志す天吾に、次のように語らせている。

> 物語の役目は、おおまかな言い方をすれば、ひとつの問題をべつのかたちに置き換えることである。そしてその移動の質や方向性によって、解答のあり方が物語的に示唆される。天吾はその示唆を手に、現実の世界に戻ってくる。それは理解できない呪文が書かれた紙片のようなものだ。時として整合性を欠いており、すぐに実際的な役には立たない。しかしそれは可能性を含んでいる。いつか自分はその呪文を解くことができるかもしれない。そんな可能性が彼の心を、奥の方からじんわりと温めてくれる。
>
> （『１Ｑ８４』ＢＯＯＫ１ 三一八頁）

作者は、物語の中に「すぐに実際的な役には立たない」「呪文」を込めて、そっと読者に手渡す。

「呪文」は必ず解けるとは限らない。しかし、読者一人ひとりが日々の暮らしを通じて千差万別の解き方を試み、いつか「呪文」に込められた意味を受け止める時が来る「可能性」に、無数の読者との確かなつながりが存在することを、村上は信じているのだろう。この引用部分は、天吾の手を握った十歳の青豆が、黙って天吾に手渡した「パッケージ」の意味が徐々に解きほぐされ、二十年後になってようやく二人を結びつける具体的な力として機能し始める『１Ｑ８４』の展開を示唆しつつ、物語が作者と読者に働きかける具体的な力を持ち得ることを表明している。

村上春樹は、一九九六年に開始した『村上朝日堂ホームページ』(前後二回)以降、『少年カフカ』ホームページ、『村上モトクラシ』、二〇一五年の『村上さんのところ』まで、通算五回にわたって、読者からの質問に回答する期間限定のサイトをインターネット上に開設し[*6]、読者との交流を深めてきた。これは、普段サイン会や講演会など、読者の前にほとんど姿を現さない村上春樹独特のファンサービスとも言える。しかし、これだけの時間と労力をかけてホームページを開催し続けてきた狙いは、不特定多数の読者個々の反応を知ることだけでなく、村上の提供する物語が一人一人の読者にどう機能しているか、読者の内面や生活や生き方に、具体的にどんな影響を与え、どんな変化が生じているか、その実際を知ろうとすることにあるのではないだろうか。村上は、読者一人一人の反応と、そこから自然発生的に現れてくるいわば物語に対する社会的反応を、メディアを通さずに直接把握しようと意図しているのだろう。

『１Ｑ８４』作品内では、天吾にリライトされた『空気さなぎ』は、新人文学賞を受け、予想以上の多くの読者を獲得し、リトル・ピープルに対抗するワクチンとして機能した。新人賞を受けて世に送り出された『空気さなぎ』は、一般には想像力豊かな十代の少女が書いた幻想的な小説と受け止められただけだった。しかし、「さきがけ」から「あけぼの」を分裂させ、「さきがけ」を宗教集団に変容させたリトル・ピープルの秘密を世間に知らしめたという意味で、「さきがけ」やリトル・ピープルにとっては、許し難い「反リトル・ピープル的モーメント」として力を発揮する結果となった。

　これは、『空気さなぎ』を世に送り出した小松、天吾、戎野、三人の意図とはまったく異なる結果であった。小松と戎野は、『空気さなぎ』に物語としての魅力を認めつつ、この作品をかなり現実的に利用しようとした。その一方で『空気さなぎ』は、天吾がリライトする、つまりアザミが聞き取った深田絵里子の話し言葉を小説として「有効な文章に転換」することによって物語本来の力を発揮し、リトル・ピープルや「さきがけ」が人々の心や生き方に招来する偏向を正す力のモーメントとして機能している。

　村上春樹は、『１Ｑ８４』が『空気さなぎ』と同じく、「世界の均衡を保つため」の「反リトル・ピープル的モーメント」として現実的な役割を果たすことを意図している。これが、物語論たる物語『１Ｑ８４』に与えられた「物語の役目」なのだろう。『羊をめぐる冒険』（一九八二）以来、長編小説において、人々の無意識の深層に展開する物語を描き出すことを自らの仕事の主流に位置づけてきた村上春樹が、個々の読者というレベルを超えて、社会的な広がりと実効性を備えた「物語の役目」を前面に打ち出したのは、短編集『神の子どもたちはみな踊る』（二〇〇〇）の掉尾を飾った「蜂蜜パイ」

以来であり、長編小説としては『１Ｑ８４』が初めてである。

2　青豆の身体

『１Ｑ８４』の物語の原点は、小学校四年生の初冬に、青豆が放課後の教室で天吾の手を握りしめたことにある。その後、五年生になった青豆は、「証人会」の信仰にすべてを捧げる両親と別れ、叔父の家に身を寄せることとなり、早くから自立の道を模索しなければならなかった。彼女が学生時代からソフトボール・チームの中心選手として活躍し、社会人となってからは、高級スポーツ・クラブで筋肉トレーニングやマーシャル・アーツ担当のインストラクターを務め、つねに身体を「念入りに鍛えあげ」てきたのは、何より「自分の身を護」り、「孤児」として生き延びてゆかねばならなかったからである。「身長は一六八センチ、贅肉はほとんどひとかけらもなく、すべての筋肉は念入りに鍛えあげられている」青豆にとって、身体とは、まず、自立のための唯一の拠り所であった。しかし、マーシャル・アーツのクラスでの「睾丸蹴り」がスポーツ・クラブの上司の不興を買ったように、青豆の目指した自立には、自衛という以上の過剰な攻撃性がつきまとっている。家族も友人も恋人もいない青豆は、夫の暴力に追い詰められて自殺した唯一の親友・大塚環のために復讐を果たそうとして、ドメスティック・バイオレンスにより女性を支配する男たちを次々と殺し、連続殺人犯となってしまう。そうするうちに、青豆の身体は、行きずりの男性との享楽的セックスを定期的に求めるようになる。
青豆の身体上に交錯する要素のすべて、すなわち、天吾と手を握り合ったことから、スポーツ（ソフトボール）、筋肉ストレッチング、マーシャル・アーツ、暴力、殺人行為、性行為、妊娠等すべてが彼女の人間関係を反映し、生のあり方を表現し規定する重要な要素となっている。そして、青豆と主要な登場人物との人間関係も、すべて身体的要素による結びつきによって表現されている。

まず、十歳のとき、天吾と手を握り合い、天吾に無言のうちに手渡した「パッケージ」が、二十年後に二人を結びつける契機となる。青豆から渡された「パッケージ」は、作家を志す天吾が『空気さなぎ』をリライトして自分自身の物語世界を見出すと同時に発見され、天吾と媒介者《メディエーター》「ふかえり」との「オハライ」によって、二十年後に始めて紐解かれる。その「オハライ」とほぼ同時刻、雷雨の晩に「さきがけ」のリーダー・深田保を殺害した青豆は、天吾と出会わないまま、媒介者《メディエーター》「ふかえり」の身体を通じて、天吾の子供を身ごもったことを感受する。

親友・大塚環とは、ソフトボールのチーム・メイトで、旅行先で互いの身体を触りあった経験がある。柳屋敷の老婦人は、広尾のスポーツ・クラブの会員で、青豆のマーシャル・アーツのクラスに参加していたことが縁で知り合い、青豆が婦人の個人的な筋肉トレーニングのインストラクターを務めるうち、彼女の依頼を受けて殺人を重ねるようになる。中野あゆみとは、「性の饗宴」のチームを組み、やはりベッドの中で身体を触れ合った経験を持っている。深田保には、殺害直前に念入りな筋肉ストレッチングを施すが、その時、青豆と深田保の間には、言葉を超えた深い交流が生じる。

その三十分後に、二人はそれぞれに汗をかき、激しく息をついていた。まるで奇跡的なまでに深い性行為を成し遂げた恋人たちのように、男はしばらくのあいだ口を利かなかったし、青豆も言うべき言葉を持たなかった。

（『1Q84』BOOK2 二三三頁）

青豆は、深田保殺害直前に、自分の殺そうとしているのが単なる幼女レイプ犯ではなく、神の声を聴く「王」に擬えられる存在で、自身のトラウマの根源たる父なる存在でもあることに気付かされる。また、青豆は、「肉体こそが人間にとっての神殿であり、たとえそこに何を祀《まつ》るにせよ、それは少しでも強靭であり、美しく清潔であるべきだ」という「揺らぎなき信念」を持っている。

肉体こそが青豆にとっての聖なる神殿だったし、常にきれいに保っておかなくてはならない。塵ひとつなく、しみひとつなく、そこに何を祀るかは別の問題だ。それについてはまたあとで考えればいい。

彼女の肉体には今のところ贅肉はついていない。ついているのは筋肉だけだ。彼女は毎日鏡の前でまったくの裸になり、その事実を細かく確認した。

（『1Q84』BOOK2 三二六頁）

清潔で健康な身体ひとつがあれば、それで不足はない。
彼女は子供のころから、装飾のない簡素な生活に慣れていた。禁欲と節制、物心付いたときにそれがまず彼女の頭に叩き込まれたことだった。

（『１Ｑ８４』ＢＯＯＫ２　三二七頁）

そして、青豆の身体には、幼少時「証人会」の信仰を強制されたトラウマがいまだに深く刻まれている。それは、事あるごとに「証人会」の「お祈りの言葉」が口を突いて出ることに現れている。青豆の身体は、「天吾の立ち上げた物語の中」を生き、深田保を殺害してリトル・ピープルのレシヴァたる「病根を『削除』」し、媒介者《メディエーター》・ふかえりの介在を得て、天吾との「愛」を顕現する新しい命を身内に宿し、新たなる再生への手がかりを得たと理解することもできる。しかし、天吾とともに１９８４年へ向かう際に、青豆が信じてもいない「お祈りの言葉」を唱えるのはなぜなのだろうか。とうに捨てた信仰の象徴である「お祈りの言葉」を身体化させている青豆は、彼女が天吾の子供だと信じる「小さなもの」がリトル・ピープルのもたらした何者かである可能性を否定し切れないのではないだろうか。この先、『１Ｑ８４』に続編が書き継がれることがあるとしたら、青豆の身ごもった「小さなもの」とリトル・ピープルとの関わりについては、必ず解明されねばならないだろう。

3　時代意識と物語構造の劇的変化

『1Q84』BOOK1、2、3は、一九八四年四月から十二月までの東京とその近郊を主な舞台として展開する。村上の長編小説で一九八四年とその前後を背景とする作品には、一九八三年二月からの約三ヶ月間を舞台とする『ダンス・ダンス・ダンス』、一九八四年六月から一九八六年の冬までを舞台とする『ねじまき鳥クロニクル』がある。『ダンス・ダンス・ダンス』では、高度資本主義社会のさなか、あらゆる価値観が否応なく希薄化し拡散してゆく様相が描き出され、『ねじまき鳥クロニクル』でも、アジア太平洋戦争の歴史の記憶が空無化され現実感覚を見失いつつある戦後日本社会が、ともに東京を主な舞台として描かれていた。

村上は、『ダンス・ダンス・ダンス』の「僕」、五反田くん、そして『ねじまき鳥クロニクル』のワタナベ・トオル、間宮中尉、笠原メイ、加納マルタ、ナツメグ等、両作品中に自己を見失い、うつろな内面を抱える人物を何人も登場させたが、彼らは皆、経済発展を優先した戦後日本が逢着した空虚を体現していた。『ねじまき鳥クロニクル』の原点となった「ねじまき鳥と火曜日の女たち」（一九九〇）を書く際、夏目漱石の『門』の若い夫婦が生活する行き止まりの路地から連想した[*7]という路地も、一九八四年当時の日本社会に蔓延する閉塞感の象徴として描かれていた。[*8] 村上は、「壁抜け」によって近代史の闇を遡り、時代の閉塞を突き破る可能性を示唆したとも言える。しかし、それもやはり、システムに対するあくまでも個としての反撃という限界を出ないものであった。

村上は、『考える人』二〇一〇年夏号に掲載された「村上春樹ロングインタビュー」の中で、『１Ｑ８４』は、「一口でいえば近過去小説」だと述べている。「近過去小説」とは、「いまはこうだけど、ひょっとしたらこうなっていたかもしれないというさかのぼった仮定」であり、「過去の書き換え」によって「もたらされる現在の事実の作り換え」なのだという。『羊をめぐる冒険』以降、村上は、過去に遡及し、失われた存在を探索することによって、現在に生きる意味を充溢しようとする物語を書き継いできた。しかし、今回の『１Ｑ８４』のように、あり得たかもしれないもう一つの過去と、それに伴って生起するもう一つの現在の可能性を描き出すことによって、過去と現在を検証しようとするのは、初めてのことである。これは、作者が、今ここにある現実を肯定できず、どうしても受け入れられないために、〈物語の力〉によって、現実をあり得なかったかもしれないものとして相対化し、目前の現実を転覆してしまおうとする大胆な試みと言えるのではないだろうか。

冒頭で、タクシーの運転手は青豆に、「ものごとは見かけとは違います」「現実というのは常にひとつきりです」と、奇妙な忠告をする。しかし、これはむしろ、現実が「常にひとつ」とは限らない物語世界に初めて踏み込もうとする作者が、読者に向けて発した反語的な忠告と理解した方がよいだろう。ヤナーチェックの「シンフォニエッタ」を耳にした青豆が、知らぬ間に天吾の物語世界に吸収されもう一つの現実世界を経験してしまうと、二度と元の世界に戻れなくなるという展開は、私たちが日々信じて疑わない現実の脆弱さを暗示しているかのようである。

青豆が首都高速の非常階段を下り、我知らず「1Q84」に移行した時点で、彼女が今まで住んでいた現実世界は、「あり得たかもしれないもう一つの過去」の「可能性」の一つとして相対化されてしまう。したがって、「1Q84」は一九八四年のパラレル・ワールドではあり得ないし、最後に「1Q84」から抜け出た青豆と天吾が到達した世界も、首都高速から見えるエッソの広告看板の虎の姿が反転している[*9]ことから、元の一九八四年ではないことが示唆されている。

こうした物語世界の構想は、『羊をめぐる冒険』から『海辺のカフカ』（二〇〇二）に至る六篇の長編小説とは明らかに次元を異にしている。従来描かれてきたのは、『羊をめぐる冒険』や『海辺のカフカ』のように、典型的な「行きて帰りし物語[*10]」、すなわち主人公が異界を往還して現実世界に帰還する物語[*11]であるか、『ノルウェイの森』（一九八七）、『ダンス・ダンス・ダンス』（一九八八）、『ねじまき鳥クロニクル』（一九九四〜九五）のように、各所に主人公の異界往還の経験を含む物語[*12]であった。これら『世界の終りとハードボイルド・ワンダーランド』（一九八五）以外の五編の長編小説に共通していたのは、主人公の経験する異界往還においては、一定の障害や制限はあっても、異界と現実世界の間の交通は両方向とも可能で、主人公が異界において克服すべき試練を経た後は、必ず現実世界に帰還する結末が用意されていることであった。『世界の終りとハードボイルド・ワンダーランド』の最終章では、「私」は、「影」と別れて「街」に留まる決意をするが、これも、帰るべき元の現実世界が厳然と存在していることを前提とした迷いであり、結末であった。『世界の終りとハードボイルド・ワンダーランド』は、「私」が現実世界に帰還しない結末を持つ点においては他の五編の長編小説と異なっているが、異界が現実世界と同時並行的に存在することを前提とする構造を持つ点においては、共通している。

以上のような『１Ｑ８４』における物語の秩序の劇的な変化は、作品の舞台である一九八四年から『１Ｑ８４』出版の二〇〇九年までの二十数年間に私たちが経験してきた、『ダンス・ダンス・ダンス』や『ねじまき鳥クロニクル』にすでに予知的に描かれていた、あらゆる価値観のとめどない拡散と卑小化を背景として生じてきたものと考えられる。ＢＯＯＫ２の末尾に、「本作品には、一九八四年当時にはなかった語句も使われています」という断り書きがあるのも、『１Ｑ８４』の描く世界が、必ずしも一九八四年時点の事象のみに限定されるものではなく、一九八四年から作品発表の二〇〇九年までの、同時代の社会事象を共有してきた作者と読者の意識が作品に反映せざるを得なかったことを物語っている。

一九八四年から二〇〇九年の間、世界は、ボスニア・ヘルツェゴビナ紛争やアメリカ同時多発テロに代表される、冷戦体制の崩壊に伴う地域紛争、民族紛争、テロリズムの噴出等を経験した。日本も、長引く経済成長率の低迷、政治の混迷、そして一九九五年一月の阪神・淡路大震災、同年三月の地下鉄サリン事件等に象徴される、地滑り的な社会変動を経験した。また、一九八九年の東西陣営対立構造の終焉は、世界観・価値観のとめどない相対化をもたらし、第二次世界大戦後四十四年間続いた冷戦体制が強いていた緊張の突然の消失は、社会のあらゆる面に際限のない価値観の拡散と混乱を引き起こした。

そもそも、『1Q84』というタイトルは、ジョージ・オーウェルの『1984』を意識してつけられたものだという[*13]。一九四八年に書かれた『1984』（一九四九）においては、ビッグ・ブラザーによる絶え間ない歴史の書き換えによって歪曲された現実の絶対化が、スターリニズムを彷彿させる独裁システムとして描かれていた。しかし、冷戦終焉後の世界では、唯一絶対の権威による政治システムは影を潜め、良くも悪くも、統一的かつ普遍的と認められていた価値体系や社会システムは、統合機能を失って分裂・拡散し、社会的にも精神的にも確かな価値観を確立することが困難な混迷の時代が始まった。それが『1Q84』の背景に広がる現代社会の実相であり、こうした世界の微かな間隙から人知れず侵入して人々の心を支配しようと目論むのが、リトル・ピープルという不穏な存在なのである。

4　時代意識としてのリトル・ピープル

村上春樹は、「物語的に言えば、『さきがけ』を分裂させ、そのリーダーを悪魔的、超越的な存在に変えていくのは、おそらくリトル・ピープルの作用です。そしてそのリトル・ピープルを地下の世界から導きだしたのは、あくまで我々自身なのです」と、「村上春樹ロングインタビュー」で述べている[*14]。この発言から、作者は、リトル・ピープルが集合的無意識の擬人化された形象である[*15]と言明していることが分る。例えば、「あけぼの」銃撃事件は、六十年代学生運動の末路を象徴する一九七二年二月の浅間山荘事件を想起させるが、このような、時代を表象する大事件を惹起する底力を持つのが、無数の人々の無意識が知らず知らずのうちに醸成する時代意識としてのリトル・ピープルだということなのだろう。

村上春樹においては、『世界の終りとハードボイルド・ワンダーランド』の「やみくろ」のように、地下の闇にうごめく得体の知れない存在として表現される集合的無意識は、一九九五年一月の阪神・淡路大震災や、同年三月の地下鉄サリン事件を引き起こしたのと同じエネルギーとして認識されている。[*16] 河合隼雄は、村上春樹との対談「『アンダーグラウンド』をめぐって」[*17]において、地震は自然災害であり、オウム真理教による地下鉄サリン事件とは異なると発言している。しかし、地震と地下鉄サリン事件を引き起こした地下のエネルギーを同一のものとして感受する独特な感性を持つ村上春樹は、阪神・淡路大震災で地下から突如噴出したエネルギーに、登場人物の長年にわたる怨念や憎悪、心理的わだかまり等を重ね合わせることによって、短編集『神の子どもたちはみな踊る』（二〇〇〇）に収めた六作品を創作した。

しかし、もともと昔話や語り物・民謡・伝説などの口承文芸から発生した物語が、何世紀にもわたる不特定多数の人々の、文字言語によって明確に意識化される以前の心情や願望や世界観を如実に反映しているのなら、人々の魂が深層においてつながり、万人が広大な深い海のような無意識の世界を共有しているという分析心理学の提供するイメージも、妥当なものとして受け入れることができる。たとえば、『1Q84』BOOK2第20章には、文字の読み書きに困難を来すディスレクシアとして生まれた深田絵里子が、盲目の琵琶法師がかつて平曲として世に広めた『平家物語』の「壇ノ浦の合戦」の一節を滔々と暗唱する姿[18]が三ページ余りにわたって描かれている。これは、『平家物語』という口承文芸が文字言語による意識化の影響を受けない環境下において生成・流布し、滅亡した平家一門を鎮魂する生死の境を越えたドラマとして、盲目の琵琶法師や、目に一丁字もない庶民によって伝承されてきたことを、作者が明確に意識して書いた場面だと考えられる。

したがって、ここに『平家物語』を引用した作者の意図は、『１Ｑ８４』も、『平家物語』のように同時代の無数の人々の無意識に浸透し、さらには、集合的無意識にまで浸透してゆく物語であろうとする意志を表明することにあったのだろう。『平家物語』においては、集合的無意識が「やみくろ」のような邪悪な存在として形象化されてはいないが、それは、『平家物語』を成立させた当時の人々が、集合的無意識のレベルにおいて、平家鎮魂と無常観という時代精神を表現することを選んだからなのだろう。

村上は、『アンダーグラウンド』に所収した「目じるしのない悪夢[19]」の中に、「そのときに地下鉄の列車の中に居合わせた人々は、そこで何を見て、どのような行動をとり、何を感じ、考えたのか」を知ろうとしたと書いた。彼が地下鉄サリン事件の被害者、次いでオウム真理教元信者への取材をした目的は、現代日本社会に生きる人々が日々どのような現実を生き、そこにどのような物語が紡ぎ出されているか、つまり、現実の生と物語がいかに切り結んでいるか、そして、村上の提供する物語が実際に人々の生を支える役割を果たし得ているかどうか、その実態を知ることにあったと推測される。

そして、『アンダーグラウンド』（一九九七）と『約束された場所で――underground2』（一九九八）で提出された、これらの「物語の役目」をめぐる問いから構想・執筆されたのが、『１Ｑ８４』だと言えよう。

したがって、『１Ｑ８４』には、オウム真理教のようなカルト集団の成立を可能にする社会や人々の精神のあり方、あるいは、青豆のように幼時から自らの意志とは関係なく、あるいは何らかの強制力によって、一定のドグマによりマインド・コントロールされた人々に対して、集合的無意識の深層から汲み出された『１Ｑ８４』という物語が、いかなる治癒力として効果を発揮し得るかという切実な問いが込められていると考えられる。

世界のどこかに軋みが生じたとき、地下深い太古の闇の奥から、現実のわずかな裂け目を通じて邪悪な力を持つものが姿を現す、あるいは、邪悪な意志を持つ何者かが身体の中に侵入してきて自己を乗っ取ろうとするというイメージは、リトル・ピープル以前にも、村上作品の中に繰り返し描かれてきた。その系譜をたどってみると、『羊をめぐる冒険』（一九八二）の「羊」、「踊る小人」[*20]（一九八四）の「小人」、『世界の終りとハードボイルド・ワンダーランド』（一九八五）の「やみくろ」、『ＴＶピープル』[*21]（一九八九）の「ＴＶピープル」、「緑色の獣」[*22]（一九九一）の「緑色の獣」、「天井裏」[*23]（一九九五）の「小人」、『ねじまき鳥クロニクル』（一九九四～九五）のワタヤ・ノボル、「かえるくん、東京を救う」[*24]（一九九九）の「みみずくん」、『海辺のカフカ』（二〇〇二）で「ナカタさん」の遺骸の口から侵入して来ようとした白いもの等々、長編・短編を問わず、その形象を変えつつ描かれ続けてきたことが分かる。

それでは、『1Q84』では、なぜ、リトル・ピープルという存在が設定されたのだろう。BOOK2第11章[*25]には、リトル・ピープルを「連れてきた」幼かった深田絵里子が「小さな人たち」と呼んだのを、父・深田保が「リトル・ピープルに変えた」とあり、BOOK2第19章[*26]には、死んだ山羊の口から姿を現した六人の「小さな人々」が「自分たちは『リトル・ピープル』だと言った」とある。両者の説明は異なってはいるものの、リトル・ピープルという語は、ビッグ・ブラザーと対応する響きを持つことから、ジョージ・オーウェルの『1984』を想起させると同時に、『1984』のビッグ・ブラザーとは異なるタイプのシステムの表象であることを示唆しているのは確かである。

5　“July, July”（『世界のすべての七月』）のリトル・ピープル

宇野常寛が『リトル・ピープルの時代』で指摘した[*27]とおり、リトル・ピープルとは、村上が翻訳したティム・オブライエン（Tim O'Brien）の“July, July”（邦題『世界のすべての七月』[*28]）の第5章のタイトル“Little People”に因んでいる。『世界のすべての七月』の出版は、二〇〇四年三月であるが、「『海辺のカフカ』ホームページ」を終了する際、二〇〇二年十二月二十七日の日付で書かれた「ホームページ閉鎖のご挨拶[*29]」の中に、「今はティム・オブライエンの「『ジュライ、ジュライ』の翻訳をしています」とあることから、村上が翻訳作業をしていたのは、『海辺のカフカ』出版の二〇〇二年九

月直後であることが分かる。この時点で、『１Ｑ８４』の構想がすでに進行していたかどうかは不明であるが、『世界のすべての七月』におけるリトル・ピープルという語の含意が『１Ｑ８４』に引き継がれているのは確かだろう。

『世界のすべての七月』は、二〇〇〇年七月七日の同窓会を舞台に、学生運動とヴェトナム反戦運動が最高潮に達した六十年代後半に青春を過ごした、ダートン・ホール大学一九六九年度卒業生の過去と現在を描いている。「善と悪とがあり、モラルの発熱があった」「一九六九年の荒々しい春」を「時代に浮揚されて、自分たちの力量以上に生き」た彼らは、「新たなミレニアム」を迎えた現在、「穏やかな世間、色あせてしまった希望」の中に生きている。

第５章「リトル・ピープル」には、身長４フィート７インチ（約一三八センチ）の小男アンドリュー・ヘンリー・ウィルトンが登場する。彼は、ダートン・ホール大学一九六九年度卒業生の一人ジャン・ヒューブナーに、五十ドルでヌード写真のモデルになることを持ち掛け、彼女が「ヴェロニカ」という名前でヌード・モデルとして稼げるようになると、彼女の部屋にゆすりに来るが、ジャンが彼の脅しに動じないのを見ると、自分の誕生日パーティーに誘い、「人でなしにして、快楽主義者であり、人生を損ない、何もかも台無しにする」長身の弟・リチャードに引き合わせる。その八ヶ月後、ジャンはリチャードと「ただ嬉々として」結婚し、「二十九年間にわたって浮気をされ続ける妻という役を勤め上げたあげく、一九九九年に」「彼はごく当たり前みたいに悠然と家を出ていって、彼女の人生はまっぷたつにぷつんと折れてしまった」という。そして、「三十年間、ジャンは折に触れて」「あれはひょっとして、」「こびと」のアンドリューによって「最初から仕組まれたことだった」のかもしれないという疑念を持ち続けることになる。

この結末には、もう一つ、疑問が残されている。それは、第5章のタイトル「リトル・ピープル」とは、誰を指しているのかという疑問である。第5章には、「こびと」と言える人物は、アンドリューしか登場しない。彼は、ジャンを何回か「白雪姫」と呼んでいるので、自然と〝Snow White and the Seven Dwarfs〟が連想され、リトル・ピープルという語は、「こびと」という意味でアンドリューを指していることが分かる。また、第18章にも、「ジャン・ヒューブナーは昔知っていたこびとについての話をしていた」とあることから、[*30]「こびと」とは、アンドリューだと分かる。

しかし、アンドリュー一人を指すのに、リトル・ピープルと表現するのは、不自然ではないだろうか。そこで、「胸は怒りと、嫉妬でいっぱいで、世界に仕返しをしようとしている」「こびと」の復讐にまったく気づかない長身の弟・リチャードや、彼と「嬉々として」結婚したジャンに対する皮肉、ヴェトナム戦争のおかげで「自分たちの力量以上に」高揚した青春期を過ごした「ダートン・ホール大学一九六九年度卒業生」たちが、卒業後何の変哲もない現実を生き、様々な失望や挫折を経験していることに対する揶揄と考えれば、リトル・ピープルは、リチャードやジャンを含む「ダートン・ホール大学一九六九年度卒業生」のように、時代に流されつつ生きる凡庸な人たちを指していることになる。

結局、『世界のすべての七月』第5章において、リトル・ピープルは、小男（little man）（1）、（人の人生にただならぬ影響を及ぼす呪力を持った）こびと（dwarf）（2）、一般庶民（ordinary people）[31]（3）という三様の意味を持っていることが分かる。これは、一般的な辞書の説明とほぼ同じである[32]が、翻訳者としての村上は、おそらくタイトルの重層的な意味を保つために、日本語に置き換えることを避けてリトル・ピープルという片仮名表記を選んだのだろう。

　そして、リトル・ピープルという語が『世界のすべての七月』第5章で、三通りの意味を表現していることは、村上の「リトル・ピープル（小男、こびと）を地下の世界から導きだしたのは、あくまで我々自身（一般庶民）なのです。」（括弧内論者）というコメントの裏付けにもなっている。それは、リトル・ピープルの着ている服が「どこにでもある普通の服」で、顔立ちが「どこにでもある普通の顔立ち」で、彼らの服も顔立ちも「いったん目をそらせたら、彼らがどんな服を着ていたか」「どんな顔をしていたか」「もうまったく思い出せなくなってしまう」（BOOK2 第19章 四〇四～四〇五頁）という外見の無名性によって、リトル・ピープルが誰にでもあてはまる存在だということを示唆していることにも反映している。

　リトル・ピープルは、私たち一人ひとりの無意識、ひいては集団的無意識の深層から滲み出てくるもので、これに邪悪な意志を付与するのもしないのも、これをシステムとするのもしないのも、また、これにとらわれるのもとらわれないのも、「あくまで我々自身」の生き方次第であるという考え方は、『1Q84』だけでなく、システムに抗して個としての自由を追求し続ける村上春樹の作品に底流している。それは、イェルサレム賞受賞スピーチの最後の一節からも読み取れる。

　私がここで皆さんに伝えたいことはひとつです。国籍や人種や宗教を超えて、我々はみんな一人一人の人間です。システムという強固な壁を前にした、ひとつひとつの卵です。我々にはとても勝ち目はないように見えます。壁はあまりに高く硬く、そして冷ややかです。もし我々に勝ち目のようなものがあるとしたら、それは我々が自らの、そしてお互いの魂のかけがえのなさを信じ、その温かみを寄せ合わせることから生まれてくるものでしかありません。

　考えてみてください。我々の一人一人には手に取ることのできる、生きた魂があります。システムにはそれはありません。システムに我々を利用させてはなりません。システムを独り立ちさせてはなりません。システムが我々を作ったのではありません。我々がシステムを作ったのです。

　私が皆さんに申し上げたいのはそれだけです。

（『村上春樹　雑文集』新潮社　二〇一一年　八〇頁）

　しかし、「とびだした明るいブルーの瞳」を持ち、「大きな頭と、小さな体躯のせいで、年齢を推察するのがむずかしい」アンドリューは、その醜貌や陰湿で執念深い性格から言って、リトル・ピープルというよりむしろ牛河のモデルと言う方が妥当かもしれない。牛河が初めて天吾に会いに来た場面に、「牛河という男は天吾に、地面の暗い穴から這い出てくる気味の悪い何かを連想させた。ぬるぬるとした正体のよくわからない何か、本当は光の中に出てきてはならない何かだ[*33]」と描写されていること、タマルに殺害された後、牛河の遺体の口からリトル・ピープルが出てきて「彼の魂の一部」を

「空気さなぎに変」えようとすること等[*34]からも、牛河がリトル・ピープルに非常に近い存在であることは明らかである。牛河の生い立ちや外貌に関する詳細な描写は、主にＢＯＯＫ3第13章に見られるが、そのほとんどの要素は、退屈で見栄えのよい兄弟を持っていることまで『世界のすべての七月』第5章のアンドリューをもとにイメージされ、誇張されたものと推測される。

　したがって、ＢＯＯＫ1からＢＯＯＫ2において青豆の章と天吾の章を交互に置いていた構成が、ＢＯＯＫ3から牛河の章を交えた三つ巴の構成となるのは、リトル・ピープルの申し子と言うべき異形の牛河を青豆と天吾の間に置くことによって、青豆・天吾対リトル・ピープルという構図を際立たせようとしたためではないかとも考えられる。

6　「正義」と愛

　それでは、青豆と天吾を万人の心に潜むリトル・ピープルなるものから画然と区別し得る要素とは、何なのだろう。

　ＢＯＯＫ2第13章の青豆が深田保を殺害する場面まで、青豆をめぐる作品世界は、「正義」という価値観に支えられている。しかし、ＢＯＯＫ2第14章以降のストーリーは一変して、青豆・天吾の再会、すなわち愛の成就に向かって集約されてゆく。（これ以降、ＢＯＯＫ2第13章までの37章を「前半」、ＢＯＯＫ2第14章以降の42章を「後半」と呼ぶ）

無二の親友・大塚環を失った青豆は、夫の暴力により最愛の娘を失った柳屋敷の老婦人・緒方静恵と深い信頼の絆で結ばれるようになる。そして、老婦人の「揺らぎのない意志と、曇りなく明確な動機」によって作りあげられた「綿密なシステム」の一員となる。青豆は、老婦人の意を受けて、女性に故なき暴力を振るう男性を罰し、これ以上の犠牲者を出させないという「正義」のために、連続殺人犯となってしまう。老婦人は殺人の都度、まるで「マントラかお祈り」を唱えるように「何ひとつ心配しなくていいのよ。私たちは正しいことをしたのだから」と青豆に、そしておそらく自分自身にも繰り返し言い聞かせるが、青豆の精神は次第に疲弊し、「周期的に」一夜限りのボーイ・ハントを繰り返す日々の中で孤独を深めてゆく。

「１Ｑ８４」から脱出しようとする時すら、思わず「証人会」のお祈りの文句を唱えてしまう青豆は、意識の上では「証人会」の信仰を捨ててはいても、無意識のうちに唯一絶対の価値を求め続けている。信仰は捨てても、幼少時に刷り込まれた信心に沿った生き方を捨てることができない青豆は、「正義」を実現するために連続殺人犯となり自滅への道を歩んでゆく。こうした青豆の姿には、村上が『約束された場所で――underground2』執筆のために取材したオウム真理教元信者たちの苦悩と孤独が、教団脱会後もマインド・コントロールから容易に脱することができず、元信者に対する偏見や差別のために社会復帰も難しく孤立している実態が反映しているのだろう。

しかし、何より皮肉なのは、マインド・コントロールから脱しきれない青豆の姿が、幼少時の彼女自身を苦しめた、「証人会」の教えを盲目的に信奉する両親の偏狭で独善的な生き方に通ずるだけでなく、「さきがけ」や「あけぼの」の硬直化した原理主義にも通じていることである。青豆は、「両親を憎み、両親が属している世界とその思想を深く憎ん」でいたにもかかわらず、「人が自由になるというのはいったいどういうことなのだろう」「たとえひとつの檻からうまく抜け出すことができたとしても、そこもまた別の、もっと大きな檻の中でしかないということなのだろうか？[35]」としばしば自問し、「たぶん自分というものが本当にはないから[36]」とまで発言している。

「さきがけ」の前身である「タカシマ塾」は、実在の「幸福会ヤマギシ会」（通称「ヤマギシ会」）を彷彿させ、「証人会」は「エホバの証人」を、「さきがけ」は「オウム真理教」を、「あけぼの[37]」は「連合赤軍」を想起させる。こうした対応を念頭に置いて見ると、女性に対する暴力を制する「正義」のために次々殺人を犯すというジレンマに陥った青豆の姿は、革命という「正義」のために「殲滅戦」や「総括」と称する暴力に走って歯止めを失い、真岡銃砲店襲撃事件（一九七一年二月十七日）・山岳ベース事件（一九七一〜七二年）・浅間山荘事件（一九七二年二月十九日〜二十八日）等、一連の凶悪事件を起こした連合赤軍の末路を連想させる。

村上は、前掲のとおり「物語的に言えば、『さきがけ』を分裂させ、そのリーダーを悪魔的、超越的な存在に変えていくのは、おそらくリトル・ピープルの作用です。そしてそのリトル・ピープルを地下の世界から導きだしたのは、あくまで我々自身なのです。」と述べていた。実際には、「ヤマギシ会」が「オウム真理教」に変貌したり、「ヤマギシ会」から「連合赤軍」が分裂したりしたわけではない。しかし、「物語的に言えば、」つまり、物語が生成する集団的無意識のレベルから言えば、「ヤマギシ会」、「オウム真理教」、「連合赤軍」等は同根の存在であり、「リトル・ピープルの作用」すなわち同時代人の集団的無意識のはたらきに支えられて誕生し発展を遂げてきたことになる。こうした考え方の根底には、私たちは、これらのカルト教団やテロリスト集団を生み出したのと同じ時代に同じ社会を生きてきたのだし、こうした事実がすべて積み重なった結果として現在があるのだという村上の時代認識が読み取れる。

ＢＯＯＫ２第23章で、青豆は「１Ｑ８４」の「出口はふさがれてしまった」と思い、首都高速の路肩で自殺を図る。「銃口を口の中に突っ込んだ」青豆は、「身体の芯まで染みこんでいた」お祈りの文句を唱え、「お方さま」に支配されてきた「意識が宿る」大脳を目がけて銃を発射しようとした。この青豆の自殺未遂は、まさしく『羊をめぐる冒険』で、脳内にとり憑いた「羊」を殺すために、「羊」が眠りこんだ隙に縊死した「鼠」を想起させるものである。

しかし、青豆はすでにＢＯＯＫ２第13章で、深田保[*38]から、「強大な力」を持つリトル・ピープルと、その「補償作用」としての「反リトル・ピープル的な力」の両者が拮抗しながら「世界は微妙な均衡を保っていく」のであり、そのようにして世界は「善と悪の割合が、バランスをとって維持され」るという「原理」を知らされていた。これは、本章第3節でも述べたように、リトル・ピープルの侵入を許してしまう普遍的価値を喪失した時代の実相であり、「１Ｑ８４」を支配する世界観でもある。こうした相対的な価値観に基づく世界の「原理」が、自らを「王ではない」と明言した深田保の口から発せられたことによって、青豆によるリーダー殺しは「正義」という大義名分を失い、天吾の命を救うための、あくまでも個人的な愛の行為という意味に収束することになる。

　青豆の変化は、高円寺のマンションに身を潜めるうち、いつの間にか自分の中から怒りが消え、以前のような性欲を感じなくなっていると気づくことで表現されている。ほぼ同時期、老婦人においても、以前のような激しい怒りは感じられなくなっている。これは、青豆と老婦人の紐帯である憎悪と暴力の消失を示唆しており、タマルを含めた三人の擬似家族めいたシステムから、青豆が決定的に離脱してゆくことを知らせている。このように、「後半」に入ると、青豆の意識は、天吾と再会を遂げることに絞られてゆく。また、青豆は、妊娠に気づいた当初から、深田保を殺害した雷の晩に、天吾に対面しないまま天吾の子どもを妊娠したことを確信している。この二点からも、「後半」の青豆の意識が「正義」という目に見えない軛から解放され、一途に愛を求め始めたことが読み取れる。

　一方、川奈天吾も、ＢＯＯＫ３第24章までに、自ら「猫の町」と呼ぶ異界・千倉への訪問を繰り返し、認知症を患う父と向き合い、とうとう父を見送ったことで、出生にまつわる長年の呪縛から解放されていた。こうして、天吾も、青豆と時を同じくして、精神的成長と自立への契機を得、「自己との和解」を遂げていた。青豆と天吾は、小学校の教室で手を握り合った十歳の冬から二十年という歳月をかけて、生育上の呪縛――それぞれのシステムの支配――から自分自身を取り戻すための険しい道を歩み続けて来た。そして、その険しい道のりを歩むお互いに対する励ましが、青豆が秘かに手渡した「パッケージ」の意味するところであり、二人は、三十歳直前になってようやく、天吾が我知らず作り出した物語世界「１Ｑ８４」においてリトル・ピープルとの熾烈な抗争を体験し、その中で必ず再会しなければならないと確信するに至ったのである。

ジェイ・ルービン[*39]が指摘した通り、『１Ｑ８４』は、掌編小説『四月のある晴れた朝に100パーセントの女の子に出会うことについて』（一九八一）のプロットを下敷きにしている。しかし、掌編の結末とは異なり、『１Ｑ８４』の「後半」は、青豆・天吾の再会と愛の成就に向かって全ストーリーが集約されてゆく。なかでも、「正義」から愛へのストーリー転換において注目されるのが、「イッツ・オンリー・ア・ペーパームーン」[*40]の歌詞である。次の一節は、原文の英語とともにＢＯＯＫ１巻頭にエピグラフとして引用されているほか、ＢＯＯＫ３最終章の31章[*41]でも、まったく同じ一節を首都高速道路の非常階段をのぼる青豆が「あの雷雨の夜、リーダーが死ぬ前に口にした」歌詞として思い出している。

ここは見世物の世界
何から何までつくりもの
でも私を信じてくれたなら
すべてが本物になる

深田保は、殺害される直前、青豆に「イッツ・オンリー・ア・ペーパームーン」の歌詞から「Without your love, It's a honky-tonk parade」という一節を引用し、「１９８４年も１Ｑ８４年も、原理的には同じ成り立ちのものだ。君が世界を信じなければ、またそこに愛がなければ、すべてはまがい物に過ぎない。どちらの世界にあっても、どのような世界にあっても、仮説と事実を隔てる線はおおかたの場合目には映らない。その線は心の目で見るしかない」と青豆に語った。ただし、ＢＯＯＫ２第13章二七三ページでは「君の愛がなければ、それはただの安物芝居に過ぎない」と訳されているが、二八九ページでは「君の愛がなければ、すべてはただの安物芝居に過ぎない」と言い換えられている。深田保は、人が生きるためには現実と物語という双方の世界が不可欠であり、時に応じ場面に応じて、どちらも当人の生きる「本当の世界」として意味を持つのだという認識を青豆に伝えようとした。そして、現実と物語の「どちらの世界にあっても」、〈この世界を信じ、愛に生きること、世界を心の目で見ることが大切だ〉というメッセージを青豆に遺して逝ったのである。

　一方、天吾は、ＢＯＯＫ３第12章で、「世界のルールが緩みきって、多くの理性が失われてしまう前に、おれはとにかく青豆を見つけなくてはならない」と考える。そして、『１Ｑ８４』ＢＯＯＫ３は、青豆と天吾が確かな価値観が失われつつある「１Ｑ８４」という世界を捨て、愛を得ることで結末を迎える。空に月が二つ浮かぶ「１Ｑ８４」という異界で「重い試練をくぐり抜け」た二人に必要だったのは、「１Ｑ８４」から脱して、この世界を心の目で見、愛すること、信じることによって世界を本物にすることであった。

　このＢＯＯＫ３の結末は、現代人の精神的混迷の深さを表すとともに、『１Ｑ８４』が現代を生きる人々に対し、「荒唐無稽な物語を放逐できるだけのまっとうな力を持つ物語[*42]」としてその役目を果たそうとする、「まったく新しい物語（物語を浄化するための別の物語）[*43]」であることを明らかにしている。

7　物語に対する問い

村上春樹の物語に通底する特徴は、時代や社会を形成する人々の無意識、さらには集合的無意識に根差していることである。特に、一九九五年三月のオウム真理教による地下鉄サリン事件の衝撃から生み出された『１Ｑ８４』には、「物語は、いかなる役目を果たすべきか」という作者の自問とともに、「この世界を心の目で見ているか」「一日一日を魂のレベルで生きているか」という同時代人に対する問いが込められているようである。

村上は、個々人の生において物語がいかなる役目を果たしているかという疑問を抱いて、地下鉄サリン事件の被害者側と加害者側、双方の立場の人々にインタビューし、『アンダーグラウンド』と『約束された場所で――underground2』という二冊のノンフィクションを刊行した。しかし、物語作者であることを自ら任じる村上は、どうしても物語という形式によって、物語のあり方について追求せねばならなかったのだろう。

『１Ｑ８４』作中で、『空気さなぎ』は世間に広く流布して「リトル・ピープル対抗モーメント」として機能し、世界の均衡を保つことに貢献した。『空気さなぎ』には、深田絵里子の内界のドラマが展開しており、それが多くの読者の魂に触れることによって、おのずからリトル・ピープルに対抗し得る力を発揮する結果となった。十歳のとき「さきがけ」から必死に脱出した深田絵里子の語った『空気さなぎ』の物語世界に「宿命的なまでに自分に近しいもの」を感じ取った青豆も、知らぬ間に「１Ｑ８４」の世界に呼び込まれ、そこで本来の生き方を取り戻そうとし、ようやく天吾と再会を遂げることができた。

一人一人の深層において展開する魂のドラマを伝え、人々の心の内に無数の人々との共感を分かちあうスペースを提供するのが物語であるとしたら、そこに個々の生き方が立ち上がって来るのは必然であろう。物語は、人が日々の現実を生き抜いていくために必要な、個としての存在の淵源だからである。

『１Ｑ８４』最大の特徴は、物語論としての物語として書かれていることにある。『１Ｑ８４』は、時代精神を反映して、「行きて帰りし物語」という基本形から脱して劇的な変化を遂げた。しかし、村上春樹の物語に対する問いかけは変わることなく、読者一人一人が自らの物語を生成する魂の深層にまで降りてゆくことを促している。

8　作品世界を支える媒介者《メディエイター》・ふかえり

深田絵里子は、個性あふれる人物が次々登場する『１Ｑ８４』で独特の存在感を発揮し、異彩を放っている。その理由は、何と言っても彼女が異界（物語世界）と現実世界をつなぐ媒介者《メディエイター》として『１Ｑ８４』の物語世界の成立に大きな役目を果たしているからである。[*44]（深田絵里子は、戎野に「エリ」と呼ばれるほかは、全編を通じて「ふかえり」と呼ばれているので、本節でもこのニック・ネームで呼ぶこととする）

　天吾の父が入院している療養所の看護婦・安達クミも、天吾にハシッシを勧め、ベッドを共にして異界へいざない、十歳の初冬に小学校の教室で青豆に手を握られた瞬間をありありとよみがえらせて媒介者《メディエイター》としての役割を果たしている。しかし、安達クミが媒介者《メディエイター》として機能しているのはこの場面だけで、作品全体から見て安達クミの存在感はふかえりに遠く及ばない。

　ふかえりは、『１Ｑ８４』において媒介者《メディエイター》として主に三つの役割を果たしている。その第一は、リトル・ピープルを呼び込んで異界と現実世界を媒介《メディエイト》したこと、第二は、『空気さなぎ』の語り手として物語世界と現実世界を媒介《メディエイト》していること、第三は、離れ離れの天吾と青豆を媒介《メディエイト》して青豆の胎内に二人の間の子供を宿らせたことである。以上三つの役割を果たすふかえりは、『１Ｑ８４』の主要なプロットを成立させると同時に、ストーリー展開の上でも非常に重要な役割を果たしている。

　本節以降、ふかえりの担う三つの役割をめぐって考察を進め、媒介者《メディエイター》・ふかえりを起点として『１Ｑ８４』の物語世界を捉える一視点としたい。

9　ふかえりはリトル・ピープルを呼び込み、『空気さなぎ』を語った

ふかえりを媒介者《メディエイター》と認める第一の所以は、彼女が十歳のときリトル・ピープルを呼び込み、異界と現実世界を媒介《メディエイト》した点にある。

『空気さなぎ』の語り手である少女がふかえりの実体験を語っていると見てよいなら、空気さなぎを作り、そこから彼女のドウタを生み出したリトル・ピープルの所業に「間違ったもの」[*45]を感じ取ったふかえりは、父母に別れも告げず、たった一人で「さきがけ」から脱出したことになる。

そこには間違ったもの、正しくないものがある。大きく歪んだものがある。それは自然に反したことだ。少女にはそれが分かる。リトル・ピープルが何を求めているのかはわからない。しかし空気さなぎの中に収まった自らの姿は、少女を戦慄させる。生きて動いている自分の分身と一緒に暮らすなんて、そんなことはできない。ここから逃げ出さなくては。それもできるだけ早く、ドウタが目を覚まさないうちに。空に浮かぶ月が二つになってしまわないうちに。

（『1Q84』BOOK2 四一三頁）

父・深田保の親友である戎野のもとに身を寄せたふかえりは、戎野の娘・アザミに毎日のように自

らの体験を語り『空気さなぎ』が生み出された。そして、天吾にリライトされた『空気さなぎ』は、新人文学賞を受賞して多くの読者を得、「反リトル・ピープル的モーメント」として機能し、世界の均衡を保つことに貢献した。

　ふかえりが本能的に「正しくない」と感じ、最も恐怖したのは、自らの意志に反して分身が作られ、それがリトル・ピープルの意のままに利用され操られるという事態であった。従来、村上春樹の作品世界には、分身的存在あるいは分身というイメージは数多く描かれてきた。英語圏で“Trilogy of the Rat”と呼ばれる初期三部作『風の歌を聴け』（一九七九）『1973年のピンボール』（一九八〇）『羊をめぐる冒険』（一九八二）では、「鼠」は終始「僕」の分身としてイメージされている。『ノルウェイの森』（一九八七）では、玲子が直子の洋服のサイズと全く同じ、『ねじまき鳥クロニクル』（一九九四〜九五）では、加納クレタは岡田亨の妻・久美子と洋服のサイズが全く同じで、玲子は直子の分身として「僕」と直子を、クレタは久美子の分身として亨と久美子を媒介《メディエイト》する役割をそれぞれ果たしていた。また『アフターダーク』（二〇〇四）でも、主人公のマリと姉のエリは、分身として無意識のうちに互いを補完し合う姉妹として描かれていた。

　しかし同じ分身と言っても、一人の人間が二つに分裂させられる状況が描かれるときは、死に切迫するイメージ、あるいは個としての人間存在の破滅を意味する危機的状況の表現であることが通例であった。たとえば、『世界の終りとハードボイルド・ワンダーランド』（一九八五）では、計算士として働く「私」は脳手術を受けさせられて意識の死に追い詰められ、「世界の終り」に追いやられる。

一方、「僕」は「世界の終り」と名付けられた「街」の中に入る際、門番にナイフで「影」を切り取られ、地下室に閉じ込められて次第に弱ってゆく「影」を救出し、何とか「世界の終り」から脱出しようと腐心する。また、『ねじまき鳥クロニクル』には、ハルハ河畔の皮剥ぎの残虐を彷彿させる、加納マルタがワタヤ・ノボルに「汚される」——身体から意識を抜き取られて自己を分裂させられる——という凄惨な情景が描かれていた。

村上春樹の物語の構想はつねに、分裂した、あるいは分裂させられた存在が「個」としてのあり方を回復しようとするところに救済を見出して来た。したがって、何も知らずにリトル・ピープルを呼び込み、空気さなぎを作る手伝いをした十歳のふかえりが、自分の分身であるドウタが「生きて動いている」姿を目の当たりにすることに戦慄をおぼえ、両親に別れも告げず「さきがけ」から必死に脱出したのは、自己を分裂させられ、損なわれる恐怖から発した、まったく本能的な反応であったと言える。それは、『ねじまき鳥クロニクル』などと同様、『１Ｑ８４』においても、安田恭子の例のように「損なわれる」「失われる」という表現が自己分裂や自己喪失を意味していることからも分かる。

作者は、ＢＯＯＫ３第18章に至って、天吾と小松が一連の事の真相について話し合う場面を設定している。その場面で、小松が「俺たちが目にしているふかえり」はドウタではないかという疑問を呈すると、嵐の夜にふかえりと「一方的な奇妙な性交」をした天吾は、「わたしにはセイリはない。だからニンシンするしんぱいはない」と言った彼女の言葉を想起しながらも、そのときの実感を含めて、「ふかえりにははっきりとしたパーソナリティーがあります。独自の行動規範もある。それは分身にはおそらく持てないものです[*46]」と答えて、ふかえりがドウタではないことを小松（と読者）に納得させている。ここにも、自己分裂の危機に直面したふかえりが、父母と離れ離れになっても自分が自分であることを守ろうとした「はっきりとしたパーソナリティー」と「独自の行動規範」を持つ個人であることが言明されている。

それなら、ふかえりがアザミに自分の体験を語って『空気さなぎ』を書き取らせたことには、当初から「反リトル・ピープル的モーメント」を世に送り出そうという意図が含まれていたと言えるのではないだろうか。あるいは、少なくともふかえりは、空に月が二つ浮かぶ「自然に反した」世界を招来してしまったことを悔い、なんとか「正しくない」状態を是正したいと願っていたと考えられる。だから彼女は、「さきがけ」に残したドウタがパシヴァとして機能し、レシヴァとなった父・深田保とともにリトル・ピープルの声を聞く装置として利用されていることを察知し、それを阻止するために『空気さなぎ』を語り、アザミが新人文学賞に応募するのに任せ、天吾にリライトを任せたのであろう。

また、ふかえりは戎野の策略で「少女作家失踪」を演じるため潜伏していたとき、こっそり天吾に届けたメッセージの中で、「わたしはショウセツカになるつもりはないしこれ以上なにかをかくつもりもない[*47]」と明言している。この言葉から、文学的な野心はないが、『空気さなぎ』だけは世に送り出したかったという意志が読み取れるとしたら、やはりふかえりには当初から『空気さなぎ』に、「反リトル・ピープル的モーメント」としての影響力を期待する気持ちがあったと推測できる。

しかしそれにしても、こうしたふかえりの内心がほとんど描写されていないのはなぜなのだろう。ＢＯＯＫ２第19章で、初めて『空気さなぎ』を読んだ青豆は、「宿命的なまでに自分に近しいもの」[*48]を感じ取る。それは、「さきがけ」で生い立ったふかえりの体験が「証人会」の信者として育てられた青豆の生育環境と通底するからだろう。それでは、作者は重複を避けるために、ふかえりの脱出劇にまつわる心理描写を省いたのだろうか。多くの読者は、ふかえりの心理描写が欠けている理由をディスレクシアのせいだと思ってしまうかもしれない。しかし、実際は話が逆で、作者はむしろ、ディスレクシアであり美少女であることを盾にして、ふかえりの内面を覆い隠しているのではないだろうか。

何のために?

おそらく作者は、ふかえりの内面を描かないことによって、物語を起動する媒介者《メディエイター》・ふかえりという存在をニュートラルに保持しておこうとしたのだろう。ふかえりは、作品世界の中心にいて物語を起動し、ストーリーを展開させてゆく核となる存在である。それは、従来の作品における媒介者《メディエイター》——『羊をめぐる冒険』の「耳のガール・フレンド」や羊男、『ダンス・ダンス・ダンス』のキキ、『ねじまき鳥クロニクル』の加納マルタや本間さんなど——の描かれ方と同じである。

ふかえりがリトル・ピープルを呼び込み、空に月の二つ浮かぶ「１Ｑ８４」という異界を現出させ、『空気さなぎ』を書いて「反リトル・ピープル的モーメント」として機能させ、最終章で青豆と天吾を結びつける。これだけのはたらきをし遂げているふかえりは、その内面を披歴することによって存在が確定するといった登場人物の一人ではない。媒介者《メディエイター》として、また物語世界のプロットを確立する主催者《プロモーター》、かつストーリー展開を司る促進者《プロモーター》として機能するふかえりに内面描写はむしろ必要なく、彼女は美しさと神秘的な雰囲気で十分読者を楽しませ得る存在だと言える。

ただ一読者として残念に思われるのは、ディスレクシアであるふかえりには自己を表現する言葉や表情が乏しいために、ともすると意志や感情が欠落した人のように見え、物語を推進《プロモート》する役目を終えると、これも今までの媒介者《メディエイター》とまったく同じなのだが、物語の表舞台から早々に姿を消してしまうことである。

10　ふかえりがディスレクシアである理由

それでは、ふかえりは、なぜディスレクシアなのか？ふかえりがディスレクシアでなければならない理由は、何なのか？

ふかえりを媒介者《メディエイター》と認める第二の所以は、物語世界と現実世界を媒介《メディエイト》する口承文芸の語り手であることである。そもそも『空気さなぎ』は、ふかえりが語り、アザミが書き取ることによって成立した口承文芸と称すべき作品である。ＢＯＯＫ２第19章で『空気さなぎ』を読んだ青豆は、「十歳の少女が語る口語を模した文体で書かれて」[*49]いると述べ、「その文章には優れた音調のようなものが感じられた。声に出して読まなくても、読者はそこに深い響きを聞き取ることができた」[*50]という。

作者は、ＢＯＯＫ１第４章で、天吾が初めてふかえりに会うために新宿中村屋に行き彼女を待つ間、[*51]「呪術についての本」を天吾に読ませている。その本について、「日本社会の中で呪いがどのような機能を果たして来たかを論じている。呪いは古代のコミュニティーの中で重要な役割を演じてきた。社会システムの不備や矛盾を埋め、補完することが呪いの役目だった」と説明した後、ふかえりが約束の時刻に遅れて姿を現すと、すかさず「まっすぐな黒い髪」を「少しのあいだ指ではさんで梳《す》いて」いる「素敵な仕草」に「何かしら呪術的なものさえ感じられた」と描写している。こうした描写は、ふかえりが一種霊的な存在であることを示唆し、彼女がこれから『１Ｑ８４』において媒介者《メディエイター》として機能することを予告する伏線と認められる。

> わたしがいなくなってこまるかもしれない。でもわたしはショウセツカになるつもりはないしこれ以上なにかをかくつもりもない。ギリヤークじんについてアザミにしらべてもらった。アザミはとしょかんにいってしらべた。ギリヤークじんはサハリンにすんでいてアイヌやアメリカ・インディアンとおなじでジをもたない。キロクものこさない。わたしもおなじ。いったんジになるとそれはわたしのはなしではなくなる。あなたはうまくそれをジにかえたしだれもあなたのようにはうまくできなかったとおもう。でもそれはもうわたしのはなしではない。でもしんぱいない。あなたのせいではない。ひろいドウロからはなれてあるいているだけだから。
>
> （『１Ｑ８４』ＢＯＯＫ１　五三五頁～五三六頁）

これは、ふかえりが失踪を演じるため潜伏していたとき、天吾に向けてカセットテープに吹き込んだメッセージの一部で、前節でも一部引用したものである。ここでふかえりは、ディスレクシアである自分がギリヤーク人やアイヌやアメリカ・インディアン同様「キロク」する「ジをもたない」こと、したがって『空気さなぎ』が「ひろいドウロからはなれてあるいている」、すなわち、前近代的な口承文芸であること、天吾が『空気さなぎ』を「ジにかえた」ことで、少数の聞き手を対象とする前近代的口承文芸から不特定多数の読者を対象とする近代的小説に変質を遂げたことを承知していたことが分かる。

また、天吾が初めてふかえりに会ったとき、[*52]「どうしてショウセツをかく」か、というふかえりの質問に、天吾は「小説を書くとき、僕は言葉を使って僕のまわりにある風景を、僕にとってより自然なものに置き換えていく。つまり再構成する。そうすることで、僕という人間がこの世界に間違いなく存在していることを確かめる」と答え、ふかえりも「そのプロセスを」「作品として」「かたちにして残した」という意味では同じことをしたのだと言うと、「ふかえりはきっぱりと首を振っ」て、「かたちには興味がない」「かたちにはイミはない」と否定する。この場面では、かたちに残る「客観的価値を持つ文学作品」をめぐる話題はこれ以上進展しないのだが、ここにはやはり、ふかえりが「キロク」する「ジをもたない」という自覚と、自ら口述した『空気さなぎ』が前近代的な口承文芸であるという自覚が示されている。

ふかえりは「ジをもたない」「キロクものこさない」「ひろいドウロからはなれてあるいている」

ディスレクシアである反面、あるいは、ディスレクシアであるからこそ、文章を音声として聞き覚える抜群の能力を持っている。彼女がその圧倒的暗誦能力を発揮する場面は二回ある。一度目は、ＢＯＯＫ１第18章の新人賞受賞の記者会見で、好きな文学作品は何かと聞かれて、『平家物語』の「判官都落ち」を「おおよそ五分」にわたって暗唱したという場面、二度目はＢＯＯＫ１第20章で、天吾の部屋で『平家物語』「壇ノ浦の合戦」の一節——単行本で三頁[*53]にわたる四十一行——を暗誦する場面である。記者会見の場面には、暗唱した「判官都落ち」の引用はないが、天吾の部屋で暗唱したときの様子は、まさしく『空気さなぎ』に込められた音調と地続きと言える。

> 目を閉じて彼女の語る物語を聞いていると、まさに盲目の琵琶法師の語りに耳を傾けているような趣があった。『平家物語』がもともとは口承の叙事詩であったことに、天吾はあらためて気づかされた。ふかえりの普段のしゃべり方は平板そのもので、アクセントやイントネーションがほとんど聞き取れないのだが、物語を語り始めると、その声は驚くほど力強く、また豊かにカラフルになった。まるで何かが彼女に乗り移ったようにさえ思えた。
>
> （『１Ｑ８４』ＢＯＯＫ１ 四五七頁〜四五八頁）

さて、村上春樹は二〇一五年三月に、期間限定サイト「村上さんのところ」[*54]で、「最近、どんな本を読んでいますか」という質問[*55]を受けて「再読ですが」と断りつつ『神々の沈黙——意識の誕生と文明の興亡』[*56]という書名を挙げ、「分厚い本だけど、何度読んでもとても興味深い」と答えている。同書は、プリンストン大学で心理学教授を務めたジュリアン・ジェインズの生涯唯一の著書である。（これ以降、副題を省略し『神々の沈黙』と記す）初版は一九七六年で、一九九〇年に加筆された「後記」を含めて、二〇〇五年五月に初めて邦訳されている。出版時に様々な議論と批判を呼びながら、「20世紀で最も重要な著作の一つ」と評された話題作であるという。

『神々の沈黙』は、古代人が〈二分心〉（the Bicameral Mind）を持っていたという仮説に基づいて書かれている。〈二分心〉とは、脳の右半球が「神々の声」を聞き、脳の左半球が「人間として応接」する状態のことだという。同書一三二頁には、左右の脳のイラストに「古代、ウェルニッケ野に相当する脳の右半球の領域は、訓戒的な経験を統合して『声』に変え、左（優位）半球は前交連を通してこれを『聞いて』いた」というキャプションが付されている。

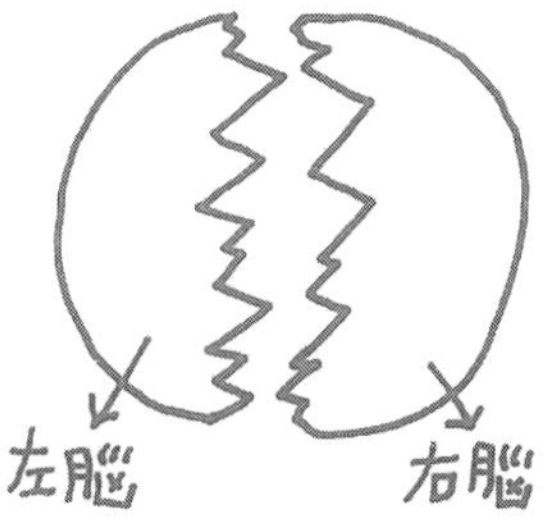

図5　村上春樹著『世界の終りとハードボイルド・ワンダーランド』［新装版］新潮社（2005年9月15日発行）49頁

右脳と左脳の対応と聞いて、村上作品でとっさに思い浮かぶのは、『世界の終りとハードボイルド・ワンダーランド』の奇数章の主人公「私」が計算士として「洗いだし」を行う際、右脳と左脳が担う役割と、図5のイラストである。

私は与えられた数値を右側の脳に入れ、まったく別の記号に転換してから左側の脳に移し、左側の脳に移したものを最初とはまったく違った数字としてとりだし、それをタイプ用紙にうちつけていくわけである。これが洗いだしだ。ごく簡単に言えばそういうことになる。」

（『世界の終りとハードボイルド・ワンダーランド』新潮社 一九八五年 四八〜四九頁）

前述のとおり、『神々の沈黙』の初版は一九七六年である。村上が「何度読んでもとても興味深い」と述べていることから、一九八五年刊行の『世界の終りとハードボイルド・ワンダーランド』を執筆する前に原書で読んで、右脳から左脳へ情報を送る「洗いだし」を行う計算士という設定をする際のヒントにもなっていたのかもしれない。

また、『１Ｑ８４』に関して言えば、古代人の右脳が「神々の声」を聞き、左脳が盲目的に「神々の声」に従って生きる構造を持っていたという仮説は、人間存在の原初のイメージ、すなわちリトル・ピープルに侵入された人々が嬉々としてその言葉を聞き取り盲従しようとする姿として参照されているようである。もちろん、「神々の声」を聞く古代人の右脳はレシヴァとパシヴァに相当し、「神々の声」に盲従する左脳は「さきがけ」の信者の生き方に投影しているとも言える。

そして何より、生まれつきディスレクシアのふかえりという媒介者《メディエイター》を造形する上で、『神々の沈黙』の、古代には「意識に先立って、幻聴に基づいたまったく別の精神構造」*[57]である〈二分心〉が存在していたという仮説や、「意識は〈二分心〉の崩壊後に初めて習得された」*[58]という仮説は、大きなヒントになっていると思われる。『神々の沈黙』では、意識が発生して人類が言語を持ち文字を持つようになると、神の声は聞こえなくなり次第に〈二分心〉を失うことになったと考えている。さらに、神々の声が聞こえなくなった過渡期には、神占政治が行われシャーマンが活躍したが、シャーマンは、沈黙した神々の声を聞き取る〈二分心〉の脳の生き残りであったと考えている。

　日本のシャーマンは、「みこ」「いちこ」「いたこ」「ユタ」「口寄せ」など、神仏や霊的存在を自らの身体に乗り移らせる「憑依型」(possession type) がほとんどだという。本節に引用した、『平家物語』を暗誦するふかえりがまるで「盲目の琵琶法師」が語るように見え、「まるで何かが彼女に乗り移ったようにさえ思えた」というのは、ふかえりが、まさしく平氏一門の死霊を憑依させて語る琵琶法師のように天吾の前に現前したということである。

　『スプートニクの恋人』の「ぼく」は、小説家を目指すすみれに「物語というのはある意味では、この世のものではないんだ。本当の物語にはこっち側とあっち側を結びつけるための、呪術的な洗礼が必要とされる」[*59] と述べているが、これは作者・村上春樹の物語観と言えるだろう。『平家物語』を暗誦するふかえりの姿には、彼女が「こっち側とあっち側を結びつける」、すなわち現実世界と物語世界を媒介《メディエイト》する語り手であるばかりでなく、盲目の琵琶法師同様、生死の境を越え得る媒介者《メディエイター》でもあることが表現されているのである。

　したがって、繰り返しになるが、「ジをもたない」「キロクものこさない」生まれつきディスレクシアの媒介者《メディエイター》・ふかえりこそが『１Ｑ８４』の物語世界を支えるシャーマンたり得るのである。前節で確認したとおり、ふかえりは分裂した自己の欠片《かけら》のようなドウタではなく、「はっきりとしたパーソナリティー」と「独自の行動規範」を持つ個人であり、現代人としての意識の持ち主である。しかし、それと同時にふかえりは、読字や言語表現に困難を来たすディスレクシアという障害とともに、霊的存在や異界との交信に非常に敏感であるというプリミティブな資質を併せ持っている。ふかえりが物語世界を支える媒介者《メディエイター》となり、シャーマンとなるために、ディスレクシアという障害を負わねばならなかったのは、多くの琵琶法師が盲目であるか視覚に重い障害を持つ代わりに敏感な聴覚を持ち、死者の魂を憑依させ、死者の魂と共鳴して、聴衆の前に物語を現前させた事情と酷似している。

11　青豆と天吾を媒介《メディエイト》したふかえりの耳

ふかえりを媒介者《メディエイター》と認める第三の所以は、天吾と青豆を媒介《メディエイト》して青豆の胎内に二人の間の子供を宿らせたことである。

『１Ｑ８４』ＢＯＯＫ２第12章には、ふかえりの「小さな美しい耳」が登場する。[*60] それは、「ついさっき作りあげられて、柔らかいブラシで粉を払われたばかりのような、小振りなピンク色の一対の耳」であり、「少なくとも天吾の目には」「現実の音を聞きとるためと言うよりは、純粋に美的見地から作成された耳」のように見え、「彼女のむき出しにされた耳と首筋は、ほかの女性のまるっきりの裸体を目の前にするのと同じくらい、彼の心を揺り動かし、深く戸惑わせた」と、その魅力が表現されている。

同章末尾で、天吾はふかえりに「猫の町」に行った後の「オハライ」を勧められ、第14章で青豆がホテルオークラで深田保を殺害した雷雨の夜に、天吾は、性欲を感じないままふかえりと性交する。この性交の結果、青豆は天吾の子どもを妊娠することとなった。天吾は、BOOK3第30章で、青豆から天吾の子どもを身ごもっていると聞かされて、「完全なトランス状態にあるように見えた」「ふかえりとの間にただ一度もたれた奇妙な性行為の記憶」がよみがえり、ふかえりが天吾と青豆を媒介《メディエイト》した結果、青豆に妊娠がもたらされたことを確信する。

> そこにいたふかえりはおそらく通過するものだった。それがあの少女にそのとき与えられた役割だったのだ。自分自身を通路にして天吾と青豆を結びつけること。限られた時間、物理的に二人を連結させること。天吾はそれを知る。
>
> （『1Q84』BOOK3 五七八頁）

BOOK2第14章では、天吾と一緒にベッドに入ったふかえりの耳についてさらに描写が続く。「彼女の小さな美しい耳は相変わらず、雷鳴のとどろきの中に何かを聞き取ろうとしているようだった」[*61]「天吾は電気時計の微かな緑色の光で、あるいはようやく光り始めた時折の雷光を受けて、彼女の耳を目にすることができた。その耳は柔らかな秘密の洞窟のように見えた」[*62]など。こんな風にふかえりの耳に注目を集めておいて、性交の場面においてふかえりの耳は、とうとう「自分自身を通路にして天吾と青豆を結びつける」「通過するもの」としての女性性器に例えられる。

> 彼女は脚を開いていたので、その奥に性器を目にすることができた。耳と同じく、それはついさっき作られたばかりなのかもしれない。できたばかりの耳と、できたばかりの女性性器はとてもよく似ている、と天吾は思った。それらは宙に向けて、注意深く何かを聞き取ろうとしているみたいに見えた。たとえば遠くで鳴っているかすかなベルの音のようなものを。
>
> （『1Q84』BOOK2 三〇一～三〇二頁）

両者の形状から言って、耳と女性性器が「とてもよく似ている」と言うのは、どうしても無理がある。つまり、ここで「とてもよく似ている」のは、「注意深く何かを聞き取ろうとしている」、おそらくリトル・ピープルの動向を察知しようとしている様子と、「通過するもの」としての、つまり媒介者《メディエイター》としての役割と言うべきであろう。

兵藤裕己は、『琵琶法師――〈異界〉を語る人びと』序章で、ラフカディオ・ハーン（小泉八雲）の『怪談（KWAIDAN）』（一九〇四）の冒頭にある「耳なし芳一の話」[*63]に言及している。そこで兵藤は、瀬戸内海周辺で採集された「耳切れ団一《だんいち》」や「耳なし地蔵の由来譚」と「耳なし芳一の話」には、「耳を取られた琵琶法師のもとへは、平家の死霊が二度とあらわれなくなるという」共通点があると確認し、「耳という聴覚器官が、琵琶法師とあの世のものとの交渉をささえていた」[*64]としている。それは、「芳一がそうであるように、琵琶法師はふつう盲人」であったが、「耳からの刺激は、からだの内部の聴覚器官を振動させる空気の波動」であり、「私たちの内部に直接侵入してくるノイズは、視覚の統御をはなれれば、意識主体としての『私』の輪郭さえあいまいにしかねない。そんな不可視のざわめきのなかへみずからを開放し、共振《シンクロナイズ》させてゆくことが、前近代の社会にあっては、〈異界〉とコンタクトする方法でもあった」からだという。

「通過するもの」（＝媒介者《メディエイター》）であるふかえりの耳（＝女性性器）は、死霊に奪われた芳一の耳と同様に「あの世のものとの交渉をささえ」る役割を果たしている。村上作品においては、耳が媒介者《メディエイター》の象徴として描かれることが多い[*65]が、耳のイメージが男女の間を媒介《メディエイト》して、女性に妊娠をもたらす「通過するもの」という役目を果たしたのは、初めてのことである。

12　魂を照らし出すふかえり

村上春樹の物語世界は、どんなに都会的で現代的な装いをまとっていたとしても、その深淵には、リトル・ピープルのような集合的無意識の闇が存在している。そして、ふかえりのようなプリミティブな霊力を発揮する媒介者《メディエイター》によって物語が起動され、支えられていく。特に『１Ｑ８４』のふかえりは、おそらくリトル・ピープルがもっとも侵入しやすい人の心の中の「空白」を照らし出し、その人の心を原点に引き戻そうとする不思議な力を発揮している。

おそらく何かが小さな隙間から入ってきて、彼の中にある空白を見たそうとしているのだ。そんな気がした。それはふかえりが作り出した空白ではない。天吾の中に元々あったものだ。彼女がそこに特殊な光をあてて、あらためて照らし出したのだ。

(『１Ｑ８４』ＢＯＯＫ１ 九二頁)

そんな短い時間に、彼女は牛河という人間の魂の隅々までを見渡し、その汚れと卑しさを正確に見抜き、無言の憐みをあたえ、そのまま姿を消したのだ。

(『１Ｑ８４』ＢＯＯＫ３ 四六四頁)

ふかえりに会ったばかりの天吾は、自らのうちに普段自分でも気づいていない「空白」、おそらく出生の秘密や孤独な成育歴から生じた癒されない心の虚しさがあることに気づかされ、牛河に至っては、初対面どころか隠し撮りのカメラのファインダー越しに、魂の汚れと卑しさをすべて見透かされてしまう。ふかえりが美しい少女だというのなら、その外見はもとより、こうした魂の深さと澄明さにこそ美が宿っていると言うべきではないだろうか。

ふかえりは、以上述べてきたように『１Ｑ８４』において媒介者《メディエイター》として三つの重要な役割を果たしている。が、それとともに、あるいはそれ以上に、リトル・ピープルがこの世にもたらす災厄にいち早く気づき、人の魂のありかに光を当てて、行くべき方向を照らし出すという霊妙な役割を果たしてもいるのである。

注

*1 新潮社 二〇〇九～二〇一〇年

*2 村上は、引用のほか、『ニュークリア・エイジ』文藝春秋 一九八九年の「訳者あとがき」や「村上春樹ロングインタビュー」『考える人』二〇一〇年夏号等でも総合小説について言及している。

*3 村上は、『国境の南、太陽の西』『スプートニクの恋人』等を中編小説と称し、『羊をめぐる冒険』『世界の終りとハードボイルド・ワンダーランド』『ノルウェイの森』『ダンス・ダンス・ダンス』『ねじまき鳥クロニクル』『海辺のカフカ』の六作を長編と呼んで区別している。

*4 主人公が小説家である作品に「蜂蜜パイ」（二〇〇〇）があるが、短編である。

*5 村上は、「目じるしのない悪夢」『アンダーグラウンド』講談社 一九九七年 六九一頁に、「まったく新しい物語（物語を浄化するための別の物語）」という言葉をもちいている。

*6 各サイトの開設期間は、『村上朝日堂ホームページ』（一九九六年六月～一九九九年十一月、二〇〇六年三月八日～二〇〇六年六月八日）『少年カフカ』ホームページ（二〇〇二年九月十二日～二〇〇三年二月十四日）『村上モトクラシ』（二〇〇五年三月二九日～）『村上さんのところ』（二〇一五年一月十五日～五月十三日）

＊7　村上春樹「村上春樹ロングインタビュー」『考える人』新潮社　二〇一〇年　夏号　二四頁

＊8　拙著『村上春樹　物語の力』第八章1「一九八四年の『路地』」二〇八〜二一八頁参照

＊9　BOOK3　五九一頁に「虎の姿は反転している」とある。

＊10　瀬田貞二『幼い子の文学』中公新書　一九八〇年　第1章の章題による。

＊11　『羊をめぐる冒険』以降『1Q84』に至るまで、現実世界から異界、異界から現実世界への移動であることを読者に示す表現として一番多いのは、主人公が眠る場面が設定されていることである。

＊12　『1Q84』における川奈天吾の「猫の町」（千倉）訪問も、異界往還と見なすことができる。

＊13　前掲＊7　三〇〜三二頁

＊14　前掲＊7　五九頁

＊15　「村上春樹氏インタビュー『1Q84』への30年」読売新聞　二〇一九年六月十六日でも、リトル・ピープルを「我々自身の中の何か」とするほぼ同内容の回答をしている。

＊16　福田和也は、「正しいという事、あるいは神の子どもたちは「新しい結末」を喜ぶことができるか？——村上春樹『神の子どもたちはみな踊る』論」『文學界』二〇〇〇年7月号一九四頁で、「悪意の具体的表出という点で、地震もオウム事件も、氏にとっては同義だったのではないか」と指摘している。

＊17　『約束された場所で——underground2』文藝春秋　一九八九年　二二三頁

＊18　BOOK2　第20章　四五五〜四五七頁

＊19　「目じるしのない悪夢」『アンダーグラウンド』講談社　一九九七年　六八八頁

＊20　『新潮』一九八四年一月号、『蛍・納屋を焼く・その他の短編』新潮社　一九八四年

＊21　原題は『TVピープルの逆襲』「PAR AVION」一九八九年終刊号、『TVピープル』文藝春秋　一九九

三年

＊22 『村上春樹ブック』（『文学界』一九九一年4月臨時増刊号）、『レキシントンの幽霊』文藝春秋 一九九六年

＊23 『夜のくもざる』平凡社 一九九五年

＊24 『新潮』一九九九年十二月号、『神の子どもたちはみな踊る』新潮社 二〇〇〇年

＊25 二四二頁

＊26 四〇二頁

＊27 宇野常寛『リトル・ピープルの時代』幻冬舎 二〇一一年 六〇頁。宇野は、「リトル・ピープルとは直接的に連合赤軍／オウム真理教など現代的な暴力の主体ではなく、連合赤軍やオウムを生み出すもの（環境／システム）が不可避に発生させる「力」がイメージされている。大きな物語（ビッグ・ブラザー）から解放された私たちは、その代わりに（リトル・ピープルによって）アイデンティティ不安に悩まされるようになり、連合赤軍やオウムのような暴力を生むというのだ」（同書六四〜六五頁）と述べ、「『リトル・ピープル』は事実上の春樹による造語である」（同書五四頁、五五頁）としている。

＊28 ティム・オブライエン 村上春樹訳『世界のすべての七月』文藝春秋 二〇〇四年

＊29 『村上春樹編集長 少年カフカ』新潮社 二〇〇三年 四九三頁

＊30 前掲＊28 三三八頁

＊31 little peopleには、権力、地位、名誉や経済力を持たない無名の小市民、庶民という意味に加え、littleの「ちっぽけな」「取るに足らない」という語感から、侮蔑的な響きを込めて使われる場合もある。

＊32 例えば、Oxford Advanced Learner's Dictionary（現代英英辞典第9版 二〇一五年九月）のlittle people の項には、 1 all the people in a country who have no power 2 extremely small people, who will never grow to a normal size because of a physical problem 3 the little people small imaginary people with magic power syn fairies とある。

＊33 ＢＯＯＫ２ 第2章 四三頁

＊34 ＢＯＯＫ３ 第28章 五六六〜五六八頁

＊35 ＢＯＯＫ１ 第15章 三二九頁

＊36 ＢＯＯＫ２ 第3章 七七頁「いざというとき自分よりルールを優先させることができる」理由としてこう発言した。

＊37 ＢＯＯＫ１ 第21章 四七四頁に、「あけぼの」銃撃事件は、「一九七〇年前後の大学紛争の落とし子」である「過激派」によって起こされたと説明されている。

＊38 深田保が60年代の学生運動に見切りをつけ、学生たちを伴って「タカシマ塾」に参加した部分については、元早稲田大学教授・新島淳良をモデルにしており、「さきがけ」のリーダーという面では、視力に深刻な問題があること、複数の若い女性信者と性的関係にあること、髪型や服装等の類似から、オウム真理教の麻原彰晃（本名・松本智津夫）を念頭に置いていることが分かる。

＊39 ジェイ・ルービン「総合小説『１Ｑ８４』イントロダクション」ジェイ・ルービン編『１Ｑ８４スタディーズＢＯＯＫ１』若草書房 二〇〇九年 英文ｐ３邦訳ｐ（３）英文：If there is a plot to the giant, sprawling 1Q84,it may well come from one of Murakami's slightest works, the lovely「四月のある晴れた朝に１００パーセントの女の子に出会うことについて」,which barely fills 6 pages of『村上春樹全作品 1979-1989』第五巻

＊40 エピグラフで併記されている英語の歌詞：It's a Barnum and Bailey world, ／Just as phony as it can be, ／But it wouldn't be make-believe, ／If you believed in me. ／"It's Only A Paper Moon"／（E. Y.Harburg & Harold Arlen)

＊41 五八八頁

＊42 「目じるしのない悪夢」『アンダーグラウンド』講談社 一九九七年 七〇四頁に「麻原の荒唐無稽な物語を放逐できるだけのまっとうな力を持つ物語」とある。

＊43 前掲＊42 六九一頁

＊44 物語世界の成立において媒介者《メディエイター》が果たす役割については、拙著『村上春樹 物語の力』を参照されたい。

＊45 ＢＯＯＫ２ 第19章 四一三頁

＊46 三六六頁

＊47 ＢＯＯＫ１ 第24章 五三五頁

＊48 四〇八頁

＊49 三九六頁

＊50 三九七頁

＊51 ＢＯＯＫ１ 第４章 八二頁

＊52 ＢＯＯＫ１ 第４章 八九頁～九〇頁

＊53 四五五～四五七頁

＊54 新潮社 二〇一五年 期間限定 質問・相談サイト「村上さんのところ」（二〇一五年一月一五日～五月十三日一七週一一九日間）を書籍化したもので、村上春樹が三万七千四六五通のメールのうち四七三通に

回答している。

＊55 220 2015/03/13 最近、どんな本を読んでいますか

＊56 ジュリアン・ジェインズ柴田裕之訳 紀伊國屋書店 二〇〇五年

＊57 前掲＊56 五四六頁

＊58 前掲＊59 五四七頁

＊59 『村上春樹全作品 1990～2000 ②』 二五三頁

＊60 二五五～二五六頁

＊61 二九八頁

＊62 二九九頁

＊63 『琵琶法師――〈異界〉を語る人びと』 岩波新書 二〇〇九年 序章

＊64 前掲＊63 八頁

＊65 拙著『村上春樹 物語の力』 第一章「耳という身体宇宙」

第5章　芸術論としての物語——『騎士団長殺し』

1　芸術論としての新たな側面

『騎士団長殺し』[*1]（二〇一七）は、『1Q84』（二〇〇九〜一〇）以来七年ぶりに刊行された長編作品である。村上春樹は、『羊をめぐる冒険』以来のほとんどの長編小説で、主人公が異界を往還する物語を繰り返し描きながら、物語世界を拡大し深化させてきた。前章で述べたごとく、『1Q84』は物語による物語論であるという点に大きな特徴があった。そして『騎士団長殺し』では、「私」の画作に自己探求の方途を重ね合わせ、肖像画制作を通じて芸術の果たす役割と芸術家としての生き方を描き出すことによって、芸術論としても読める物語となっていることが大きな特徴となっている。

本章では、固有名を持たない「私」を主人公とした一人称小説であること、「私」が肖像画家であるという二つの視点から、芸術論という新たな側面を備えた『騎士団長殺し』について考察を進めていきたい。

2　自己探求のための一人称小説——『女のいない男たち』から『騎士団長殺し』へ

『騎士団長殺し』を読み始めてまず気づくのは、あらかじめ「私」と妻の離別が一時的なものと告知されていることである。

> その当時、私と妻は結婚生活をいったん解消しており、正式な離婚届に署名捺印もしたのだが、そのあといろいろあって、結局もう一度結婚生活をやり直すことになった。（中略）その二度の結婚生活（言うなれば前期と後期）の間には、九ヶ月あまりの歳月が、まるで切り立った地峡《ちきょう》に掘られた運河のように、ぽっかりと深く口を開けている。
>
> （『騎士団長殺し』第1章一四頁）

別れた妻と「元の鞘《さや》に収ま」る展開であることを巻頭で告知するというのは、従来作ではあり得なかった設定で、これは物語の構想全体に大きな変化が生じたことを表している。川上未映子によるインタビュー集『みみずくは黄昏に飛びたつ——川上未映子訊く村上春樹語る』[*2]（以下『みみずくは黄昏に飛びたつ』と記す）でも、村上は「最初から結論を書いておく」のは「こういう物語なんだけど読んでくださいという、一種の口上みたいなもの」で、「作者の宣言。あるいは読者への挑戦。そこにテンションが生まれる。それは最初から決めていました」[*3]と述べている。つまり、作者は第1章の冒頭で、『騎士団長殺し』が、『羊をめぐる冒険』（一九八二）『ダンス・ダンス・ダンス』（一九八八）『ねじまき鳥クロニクル』（一九九四～九五）や『海辺のカフカ』（二〇〇二）のような、主人公が失踪人物の行方を追い、その心情を理解し愛情を回復しようとするシーク・アンド・ファインド型の物語ではないことをあらかじめ明示しているのである。

妻から突然別離を切り出された「私」は、いたたまれない思いに駆られ、東北地方から北海道各地を放浪する。しかし、小田原郊外の雨田具彦の家に身を落ち着けてしばらくするうちに、「私と妻とのあいだの問題は、私が死んだ妹の代役を無意識のうちに」妻に求めていたことにあったと気づく。また、妻の父親に結婚を反対され、せいぜい四、五年しかもたないだろうと言われた言葉が自分の中で「ある種の呪いとしてあとあとまで機能」していたこと、そして、妻に恋人ができて別離を切り出されたことで、「私の心は思った以上に深い傷を負い、血を流していた」ことにも思い当たる。こうした気づきを経ることによって、「私」の心は、小田原の「山上の家」でようやく自己を深める方向へ向かってゆく。

これは、短編集『女のいない男たち』[*5]収録の「ドライブ・マイ・カー」で、主人公・家福の妻と関係を持っていた高槻が、生前の家福の妻について語るうち、ふと「本当に他人を見たいと望むのなら、自分自身を深くまっすぐ見つめるしかないんです」ともらした言葉[*6]に沿った展開と言える。

河合隼雄は、対談集『村上春樹、河合隼雄に会いにいく』[*7]で『ねじまき鳥クロニクル』に触れて、夫婦が相手を「理解しようと思ったら、井戸掘りするしかしょうがない」と述べた。これに対し、村上は、「井戸をくぐって行くことは、その資格（クミコにコミットする資格）を得るための、『魔笛』で言う試練みたいなもの」（括弧内論者）だと応えていた。

「ドライブ・マイ・カー」では、「本当に他人を見たいと望むのなら、自分自身を深くまっすぐ見つめるしかないんです」という言葉の直後に、「高槻という人間の中にあるどこか深い特別な場所から、それらの言葉は浮かび出てきたようだった。ほんの僅かなあいだかもしれないが、その隠された扉が開いたのだ」という地の文が続いている。この叙述から、高槻は、かつて河合隼雄が述べたのと同様、一人の女性を知り、その女性と本当につながるためには、自己をどこまでも深めてゆくしかないということを、ほとんど無自覚のうちに言語化していたということになる。

作者が『騎士団長殺し』を自照的な一人称小説として書かねばならなかったのも、通常は意識されない深層心理を追求し、自己を深めることによって他とつながるというテーマを追究するためであったのだろう。

村上は、『職業としての小説家』[*8]で、自作における人称について次のように述べていた。

> 一人称だけを用いて書いた長編小説は、『ねじまき鳥クロニクル』（一九九四・九五）が最後のものになります。（中略）そのあとに書いた短編小説集『東京奇譚集』、中編小説『アフターダーク』はどちらも、最初から最後まで純粋な三人称小説になっています。（中略）僕が一人称に別離を告

げ、三人称だけを使って小説が書けるようになるまでに、デビュー以来ほぼ二十年を要していることになります。（中略）それは僕にとってはただの人称の変化というより、大げさに言えば視座の根本的な変更に近いことだったのかもしれません。

（『職業としての小説家』二二五～二二六頁）

これに続けて、「小説が三人称になり、登場人物の数が増え、彼らがそれぞれに名前を得たことによって、物語の可能性が膨らんでいき」、三人称で書くことによって「ほとんど誰にでもなれる」という「素晴らしい」「感覚」を手にしたとも述べている。そのため、一人称小説から出発し、三人称による総合小説を目指して地歩を固めてきた村上にとって、『１Ｑ８４』に続く長編作品も、当然、三人称による総合小説、あるいはそれを目指す方向にあるものと予測されていた。

　しかし、村上は『騎士団長殺し』を「自分自身を深くまっすぐ見つめる」一人称小説とするために、「私」が自己を深めるのに最もふさわしい舞台を用意した。まず第1章冒頭で、小田原郊外の「狭い谷間の入り口近くの山の上」の家が、夏の間「ひっきりなしに雨が降」る「谷の奥の方」と、「だいたい晴れてい」る「谷の外側」の「ちょうど境界線あたりに建って」いるという設定をし、「私」を自然環境における「境界線」上に位置づける。これはもちろん、雨田具彦が住んでいた「山上の家」が、『羊をめぐる冒険』の十二滝町の「鼠」の別荘や『海辺のカフカ』の山奥の小屋同様、現実世界と、山上他界を連想させる異界との境界上に位置していることを示唆しているのである。

これは、『ねじまき鳥クロニクル』の「僕」・岡田亨が、妻を取り戻し自分を取り戻すために井戸に降りねばならなかったように、妻に去られ居場所を失くした「私」の居場所として、社会的自己をゼロに帰し[*9]、「なにものでもない一介の人間」[*10]に戻れる地点ほどふさわしい場所は他になかったからである。実際、東北・北海道各地を放浪した末に「私」が逢着したのは、ただの自分に戻るのに似つかわしい山上の一軒家であった。結局「私」は、テレビもパソコンもない、現実から隔絶した「山上の家」で、すべてのしがらみから離れて隠者のように日を過ごすうちに、屋根裏でふと雨田具彦の絵画「騎士団長殺し」を見つけ、庭の一角に地下世界からの出口となる穴を発見し、「古代の無意識の世界からやって来た」[*11]イデア・騎士団長と遭遇し、ついに地中他界を思わせる地下世界へ導かれて行くことになる。

しかし、「私」とはまったく対照的に、自分の居場所を失ってしまうのが『女のいない男たち』の「木野」の主人公である。『騎士団長殺し』の「私」と同じく、妻を寝取られて家を出た木野は、会社を辞め、青山の「路地の奥」に店を開く。当座は「木野」と自分の名を付けた「小さな酒場」が、妻を失い「奥行きと重みを失った自分の心」を「しっかり繋ぎとめておく場所」として「奇妙に居心地の良い空間」となる。しかし、木野は「傷つくべきときに十分に傷つか」ず、「本物の痛みを感じるべきときに」「肝心の感覚を押し殺してしまった」。「痛切なものを引き受け」ず、「真実と正面から向かい合うことを回避し」た——カミタによれば「正しいことをしなかった」ために——「中身のない虚ろな心を抱き続け」、その「空白を抜け道に利用」しようとする不穏なものたちに付け込まれてしまう。そのため木野は、カミタに言われた通り、現実から離れ、「どこにもいない男」として「できるだけ遠く」を「できるだけ頻繁に移動し続け」なければならなくなる。しかし木野は、熊本のビジネスホテルで就寝していたとき、「彼の心の扉を」叩くノックの音で目を覚まされる。人の心の「弱い部分」に付け入る「いくつもの違うやり方を持っている」「彼ら」に追いつかれた木野は、自分が「とても深く」「傷ついている」ことをとうとう認めざるを得なくなったのであった。

『騎士団長殺し』の「私」も、放浪中に遭遇した「白いスバル・フォレスターの男」にどこまでもつきまとわれるという強迫観念に悩まされる。この「白いスバル・フォレスターの男」のイメージは、まさしく「木野」の「彼ら」に重なっている。それは、妻を他の男に奪われたことを受け入れられず、辛い現実に直面することから逃げようとした木野と「私」が、心のもっとも「弱い部分」を補償しようとして生じさせた、第5節で詳述するように陰惨で暴力的な〈影〉であった。

また、『女のいない男たち』所収の「独立器官」の渡会は、一人の女性を「深く愛するようになり、後戻りができないようになって」初めて、「私から美容整形外科医としての能力やキャリアを取り去ってしまったら、今ある快適な生活環境が失われてしまったら、そして何の説明もつかない裸の一個の人間として世界にぽんと放り出されたら、この私はいったいなにものになるのだろうと」「かなり真剣に」「よく考える」ようになったと「僕」に訴える。

この渡会の心情は、まさしく「ドライブ・マイ・カー」の高槻の、「本当に他人を見たいと望むのなら、自分自身を深くまっすぐ見つめるしかないんです」という言葉を裏付けている。「独立器官」

の「僕」・谷村は渡会に、一人の女性を真剣に愛するためには「なにものでもない一介の人間」として彼女とじかに向き合うしかないと言うが、渡会も死を間近にして、ようやくこのことに気づこうとしていた。免色渉と同じく、理性的な生き方を貫いて社会的成功を手にして来た渡会が、ただ一度の失恋のために五十二歳で命を落とさねばならないのは、それまでの「技巧的な人生」では「食べ物も喉を通らなくなるほど痛切な恋」を体験することなどなく、したがって、自分自身に直面する機会もなかったからだということになる。

　短編集『女のいない男たち』で提出された、こうした自己探求の問題を引き継ぎ、深化してゆくために、『騎士団長殺し』は「私」を主人公とする第一人称小説として書かれねばならなかったのだろう。自分がかつての妻や恋人の内心をほとんど理解していなかったことに気づいて慄然とする「ドライブ・マイ・カー」の家福、「木野」の木野、「女のいない男たち」の「僕」のように、『騎士団長殺し』の「私」も、妻から別れ話を突き付けられて初めて、妻との関係を振り返ろうとし[*12]、そこから内的な物語世界におけるドラマが始まるのである。

3　肖像画を描くことと物語を生きること

『騎士団長殺し』では、「私」が肖像画家であるという設定は大変重要な意味を持っている。著名な日本画家・雨田具彦の家に住み始めた「私」は、「人が心を隠してしまうための場所」である屋根裏で、「騎士団長殺し」と題された絵を発見し、それをきっかけとして物語世界に足を踏み入れてゆき、本格的な画家として生まれ変わる契機を得ることになるからである。

「私」は、雨田具彦のスタジオで、免色渉、「白いスバル・フォレスターの男」、秋川まりえの三枚の肖像画と、「雑木林の中の穴」という四枚の絵を描く。「私」は、「その四枚の絵はパズルのピースとして組み合わされ、全体としてある物語を語り始めているようにも思えた。あるいは私はそれらの絵を描くことによって、一つの物語を記録しているのかもしれない」（傍線論者）と考える。

「雑木林の中の穴」が「女性性器と結びついて」おり、「私」が地下世界の遍歴を経た後、「まるで赤ん坊が空中で産み落とされるみたいに」「この穴の底に落下した」とあるように、現実世界に再び生まれ出るドラマが描かれているのだとすれば、免色渉、「白いスバル・フォレスターの男」、秋川まりえという三人を描いた三枚の肖像画は、それぞれの人物を描くことを通して「私」自身を再発見することにつながっていたと言える。なぜなら、三人の肖像画を描いたことは、彼ら一人一人との関係性を深めることを通じて「私」自身を深めることを意味しているからであり、それは、「私」が画家として、また「私」自身として再生する契機となったからである。またそれは、物語世界を生きる内的経験と同等の意味を持つ体験であり、ここに、文学・美術等の芸術活動に本来的に通底する自己探求や自己表現の機能が具現化しているからである。

たとえば、『1Q84』では、「どうしてショウセツをかく」という深田絵里子の質問に対し、小説家志望の天吾は、「小説を書くとき、僕は言葉を使って僕のまわりにある風景を、僕にとってより自然なものに置き換えていく。つまり再構成する。そうすることで、僕という人間がこの世界に間違いなく存在していることを確かめる」[*13]と述べて、小説を書くことで自己を確認することができると答えている。この答は、出生にまつわる疑問と不安を抱いたまま二十九歳まで生きてきた天吾にとって、小説を書くことが自己を支えるためにいかに切実な営みであるかを物語っていた。

一方、『騎士団長殺し』の「私」は、まりえをモデルとしながら「もしぼくが君を正しく描くことができたら」「君はぼくの目で見た君の姿を、君自身の目で見ることができるかもしれない」「ぼくらはそのために絵を必要としている。あるいは文章や音楽や、そういうものを必要としている」と言う。この言葉は、「自分をよりよく理解するためには」「第三者的な要素」が必要だという文脈で発せられたものであるが、ここには、肖像画のみならず「絵」「あるいは文章や音楽や、そういうもの」、すなわち芸術とは何なのかという問いとそれに対する答えが示唆されている。

肖像画を描くこととは、他者を凝視し、自分が捉えた他者を表現することと言えようが、それは、モデルにとっては、他者の目を通じて自らの存在を確認することをも意味している。一方、画家にとっても、他者を見つめることを通じ、自分が他者の中に何をどのように見たかを表現するという意味において、他者を通じて自らの存在を確認することを意味していると言えよう。

第38章では、まりえが「わたしはなにかを差し出し、わたしはなにかを受け取る」と言ったのに対し、免色は「君の言うとおりだ。（中略）もちろんそこには交流がなくちゃいけない。芸術行為というのは決して一方的なものではないから」と答える。かつて「私」が従事していた職業的な肖像画ではなく、モデルを目前にして肖像を描く際には、こうした描く者と描かれる者の双方向の交流が生じるのが本来だろう。肖像画は、描く者と描かれる者の内的交流があってこそ成立する。だからこそ、妹の死の直後に15歳の「私」が「心の目に映る妹の姿を、白い紙の上になんとか再現しようと試みた」ことが、「妹の魂を私の魂が呼び起こそうとしていた真摯《しんし》な作業であった」と言えるのである。

実際、まりえという存在を凝視し表現する過程において、「私」は心の深層に潜む妹と妻のイメージに遭遇する。「私はもちろん秋川まりえの姿を描こうとしていたわけだが、同時にそこには私の死んだ妹（コミ）と、かつての妻（ユズ）の姿が混じり込んでいるようだった」とあるのは、地下世界の洞窟の中で、ドンナ・アンナの声を通じて妹の励ましの声を聞いたのと同様の体験と言えよう。

村上は『みみずくは黄昏に飛びたつ』で、十三歳の秋川まりえについて、「あの時期の女の子って、人によってはものすごく鋭い感覚を持っています。そして意識と無意識との境目がまだきちんと固まっていない。だから余計にその鋭さが際立つんです。」と述べて、まりえが――『羊をめぐる冒険』の「耳のガールフレンド」、『ダンス・ダンス・ダンス』のキキ、『ねじまき鳥クロニクル』のメイ、そして『１Ｑ８４』の深田絵里子のように――現実世界（意識）と異界（無意識）を媒介《メディエイト》する役割を担っていることを示唆している。

まりえが「私」と死んだ妹・小径をつなぐ媒介者《メディエイター》であることは、彼女が時折、叔母に内緒で林の中の「秘密の通路」を通って「私」の家を訪ねて来ることでさりげなく表現されている。家の周辺の「雑木林の中の小径」を散歩しながら、「私」がまりえから聞いた「秘密の通路」の入り口を探そうとする場面では、小径という言葉が繰り返し用いられており、まりえを「私」のもとへ導く「雑木林の中の小径」が、妹・小径のイメージを喚起している。

肖像画を描き、描かれることとは、自己と他者の間に生じる交流を通じて互いの存在を確かめ合うことである。作者はそこに、内的な物語世界を生きる体験と同等の自己探求の可能性を認めている。作者が雨田具彦畢生の傑作「騎士団長殺し」という絵画の題をこの作品の題名としたのも、絵画制作や絵画鑑賞に、内的な物語世界を経験するのと同等の機能があると認めているからだろう。

第32章「彼の専門的技能は大いに重宝された」は、章全体がサムエル・ヴィレンベルク『トレブリンカの反乱』[*14]からの引用（現在絶版の"Revolt in Treblinka"の当該部分を村上春樹が版権所有者の許可を得て翻訳したもの）で、すべてゴシック体によって表記されている。ここには、「**ワルシャワ出身のプロの画家**」[*15]の語りが引用されている。

彼は、いつも「**ドイツ兵たちのために**」彼らの持参する「**白黒の素人写真をもとに、彼らの家族の肖像画**」の「**色彩画**」を描いていると語りだす。「**でもな、誰がなんと言おうと、わたしが描きたいのはドイツ人たちの家族なんかじゃない。わたしは〈隔離病棟〉**[*16]**に積み上げられた子供たちを、白黒の絵にしたいんだ。やつらが殺戮《さつりく》した人々の肖像画を描き、それを自宅に持って帰らせ、壁に飾らせたいんだよ。ちくしょうどもめ！**」と「**とりわけひどく神経を高ぶらせ**」て語る。これは、絶滅収容所・トレブリンカで、その「**専門的技能**」が「**大いに重宝され**」たために殺戮を免れ、「**誰からも一目置かれていた**」「**プロの画家**」の発した激烈な言葉である。彼は、ドイツ兵によって殺戮され、累々と積み上げられた人々のむごたらしい肖像画をドイツ人たちの自宅の壁に飾らせて、トレブリンカの無残な現実を人々に知らしめ、そうすることでナチスとドイツ兵を告発し、同時に、殺戮された無数のユダヤ人の魂を慰めたいと考えていたのである。

第1部の末尾第32章における『トレブリンカの反乱』の引用は、肖像画が、ひいては芸術が一人一人の魂の深みにまで達して何を描き得るか、何を訴え得るかと問いかけている。そして、その問いかけは、雨田具彦がアンシュルス直後のウィーンで経験した、ナチス高官暗殺未遂事件の背景に存在していた過酷な現実を示すと同時に、後世の人間が心にとどめるべき歴史的記憶として、また鎮魂の祈りとして、全編に響いている。

4 「私」・免色渉・秋川まりえと三軒の家

雨田具彦の家の尾根伝いには秋川家が、両家の向かい側の谷には、免色渉の白い邸宅が建っている。この三軒の家は、作品内における「私」、免色渉、秋川まりえ三者の関係や心理的距離感を反映すべく配置されているようである。

まず、谷の向こう側の豪邸に住む免色渉は、有り余る財力と犀利な理性の持ち主という意味で「私」と対照的であり、「私」には心理的距離感の感じられる人物である。それは、両者の家を谷が隔てており、屈曲した山道を行き交わねば往来できないことで表現されている。しかし、「私」の住む家とテラスが向かい合っており「手を振れば見える」という距離感には、「私」が免色の秘密を知る唯一の人物になるという親密な交流が示唆されている。

実際、「私」は、知り合って間もない免色という人物に、単に肖像画の依頼主というだけでなく、「連帯感とさえ呼んでもいいかもしれない」「他の人にはこれまで感じたことのない近しい思いを抱くように」なる。「私」は、自分と免色が「ある意味では似たもの同士」と言えるのは、「失ってきたもの、今は手にしていないものによって前に動かされている」からだと考える。これは言うまでもなく、二人がともに〈女のいない男たち〉として、失った女性を追い求めるよりむしろ自己を深く追求すべき立場にあり、また、血のつながりに確たる保証のない娘を持つ（あるいは、持つことになる）ことを意味しているのだろう。

前述したように、作中で「私」が描く4枚の絵は、すべて「私」の自己を追求し表現する絵となるのだが、特に、最初に描いた免色渉の肖像画について「私」が次のように述懐するのは印象的である。

> しかしそれと同時に、その絵はどのような見地から見ても、いわゆる「肖像画」ではなかった。それは免色渉という存在を絵画的に、画面に浮かび上がらせることに成功している（と私は感じる）。しかし免色という人間の外見を描くことをその目的とはしていない（まったくしていない）。そこには大きな違いがある。それは基本的には、私が自分のために描いた絵だった。
>
> （『騎士団長殺し』第17章二八一頁）

「私」は、免色に依頼された肖像画を描きながら「自分のための絵を描くこと」を経験し、「私は免色というモデルを触媒にして、自分の中にもともと埋もれていたものを探り当て、掘り起こしただけなのかもしれない」と思い当たる。つまり「私」は、渋々免色の依頼を受けて彼の肖像画を描いたことで新たな自己を発掘し、画家としての自信を取り戻すきっかけを掴んだのである。

また、免色は、まりえの肖像画を依頼するのに、わざわざ「私」を自宅に招き、毎夕まりえを覗き見ているという秘密を打ち明ける。つまり、免色は「私」の家を訪れてテラスから自家を確認し、改めて「私」を自家に招いて谷の反対側から「私」の家と秋川家がどのように見えるかその眺望を「私」に見せて、すなわち自分にとっての秋川家との距離感を視覚的に確認させてから、まりえの肖像画を依頼している。これは、イデア・騎士団長の言うように、免色らしい大変周到なやり方であると同時に、免色が自家からの眺望に込められた秘密を「私」に託した、「私」に対する信頼感のこもった振る舞いとしても注目される。このように、免色と「私」の交流には、谷を挟んで建つ三軒の家の立地関係が様々な形で反映している。

まりえの姿を望み見るためにだけ秋川家と谷を挟む山あいの豪邸に一人で住む免色は、『グレート・ギャツビー』[*17]の、ようやく再会した恋人に裏切られるジェイ・ギャツビーの孤絶を彷彿とさせる。実際、村上は、『みみずくは黄昏に飛びたつ』[*18]で、「自分の骨格みたいになってい」る『グレート・ギャツビー』を「自分なりに換骨奪胎《かんこつだったい》して使うことができるというのは、すごくエキサイティングなこと」で、「これまでもいくつかの作品で」「遊びというか、いわばトリビュート的に」「そういうことをやってい」ると述べている。しかし、まりえは、誰かに覗き見られていることを察知しており、常々自室のカーテンを閉めて生活していた上、「私」を通じて免色を知った後、また叔母・笙子が免色と交際を始めた後も、免色に疑念を抱き警戒心を持ち続けている。

免色は、秋川まりえとの血のつながりの可能性を断ち切ることも、全面的に受け入れることもできず、「その秘密を抱えることによって」「この世界における自分の存在のバランスをうまくコントロールしている」。そのため、自己の根拠たるまりえの失踪を知ったとき、「独立器官」の渡会さながら思いがけない弱さを「私」に露呈する。今まで有能だと信じてきた自分が「ただの無」であり「からっぽの人間」でしかないと訴え、「望んでも手に入らないものを望む力」を持つ「私」を「うらやましく感じる」とまで言うのである。

そして、「私」の家には度々訪れて来る免色が、まりえが失踪し、まりえの父も帰宅せず、笙子一人が留守居をしている晩ですら、交際している笙子を励ますために秋川家を見舞おうとしないのは、かつての恋人の嫁ぎ先である秋川家に対する抵抗感が根強いことを示唆している。こうした場面に見られるように、秋川家が指呼の間にありながら谷を挟んで反対側にあるという設定が、目の前に見える秋川家に容易に近づけない免色の錯綜した心理を反映していると見ることができる。

一方、秋川家と尾根続きの「私」の家には、まりえが「秘密の通路」を通って度々訪れて来る。肖像画のモデルを務めるうち徐々に内心を語るようになったまりえは、四日間の失踪の後も、「私」にだけ全てを打ち明け、「私」と秘密を共有し合う唯一の人物となる。こうした「私」との共感や秘密の共有の背景には、雨田具彦の家を含む山間地一帯が彼女の幼時からの馴染み深い遊び場所で、祠やイデア・騎士団長の出現した穴なども、まりえが以前からよく見知っていたという設定が周到に用意されている。

5　内なる〈影〉「白いスバル・フォレスターの男」を描く

「免色に依頼された肖像画を仕上げてから、何かつっかえがとれたような気持ちに」なった「私」は、「自発的に」「白いスバル・フォレスターの男」の「いわば抽象的な肖像画」を「自分のために」描き始める。ここには、どこまでもつきまとって来る暗い〈影〉に屈せず、むしろ自分の一部として取り込んでしまおうという意志が無意識のうちに働いたことが感じ取れる。

　村上春樹は、二〇一六年十月三十日、デンマークの童話作家アンデルセンにちなむハンス・クリスチャン・アンデルセン文学賞を受賞し、その受賞スピーチで物語を執筆しながら自身の〈影〉に遭遇したときにはどのように対応すべきか、次のように述べた。

When I write novels myself, as I pass through the dark tunnel of narrative I encounter a totally unexpected vision of myself, which must be my own shadow. What's required of me then is to portray this shadow as accurately, and candidly, as I can. Not turning away from it.

Not analyzing it logically, but rather accepting it as a part of myself. But it won't do to lose out to the shadow's power. You have to absorb that shadow, and without losing your identity as a person, take it inside you as something that is a part of you.

(“The Meaning of Shadows” Haruki Murakami Acceptance Speech of Andersen Literature Award2016,https://www.buzzfeed.com/sakimizoroki/murakami-andersen?utm_term=.nyRKVNXbX#.ejvyNRWIW)

村上は、物語の暗いトンネルの中で思いがけなく自分自身の〈影〉に出会った時必要なのは、〈影〉から逃げず、また論理的に分析せず、できるだけ正確に正直にこれを描きだし、自分自身の一部としてこれを受け入れることだと述べている。人としてのアイデンティティーを失うことなく〈影〉を受け入れ、自分の一部の何かのように内部に取り込むことで、これに続く部分で人は真に成長し、成熟することができるのだと述べている。ここで〈影〉を描くと述べる際に、村上が肖像画を描くという意味を持つ portray という動詞を用いているのは、大変印象的である。これは、村上が〈影〉を描くことが自画像を描くことに通じると認識している証左ではないだろうか。

「私」は当初、妻が自分を捨てて他の男に走った事を「それほど容易《たやす》く理解すること」ができず、「誰か（妻・柚）を強く求めているのに、その求めが受け入れられないときに生じる激しい痛みを和らげるべく、心が自動的に起動させる麻痺の感覚」（括弧内論者）に浸っていた。そのため、「白いスバル・フォレスターの男」が発動する「これまで経験したことのない激しい怒り」が自分の心の奥底に蠢いていることに気づかず、意識の表面では、「私が今こうして受けているのはひどく理不尽な、酷く痛切な仕打ち」ではあるが、「そこには怒りはない」と考えていた。

しかし、「私」が「白いスバル・フォレスターの男」の絵を「未完成なままで完成」させた理由は、男が「画面の奥から私に」深い怒りと悲しみを込めて「これ以上なにも触るな」と「命じていた」からだという。それは、「私」が自らのアイデンティティーを失わない範囲で、でき得る限り〈影〉を受け入れようと、すなわち自らの怒りを受け入れようと努めたことを意味している。「白いスバル・フォレスターの男」をどこまで受け入れることができるか、それは、「私」の心にどれほど許容力があるかという問題であった。最愛の妻を他の男に奪われた衝撃、嫉妬、怒り、悲しみ等の錯綜する感情を自身のものとして受け入れてゆく過程において、「私」は「私」自身として生き続け、更なる成熟を遂げるために、熾烈な内的格闘を経験しなければならなかった。

「私」は、地下世界でドンナ・アンナに示唆されて初めて「二重メタファー」が自身の「内側にある深い暗闇に、昔からずっと住まっている」「白いスバル・フォレスターの男」だったことに気づく。しかし、その自覚が得られなければ、「私」は地下世界で「二重メタファー」という〈影〉の餌食となり、現実世界に無事帰還し自分自身を取り戻すこともできなかっただろう。

従来、村上春樹の長編小説に描かれてきた、心の「弱い部分」に付け込み、その人を支配しようとする邪悪な〈影〉としては、『羊をめぐる冒険』の羊、『世界の終りとハードボイルド・ワンダーランド』のやみくろ、『1Q84』のリトル・ピープル等が挙げられる。これらは、集合的無意識の底知れないエネルギーから生み出され、どこからともなく人の心の弱みに入り込んでくる邪悪な存在である。「白いスバル・フォレスターの男」も、宮城県の漁村で遭遇したという設定から、二〇一一年三月十一日の超巨大地震を惹起した集合的無意識の破壊的エネルギーにつながる存在であることが示唆されている。

「私」が描いた肖像画を見た免色は、「あなた自身の内部に埋もれていたこのイメージを、あなたは見つけ出し、引きずり出したのです。発掘したと言ってもいいかもしれない」と言い、絵画制作の過程を「言うなれば深い海底で生じる地震のようなものです。目には見えない世界で、つまり内なる無意識の領域で大きな変動が起こり」「それが地上に伝わって連鎖反応を起こし、結果的に我々の目に見える形」をとったのだと述べる。免色は、「私」が彼の肖像画を描く際に発揮した心的エネルギーを、阪神・淡路大震災[19]や東日本大震災[20]を彷彿させる比喩を用いて表現したが、これは単なる比喩とは言えないだろう。なぜなら、村上春樹は、芸術作品を生み出す創造的エネルギーが、時に大地震を起こす破壊的エネルギーと同根の集合的無意識の「暗闇の中から根拠もなく現れてくる」ものと認識しているからである。これは、一九九五年に発生した阪神・淡路大震災と地下鉄サリン事件について、福田和也が「悪意の表出という点で、地震もオウム事件も、氏にとっては同義だったのではないか」[21]と指摘したとおり、村上は、天災と人災を区別せず、どちらも集合的無意識の邪悪なエネルギーが突如噴出した結果引き起こされた事態と受け止める感性の持ち主なのである。

6　芸術の核心――〈影〉を自らのものとして受け入れる

地下世界のドンナ・アンナが示唆したように、絵画「騎士団長殺し」は、「優れた詩人の言葉」のように「最良のメタファーとなって、この世界にもう一つの別の新たな現実を立ち上げてい[*22]」く力を持っている。実際、「私」が雨田具彦の「騎士団長殺し」を無意識の領域につながる屋根裏で見つけたことを契機としてイデアが出現し、免色の依頼で再び肖像画を描くこととなる。さらに雑木林の中に隠されていた穴を発見し、地下世界を往還した後に、「私」にはもう一度妻と向き合おうとする気持ちが芽生え、画家として生きる可能性が開けてきた。つまり、絵画「騎士団長殺し」には、「もう一つの別の新たな現実」を「立ち上げ」る力が備っており、それは、村上が従来長編小説で描き続けてきた、人を成熟と再生に導く物語の力と同等の働きと言える。

物語の終盤、「騎士団長殺し」は、「私」の描いた「白いスバル・フォレスターの男」とともに「固く梱包され」「人が心を隠してしまうための場所」である屋根裏に再び隠されてしまう。最終章（第64章）で、「私」は、自身を「より大柄な画家として立ちあげ」「もう一度」「「自分の絵を描きたい」という気持ちになったとき」「まったく違うフォルムで、まったく違う角度から、「白いスバル・フォレスターの男」の肖像を描き直すことになるはずだ。そしてそれはあるいは、私にとっての『騎士団長殺し』になるかもしれない。そしてもしそんなことが実際に起こったなら、おそらく私は雨田具彦から貴重な遺産を受け継いだということになるだろう」と述べ、雨田具彦の歴史的記憶と画家としての生き方を引き継ぐ「大柄な画家」を目指そうという気概を吐露するに至る。

ここには、一芸術家として、オウム真理教事件のような凶悪犯罪や村上の感覚では巨大地震も起こしかねない邪悪なエネルギーの蠢く集合的無意識の深淵から日々創造的エネルギーを汲み出し、「最良のメタファー」を創り出すことを自ら使命と任じている村上春樹の姿が浮かびあがってくる。村上は『騎士団長殺し』において、物語作家である自身のように地下世界に赴き、〈影〉を自らのものとして受け入れ、人々とともに、より良く生きるための作品に結晶させようと精魂を傾ける画家「私」を描き出した。

「私」をもう一度家庭人として、また画家として生きる道へ導いた絵画「騎士団長殺し」は、結局、誰の目にも触れないまま「白いスバル・フォレスターの男」とともに焼失してしまう。しかし「騎士団長殺し」には、過酷な過去の記憶と孤独のうちに闘い続けた、雨田具彦の厳粛な人生の実相がこめられていた。村上春樹が目指しているのも、絵画「騎士団長殺し」のように、読者をある時は心の深淵に導き、ある時は現実の実相の下に導いて、自分自身を再発見し、人々とともにより良く生きてゆくための力をもたらす物語なのだろう。

村上は『騎士団長殺し』で、一幅の絵画が「最良のメタファー」となって、人を成熟と再生に導く力を発揮することを表現した。肖像画制作において経験される他者との交流が、深層世界における物語体験同様、「私」の自己を深化する様相を描き、そこに芸術の核心があることを表現したのである。

これが『騎士団長殺し』を芸術論として読める所以である。村上春樹は、平生、文学や芸術という言葉を振りかざすことはないが、『騎士団長殺し』では、一人ひとりの深層世界に展開する内的な物語が個々の生を支えると同時に、芸術の普遍的価値の核心であることを明らかにしている。

7　『騎士団長殺し』におけるイデア

『騎士団長殺し』の第1部には「顕《あらわ》れるイデア編《へん》」、第2部には「遷《うつ》ろうメタファー編《へん》」というタイトルが与えられている。本章では、まず作品内でイデアとメタファーという語が表している多様な意味と、「顕《あらわ》れるイデア」「遷《うつ》ろうメタファー」というタイトルに込められた意味について考察したい。そして、『騎士団長殺し』作品内でイデアとメタファーという二語によって表現されている概念が、村上文学の核心においていかなる意味を有しているかについても確認したいと思う。

現代日本語において、イデアという語は、プラトンのイデア論のほか、理念・観念という意味で用いられるのが一般的である。たとえば、『騎士団長殺し』第16章二六三頁の「情念を統合するイデア」などは、イデアを理念・観念という意味で用いている典型的な例である。また、第23章三八九頁の「私」の発言、「つまりイデアを自律的なものとして取り扱えるかどうかということですね?」におけるイデアも、前頁の「抽象的思考、形而上的論考」という語句を受けているのが明らかで、理念・観念という一般的用法に沿っている。

しかし、第1部の「顕《あらわ》れるイデア編《へん》」というタイトルは、元来、姿かたちを持たないイデアなるものが、雨田具彦の描いた「騎士団長殺し」という絵から騎士団長の姿を借りて「私」の眼前に「形体化」したことを表している。第21章三四九頁で、「私」の前に初めて姿を現した騎士団長は「私」に、「もし呼び名が必要であるなら、騎士団長と呼んでくれてかまわない」と言い、次頁では、「こうして諸君と向かい合うためには、何かしらの姿かたちは必要だからね。だからあの騎士団長の形体を便宜上拝借したのだ」と言う。したがって、このタイトル中のイデアという語は、一般の用法とは異なってかなり特殊な意味を表していることになる。

騎士団長とは、雨田具彦が青年時代から愛聴していたモーツァルトのオペラ『ドン・ジョバンニ』の登場人物で、ドン・ジョバンニに刺殺されるドンナ・アンナの父親である。しかし、「騎士団長殺し」は日本画であり、画中の騎士団長は飛鳥時代の貴族の衣裳を身に着けている。そして、その体長六十センチほどの騎士団長を目にし、会話できるのは、「私」と秋川まりえの二人だけで、免色や雨田政彦の目には、その死骸や流された血液等も含め目に見えない存在である。

そのイデアとは、一体どういう存在なのか。なぜ「私」の眼前にイデアが「ミッキーマウスやらポカホンタスの格好[*23]」ではなく、雨田具彦の画中の騎士団長の姿を借りて「顕《あらわ》れ」、「私」や秋川まりえに種々の示唆を与えたり、導いたりする[*24]のだろうか。まずは、第50章・51章で、イデア・騎士団長がその死の直前に「私」に語った内容を確認したい。

認知症を患って死の床に就いていた雨田具彦は、入所中の高齢者養護施設の自室に現れた騎士団長を見て、「驚愕の表情」を表し、「激しい嫌悪の情」を示す。しかし、雨田具彦は、「私」やまりえが見ていたのと同じ、自身の描いた騎士団長の姿を目にしていたわけではないという。騎士団長は、「私は要するにイデアなのだ。場合により、見る人により、あたしの姿は自在に変化する」「あたしはいうなれば、人の心を映し出す鏡に過ぎない」と述べ、雨田具彦は「人生の終りにあたって」「見なくてはならないものを見ているのだ」と言う[*25]。

二十代の頃オーストリアに留学していた雨田具彦は、「ナチに抵抗するウィーンの学生地下組織」に加わりナチ高官暗殺未遂事件に関与していたために、一九三八年三月のアンシュルス後、秘かに日本へ送還された。帰国後は、洋画家から日本画家に転向したが、その理由は明らかにされることはなく、画壇においても孤高を貫き、青年時代の経験を人に語ることも一切なかった。騎士団長は、雨田具彦が「逮捕され、二ヶ月ばかりゲシュタポに勾留され、手ひどい拷問を受けた」こと、オーストリア人の恋人を始め組織のメンバーたちはみな惨殺されたのに「彼だけが政治的配慮によってかろうじて生き残った」こと、またその直後に、ピアニストを目指していた弟・継彦が「南京攻略戦の後、帰国して除隊になってすぐに」「戦争体験のトラウマから若くして自らの命を絶った」こと等、雨田具彦が戦争時代の過酷な体験から「深い心の傷」を負い、何も語らなくなってしまった背景について「私」に語る。雨田具彦の部屋で、騎士団長からこうした話を聞かされた「私」は、「騎士団長殺し」という絵画が、「実際には成し遂げることができなかったことを」「起こるべきであった出来事として」「かたちを変えて、いわば偽装的に実現させた」「寓意画」であった由縁を知り、知らぬ間に自分が「環を開い」てしまったことに気づかされる。

つまり、イデアが「私」の眼前に騎士団長として「顕《あらわ》れ」たのは、雨田具彦の「生きた魂から純粋に抽出された」「騎士団長殺し」という絵画を、「私」が「白日の下に晒《さら》し」てしまったからであり、「私」がそのようにして「環を開いた」以上、「私」が「彼にとって起こるべきであったことがらを、今ここに起こさせる」、すなわち、「私」がナチ高官暗殺を代行することにより雨田具彦の「人生を最後に救済」せねばならないのだという。つまりそれは、絵画「騎士団長殺し」の場面を再現するべく、「私」が騎士団長として形体化したイデアを「断固殺す」ことを意味している。

　さて、村上春樹は『みみずくは黄昏に飛びたつ』で、イデアについて非常に興味深い発言をしている。

　でもね、僕は意識についてはわりによく考えるんです。人間の意識というものが登場してきたのは、人間の歴史の中でもずっとあとのことなんです。それより前にはほとんど無意識しかなかった。で、そういう無意識中心の世界で、人々は個人ではなくむしろ集合的に判断を行って生きていた。でも都市が生まれ、より高度な組織やシステムが出来上がっていくにつれて、「無意識」でやっていたことが、だんだん「意識」の領域に格上げされていくわけです。格上げというか、よりロジカルになっていく。そうしないと、システムが有効に維持できないから。

　それと同じことだと思うんです。人々が昔は無意識の中でだいたい全部処理していたことが、

> 意識のもとで処理しなくてはいけなくなってくる。それにつれて言語体系も整ってくる。無意識の世界で、人々は何を拠り所に生きていたかというと、預言なんです。古代的な社会には、巫女がいた。あるいは呪い師的な役割を持つ王様がいた。あの人たちは無意識の社会の中でさらに無意識を磨いて、避雷針が雷を受けるみたいに、いろんなメッセージを受けとってそれを人々に伝える。普通のそのへんの人々は自分の意識なんか必要なくて、そんなもの使い途すらなくて、ただ預言に従って無意識の世界で生きていればよかったわけ。その方が楽だったし。そしてメッセージを受けとれなくなった王様は殺されて、新しい王様が迎え入れられた。ただ、社会が「意識」化するにしたがって、そういう巫女的存在がだんだん力を失っていくんです。空気が変わって、うまく雷を受けられなくなる。イデアというのはそれに近いものかもしれないと僕は思う。本当に純粋なものって無意識の中にしかないんだけど、でも僕らはもうそれをうまく目にすることができないから、そのかわりとして、意識に投影されたものを見るしかない。（中略）彼（騎士団長）は古代の無意識の世界からやって来たのではないかと僕は想像します。意識以前の世界から。
>
> （括弧内論者『みみずくは黄昏に飛びたつ』一五九～一六〇頁）

村上は、この引用部分の直前で、『騎士団長殺し』におけるイデアについて、「プラトンのイデアとは全く無関係です。ただイデアという言葉を借りただけ。言葉の響きが好きだったから」と述べて、川上未映子を驚かせている。そしてさらに驚かされるのは、イデアという語が、理念や観念という一般的な意味ではなく、古代人の無意識に投影されたメッセージを受けとる「巫女的存在」としての「王様」「に近いものかもしれない」と述べていることである。村上は、一体どこからこうした独特な発想を得たのだろうか。

第四章10でも紹介したように、村上春樹は、二〇一五年の一月から五月にかけて期間限定質問・相談サイト「村上さんのところ」[26]を開催したが、そのやり取りを書籍化した『村上さんのところ』[27]の中で、「最近、どんな本を読んでいますか」という質問[28]に対し、「再読ですが」と断りつつ『神々の沈黙――意識の誕生と文明の興亡』[29]という書名を挙げ、「分厚い本だけど、何度読んでもとても興味深い」と答えていた。同書は、プリンストン大学で心理学教授を務めたジュリアン・ジェインズの生涯唯一の著書である（これ以降、『神々の沈黙』と記す）。初版は一九七六年で、一九九〇年に加筆された「後記」を含めて二〇〇五年五月に初めて邦訳されている。出版時には様々な議論と批判を呼びながら、「20世紀で最も重要な著作の一つ」と評された話題作であるという。村上は「何度読んでもとても興味深い」と述べているので、おそらく出版当初は原書で、二〇〇五年五月以降は邦訳版にも目を通して、その内容を自家薬籠中のものとしたのだろう。

『神々の沈黙』は、古代人が〈二分心〉（the Bicameral Mind）を持っていたという仮説に基づいて書かれている。〈二分心〉とは、脳の右半球が「神々の声」を聞き、脳の左半球が「人間として応接」する状態のことである。

　村上は、右脳と左脳が別々に機能するというイメージをいくつかの作品の中で描いている。たとえば、『世界の終りとハードボイルド・ワンダーランド』（一九八五）の計算士「私」が行う「洗いだし」は、「与えられた数値を右側の脳に入れ、まったくべつの記号に転換してから左側の脳に移し、左側の脳に移したものを最初とはまったく違った数字としてとりだし、それをタイプ用紙にうちつけていく」[*30]作業と説明されている。また、『騎士団長殺し』第38章では、「私」がイデアのエネルギー源について質問すると、イデア・騎士団長は、イルカは「左右の脳を別々に眠らせることができる」から「イデアというものに関心を持たない」が、人間は「ひと続きの脳しか持って」いないから、「イデアが生じると、それをうまく振り落とすことができ」ず、「イデアは人間からエネルギーを受け取り、その存在を維持し続けることができ」るのだと説明する。この二つの例は、「洗いだし」、イデアのエネルギー源という架空の設定についての村上春樹独特の説明であるが、どちらも古代人が〈二分心〉を持っていたという仮説から、脳の右半球と左半球が別々に働くというイメージを援用したものと推測される。

　次に、『神々の沈黙』の要約を挙げる。『みみずくは黄昏に飛びたつ』におけるイデアに関する村上の発言も、『神々の沈黙』の影響を強く受けたものであることが推測できるだろう。

> 約三千年前まで、人類は現代人のような意識を持たず、古代人は〈二分心〉と呼ばれる心を持ち、右脳に囁かれる神々の声を強い幻聴として聞き、それに従って生きるいわば自動人間であっ

た。その後、紀元前一千年頃に意識が発生すると、神の声は次第に聞こえなくなった。意識は言語の比喩を基盤にしており、意識が発達すると比喩によって〈心の空間〉が現れ、言語によって〈物語化〉して自分を客観的に見ることが可能になり、アナログの〈私〉が成立してきたからである。神々の声が消えた時代は、ちょうど共同社会の形成や文字の出現の時期に重なっている。言語の出現で脳の使い方が変わり、神々の声が聞こえなくなった過渡期には、神占政治が行われシャーマンが活躍した。シャーマンは、沈黙した神々の声を聞き取る〈二分心〉の脳の生き残りであった。現在でも、統合失調症には神々の声を聞き強烈に信じる能力が見られるが、これこそ古代人の思考の本質であった。

『騎士団長殺し』作品内では、当初「私」が騎士団長を殺すことがなぜ「邪悪なる父」を殺す行為に相当するのか、明らかにされていない。それをわずかに示唆するのは、騎士団長が、元来、ドン・ジョバンニに刺殺されるドンナ・アンナの父親であるということくらいである。しかし、前出のとおり、村上は『みみずくは黄昏に飛びたつ』において、イデアとは、「古代的な社会」で「避雷針が雷を受けるみたいに、いろんなメッセージを受けとってそれを」「預言」として「人々に伝える」「巫女的存在」であり、「呪い師的な役割を持つ王様[*31]」のような存在であると発言している。この発言に基づいて考えると、『騎士団長殺し』は、〈王殺し＝父殺し〉をテーマとする作品であることが明らかになる。個としての自由のためにシステムと闘い、〈王殺し＝父殺し〉に至る長編小説の系譜――『羊をめぐる冒険』（一九八二）、『ねじまき鳥クロニクル』（一九九四〜九五）、『海辺のカフカ』（二〇〇二）、『1Q84』（二〇〇九〜二〇一〇）――に連なる作品であることが明確になるのである。

つまり、騎士団長殺しとは、雨田具彦にとっては、ナチ高官殺害あるいは、「南京城内で弟に日本刀を渡し、三人の中国人捕虜の首を斬らせた若い少将」、あるいは、「彼らすべてを生み出したもっと根源的な、邪悪なる何か」を殺すことを意味し、「私」にとっては、「白いスバル・フォレスターの男」を殺すことを意味している。そして、騎士団長が自身の死を「再生のための死」であると言うのは、絵画「騎士団長殺し」の「寓意の核心」の再現を目にする雨田具彦には、人生最後の救済となり、「私」には、まりえの居場所を知るために、「自身に出会うことができる場所に」赴くための「試練」となるからである。

8　『騎士団長殺し』におけるメタファー

『騎士団長殺し』においては、第2部のタイトル「遷《うつ》ろうメタファー編《へん》」のメタファーという語は、隠喩、暗喩という本来の意味で用いられるより、それ以外の意味を表している場合の方が多い。本来の意味が窺えるのは、たとえば、イデア・騎士団長の死後、床下から引っ張り出された顔ながが、「ただのメタファーであります」と名乗ったのに、「私」が「もしお前がメタファーなら、何かひとつ即興で暗喩を言ってみろ。何か言えるだろう」と迫ったユーモラスな場面くらいである。この後、顔ながは「きちんとした暗喩」の例を答えられず、「私」に「それは暗喩じゃなくて、明喩《めいゆ》だよ」と指摘される。おそらく作者は、ユーモアとともに、メタファー＝暗喩が本来意味するところを読者に再確認させようとしてこの場面を書いたのだろう。本節では、まず『騎士団長殺し』作品内で、メタファーという語が隠喩、暗喩という意味以外に、どのような意味で用いられているかを確認したい。

第一に、メタファーは、雨田具彦の部屋の床から登場する顔ながのことを指している。顔ながは、イデア・騎士団長が「自らの命を捨てて『騎士団長殺し』の画面を再現し」「地中から引っ張り出してきた」メタファーである。顔ながは「私」に、自分は「ものとものをつなげるだけの」「つつましい暗喩《あんゆ》」であると言い、「偽りなく、正真正銘のメタファーであります」と言う。

第二に、メタファーは、「私」が入ってゆく地下世界を意味している。顔ながは、〈メタファー通路〉を通って姿を現した。「私」が顔ながが現れた穴から降りて行った世界は、「メタファーの土地」と表現されている。それは、「私が進むにつれて関連性が生まれていく」「どこまでも関連性に揺れ動く世界」である。「私」が闇の中で「ここにあるものはすべて観念、あるいは比喩に過ぎないのだ」と考えるとおり、そこは架空のメタファー世界である。「メタファーの土地」が現実の世界ではないことは、その入り口に相当する雨田具彦の「部屋の空気」に「何の匂いもな」いことから始まり、「私」がどこにも匂いのない地下世界をくぐり抜け、最後に洞窟の暗闇の中で「前方から入って」くる空気に、「湿った土の匂い」を嗅いで現実世界に近づいたことを感じ取ることで表現されている。

第三に、メタファーは、二重メタファーという語によって「私」の内なる「白いスバル・フォレスターの男」を指している。顔ながは、メタファー世界の闇の奥には、二重メタファーという「とびっきりやくざで危険な生き物」が「あちこちに身を潜めております」と言う。ドンナ・アンナは、洞窟の中で、「私」に「心を勝手に動かさせてはだめ。心をふらふらさせたら、二重メタファーの餌食になってしまう」と警告する。ドンナ・アンナが「あなたの中にありながらあなたにとっての正しい思いをつかまえて、次々に貪《むさぼ》り食べてしまうもの、そのようにして肥え太っていくもの」「あなたの内側にある深い暗闇に、昔からずっと住まっているもの」と言ったのを聞いて、「私」は、それが「白いスバル・フォレスターの男」を意味していることに気づく。

第四に、メタファーは、雨田具彦の描いた絵画「騎士団長殺し」に込められた「寓意」、あるいは絵画「騎士団長殺し」そのものを指している。それは、第28章で、「私」とイデア・騎士団長が絵画「騎士団長殺し」をめぐって会話する場面から読み取れる。絵画「騎士団長殺し」から「何か強く訴えかけて」くるものを感じた「私」は、次のように正鵠を射た所見を述べる。

雨田具彦は、彼が知っているとても大事な、しかし公には明らかにはできないものごとを、個人的に暗号化することを目的として、あの絵を描いたのではないかという気がするのです。人物と舞台設定を別の時代に置き換え、彼が新しく身につけた日本画という手法《メチエ》を用いることによって、彼はいわば隠喩《いんゆ》としての告白を行っているように感じられます。彼はそのためだけに洋画を捨てて、日本画に転向したのではないかという気さえするほどです」

（『騎士団長殺し』第28章四四九～四五〇頁）

これに対し、騎士団長は次のように答える。

「雨田具彦の『騎士団長殺し』について、あたしが諸君に説いてあげられることはとても少ない。なぜならその本質は寓意にあり、比喩にあるからだ。寓意や比喩は言葉で説明されるべきものではない。呑みこまれるべきものだ」

（『騎士団長殺し』第28章四五一～四五二頁）

この場面には、メタファーという語は用いられていないが、「私」が「個人的に暗号化する」「隠喩《いんゆ》としての告白」という表現を用いたのに対し、騎士団長が「寓意や比喩」という言葉で受けていることから、作者が雨田具彦の描いた「騎士団長殺し」を「寓意画」と認識していることは明らかである。そして第五に、メタファーは、「私」を自己回復と成熟に導いた物語体験そのものを意味している。第55章で、地下世界に赴いた「私」は、ドンナ・アンナから「優れたメタファーは全てのものごとの中に、隠された可能性の川筋を浮かび上がらせることができます」「最良のメタファーは最良の詩になります」という言葉を聞く。これを聞いて「私」は、雨田具彦の絵画「騎士団長殺し」が、「優れた詩人の言葉がそうするのと同じように、最良のメタファーとなって、この世界にもうひとつの別の新たな現実を立ち上げていった」、すなわち「私」を「自身に出会う」物語世界へ導いていったことに気づかされる。「もうひとつの別の新たな現実」とは、「私」が絵画「騎士団長殺し」を屋根裏で見つけたことを発端として、免色の依頼により再び肖像画を描くこととなり、雑木林の中で石組みに隠れた穴を発見し、そこから出現したイデアと出会い、地下世界を往還するドラマを経て、もう一度妻と向き合おうという気持ちが芽生え、画家として生きる可能性の道筋が開けてきたという内的経験の総体、すなわち、「私」を自己回復と成熟に導いた物語体験の全体を意味している。

このように、メタファーという語が次第にその表す意味を変化・拡大させていくのは、顔ながの言うとおり、隠喩には、本来的に「事象と表現の関連性の命ずるがままに動」く性質が備わっているからであろう。

佐藤信夫は、『レトリック認識――ことばは新しい世界をつくる』[*32] 第6章「諷喩」で、隠喩が諷喩を生みだし、物語に発展する過程に触れている。佐藤は、まず「《隠喩》ないしメタフォール（メタファー）とは」「あるものごとを言いあらわすさいに、それと類似してはいるがまったく別種のものごとを本来あらわすための表現を、代理にもちいること」と定義している。そして、「あるものごと」を「まったく別種のものごと」に「託して、たとえ話のように、隠喩を連続させながら先を語りつづけること」を「伝統レトリックは《諷喩》と名づけ」たが、それは「ヨーロッパ語では（フランス語でも英語でも片仮名で書けばおなじ）アレゴリーである」と言う。「高田早苗の『美辞学』は、アレゴリーに《寓言》という訳語をあてていた」。「もともと伝統的に諷喩というばあい、たいていはいくつかの隠喩をつらねた比較的短い文句、文の一節をさして呼ぶことが多かったけれど、隠喩の系列をえんえんとつないで話を進めることができる以上、そのようにして語られた《ものがたり》全体を諷喩と呼ぶことも当然可能であ」り、高田早苗や坪内逍遙は、『西遊記』、スウィフト『ガリバー旅行記』、スペンサー『フェアリ・クィーン』などの「長大な」作品をそうした作品の例として挙げていたことを紹介している。

以上、メタファーという語が『騎士団長殺し』で表している意味を確認した。メタファーは、暗喩、隠喩という意味以外に、物語世界の入り口を知らせるために登場した顔なが（1）、「私」が物語を体験する世界空間（2）、そこで出会う、「私」の内に潜む邪悪な二重メタファー（3）、そして、「私」を物語世界へ誘った雨田具彦の寓意画「騎士団長殺し」（4）と、そこにこめられた暗喩《あんゆ》（4）、そして「私」を自己回復と成熟に導く物語（5）と、その物語を生きる体験（5）を意味している。

しかし、このメタファーという語は、『騎士団長殺し』のそれぞれの場面で、つねに、以上に挙げたうちのどれか一つの意味で確定的に用いられているわけではない。たとえば、雨田具彦の描いた絵画「騎士団長殺し」（4）とそこに込められた「寓意」（4）は、「私」に地下世界（2）を体験させ、「私」を物語体験（5）に導いたという意味から、相互に関連し合い、意味が重なり合っている。このように、物語の進行につれ、状況によって事物と事物の「関連性に揺れ動」き、それぞれの場面で複数の意味・ニュアンスを重層的に表現しているのが、『騎士団長殺し』におけるメタファーという語の特徴である。

さて、第2部のタイトル「遷《うつ》ろうメタファー編《へん》」の「遷《うつ》ろう」について、日本国語大辞典[*33]は、次のように解説している。動詞「うつろう」には、「映《うつ》ろう」もあるが、ここでは「遷」の字に通じる「移《うつ》ろう」について確認する。

うつろ・う うつらふ【移】《自ハ四》（「移る」の未然形に反復・継続を表す助動詞「ふ」の付いた「うつらふ」が変化したもの）

一 位置がだんだんに変わっていく。

① 居場所が変わっていく。移動し続ける。また、移住する。

② 心が他の方に移っていく。心変わりする。

二 状態がだんだんに変わっていく。

① 移り変わっていく。栄えていたものが衰えていく。

② 色が変わっていく。

③ 花が散る。

④ なくなる。消える。

このうち、『騎士団長殺し』の第2部のタイトル「遷《うつ》ろうメタファー編《へん》」に最もふさわしい意味は、二の①の「移り変わっていく」であろう。場面の状況によって、メタファーという言葉の意味が「移り変わ」り、多義的かつ重層的に用いられていることは、すでに確認したとおりである。このように、メタファーの意味が場面の状況により「移り変わ」り、多義的かつ重層的に用いられ得るのは、「事象と表現の関連性の命ずるがままに動」くという『騎士団長殺し』におけるメタファーの原義に基づいた現象だと言えよう。

9　村上文学におけるイデアとメタファー

以上のように、第1部「顕《あらわ》れるイデア編《へん》」・第2部「遷《うつ》ろうメタファー編《へん》」というタイトルに用いられたイデア、メタファーという語の意味するところを確認してみると、この二語が表している概念が、村上文学の骨格を形成する核心的な意味を表しており、特に長編小説の基盤を成してきたことが改めて明らかになる。

すなわち、イデアは、『騎士団長殺し』に至るまでの長編小説において、殺されるべき王（父）、あるいは遺棄されるべきシステムとして描かれてきた。二〇〇九年のエルサレム賞受賞スピーチでは、「壁」（a high, solid wall）と表現されていたものを表象している。『海辺のカフカ』と『騎士団長殺し』では、物語を進行させる機動力として機能してきた媒介者《メディエーター》に代わる存在も表象している。

一方、メタファーは、物語世界を紡ぐ言葉のあやであり、作品そのものであると同時に、作者、登場人物、読者が身をもって体験すべき物語世界を表す概念であることが確認できた。

一九八二年の『羊をめぐる冒険』から、『世界の終りとハードボイルド・ワンダーランド』（一九八五）、『ダンス・ダンス・ダンス』（一九八八）、『ねじまき鳥クロニクル』、『海辺のカフカ』、『１Ｑ８４』を経て二〇一七年の『騎士団長殺し』に至るまでの35年間、村上春樹の長編小説は、個としての生き方を圧殺しようとするシステムと闘い、それを乗り越え、新たな自己に出会うための物語として書き継がれてきた。

　村上春樹の物語は、つねに、現代人の死角に潜む無意識の深層に向かってメッセージを発し続けている。村上独自の比喩と寓意（メタファー）に満ちた表現は、無意識と意識、異界と現実世界の間の無限の距離を埋めるために生みだされた手法とも言えるだろう。いみじくも、イデア・騎士団長は、「雨田具彦の『騎士団長殺し』について、あたしが諸君に説いてあげられることはとても少ない。なぜならその本質は寓意にあり、比喩にあるからだ。寓意や比喩は言葉で説明されるべきものではない。呑みこまれるべきものだ」と述べていた。この発言中の雨田具彦を村上春樹に置き換えてみると、『騎士団長殺し』という物語が、あれこれと「言葉で説明されるべきもの」ではなく、むしろ、そっくり「呑みこまれるべき」物語として、読者の前に差し出されていることが分かる。村上春樹は、まさしく言葉の編みだすメタファー（寓意や比喩）の力によって、ひとりひとりの深層に働きかけ、物語が「最良のメタファー」として読者を自己回復と成熟に導く力を発揮することを信じているのであろう。

注

＊1　新潮社

＊2　新潮社　二〇一七年

＊3　前掲＊2　一七三頁

＊4　柴田勝二は、「受動的な冒険――『羊をめぐる冒険』と〈漱石〉の影――」（『東京外国語大学論集』第74号　二〇〇七年）で、「『羊をめぐる冒険』において村上が行ったのは、『1973年のピンボール』ですでに描かれた「シーク・アンド・ファインド型」の物語に対する脱構築」だとした。

＊5　文藝春秋　二〇一四年。「ドライブ・マイ・カー」「イエスタデイ」「独立器官」「シェエラザード」「木野」「女のいない男たち」の六編を所収

＊6　前掲＊5『女のいない男たち』五四頁

＊7　新潮社　一九六六年　八四頁

＊8　スイッチ・パブリッシング　二〇一五年

＊9　拙著『村上春樹 物語の力』序章2「村上春樹の物語」一一頁参照

＊10　前掲＊5『女のいない男たち』一四二頁

＊11　前掲＊2『みみずくは黄昏に飛びたつ』一六〇頁

＊12　「私は雨降りを眺めるのをやめて、彼女の顔を見た。そして改めて思った。六年間同じ屋根の下で暮らしていても、私はこの女のことをほとんど理解していなかったんだと」（第2章三二頁）

＊13　『1Q84』BOOK1　第4章　八九頁

＊14　二〇一七年六月五日、論者の電話による問い合わせに対し、新潮社編集部から次のとおり回答を得た。

「『騎士団長殺し』第1部第32章に引用された『トレブリンカの反乱』は、現在絶版の〝Revolt in Treblinka〟の当該部分を村上春樹が版権所有者の許可を得て翻訳したものである。そのため、現在出版されているサムエル・ヴィレンベルク著近藤康子訳『トレブリンカ叛乱——死の収容所で起こったこと1942-43』（みすず書房 二〇一五）とは、邦訳が異なっている」なお、引用部分に対応する場面は、みすず書房版の一一三～一一四頁で確認することができる。

＊15 みすず書房版では、彼は「プロの画家」ではなく「塗装の専門家」とあり、標識や看板描きの腕前により重宝され、「職業的地位」を持つ宮廷ユダヤ人《ホーフユーデン》（特権的囚人）の一人である。著者は、彼の小屋に漂う「ペンキのにおい」から、「人生の初めの頃」や、脱走後再会を遂げる肖像画家の父を思い出している。

＊16 みすず書房版の概観図の説明には「野戦病院《ラツァレット》虐殺場」とあり、同書文中では「野戦病院」と表記されている、虐殺されたユダヤ人たちの屍体を放擲する巨大な穴のことである。

＊17 F・スコット・フィッツジェラルド『グレート・ギャツビー』チャールズ・スクリブナーズ・サンズ 一九二五年

＊18 前掲＊2 一八七～一八八頁

＊19 一九五五年一月十七日5時46分発生、震源地は淡路島北部、震源の深さ16km マグニチュード7.3（「内閣府防災情報のページ」http://www.bousai.go.jp/kyoiku/kyokun/hanshin_awaji/index.html）

＊20 二〇一一年三月十一日14時46分頃発生、震源地は三陸沖宮城県牡鹿半島の東南東130km付近、震源の深さ約24㎞ マグニチュード9.0（「内閣府防災情報のページ」http://www.bousai.go.jp/kohou/kouhoubousai/h23/63/special_01.html）

＊21 「正しいという事、あるいは神の子どもたちは「新しい結末」を喜ぶことができるか?——村上春樹

＊22 『神の子どもたちはみな踊る』論」『文学界』二〇〇〇年7月号一九四頁

＊23 「私たち」と屋根裏のみみずくについて、「昼に活動するものと夜に活動するものとして、そこにある意識の領域を半分ずつ分かち合っている」（第59章 四四九頁）とあり、屋根裏が昼の意識（意識）と夜の意識（無意識）の交錯する場所であることが示唆されている。

＊24 第21章 三五〇頁で、騎士団長は「ミッキーマウスやらポカホンタスの格好をしたりしたら、ウォルト・ディズニー社からさぞかしねんごろに高額訴訟されそうだが」と言う。『海辺のカフカ』の「ジョニー・ウォーカー」や「カーネル・サンダース」も商標として世界中に流通しているキャラクターであることから、イデア・騎士団長に類する存在であると推測される。

＊25 『海辺のカフカ』には、それまでの長編小説に度々登場していた、現実世界と異界を媒介《メディエート》し、物語を進行させていた媒介者《メディエーター》が登場しない。その代わり「カーネル・サンダース」や黒猫のトロが物語を進行させる役割を担っている。「カーネル・サンダース」や黒猫トロは、星野青年の眼前に突然現れて、「入口の石」のありかを教え、マンションの部屋を用意したり、入り口の石を閉めることや、入り口から入って来ようとする「白いもの」を「断固抹殺する」べきだと教えたりする。これらは、騎士団長が「私」や秋川まりえに種々の示唆を与えたり、導いたりする」のと同様の振る舞いと見ることができる。

＊26 騎士団長は、第38章一一九頁でも「イデアの優位な点は、もともと姿かたちを持っておらないことだ。イデアは他者に認識されることによって初めてイデアとして成立し、それなりの形状を身につけもする。その形状はもちろん便宜的な借り物にすぎないわけだが」と述べている。

二〇一五年一月十五日～五月十三日十七週百十九日間、三万七千四百六十五通のメールのうち四百七十三通に村上春樹が回答した。

＊27 新潮社 二〇一五年
＊28 220 2015/03/13 最近、どんな本を読んでいますか
＊29 ジュリアン・ジェインズ 柴田裕之訳 紀伊國屋書店 二〇〇五年
＊30 『世界の終りとハードボイルド・ワンダーランド』〔新装版〕新潮社 二〇〇五年 四八頁
＊31 従来の長編小説において、「いろんなメッセージを受けとってそれを」「預言」として「人々に伝える」「巫女的存在」であり、「呪い師的な役割を持つ王様」として即座に想起されるのは、『1Q84』の深田保である。
＊32 講談社 一九八一年
＊33 『日本国語大辞典』第一巻 一九八六年 一三七九頁

第6章　歴史を生きる魂——『騎士団長殺し』『猫を棄てる　父親について語るとき』

本章では、『騎士団長殺し』における主人公「私」と雨田具彦の魂と魂の共鳴——深層意識のレベルにおける共感的交流——について、二つの点から考察したい。第一点は、「私」と雨田具彦の魂と魂の共鳴が複式夢幻能を彷彿とさせることである。夢幻能とは、現実の人物をシテとし、現実的な時間経過に沿って展開する現在能に対し、シテが神や霊、草木の精などで、過去を回想する形式をとる能のことである。シテが当初から霊的存在として登場する単式夢幻能に対し、多くの夢幻能は、前後二場に分かれ、シテも、前ジテ・後ジテと別れている場合が多いので、複式夢幻能と呼ばれている。本書では、夢幻能の典型的なあり方を示すという意味合いから、引用部分以外は複式夢幻能という語を用いている。

第二点は、村上春樹が二〇〇九年二月のエルサレム賞受賞スピーチ“Always on the side of the egg”や『文藝春秋』二〇一九年六月号掲載の「猫を棄てる——父親について語るときに僕の語ること」及び二〇二〇年四月刊行の『猫を棄てる　父親について語るとき』[*1]で触れた、亡父・村上千秋氏の戦争体験の記憶継承をめぐる問題である。（『文藝春秋』掲載の「猫を棄てる——父親について語るときに僕の語ること」と新潮社刊行の『猫を棄てる 父親について語るとき』は、本文に文章表現上の字句の異同があるだけなので、これ以降、特に区別する必要のない場合は、両者をまとめて『猫を棄てる』と表記する）

『騎士団長殺し』の作中で、「私」は、意識の明瞭な状態の雨田具彦と一度も対面していない。しかし、雨田具彦が長年画作に打ち込んでいた家に住むうち、屋根裏に隠されていた世に知られぬ傑作「騎士団長殺し」を発見したことをきっかけに、雨田具彦の魂に触れる体験を重ねる。そして、息子・政彦も知り得なかった画伯の生涯の秘密の核心に迫り、戦争時代の苦悩から生み出された芸術の精髄を受け継ぐ決心をすることになる。こうした物語の展開を可能にしたのは、「私」と雨田具彦二人の魂が、複式夢幻能さながら意識下において共感的交流を果たした結果と言えよう。

本節の第一点は、村上春樹の長編作品の物語構造に、第二点は、村上文学の原点に深く関わる問題である。最新長編『騎士団長殺し』において、この二点が相互に深く関連し、ほとんど切り離せないものとして表現されているところに、村上春樹が人として、また芸術家として追求している生き方を読み取りたい。

1 「山上の家」という境界領域で出会う二人の魂

妻と離別することになった主人公「私」が、東北・北海道各地を放浪した約五カ月後に、ようやく身を落ち着けたのは、小田原市郊外の「山上の家」であった。「私」が妻のもとに戻るまでの約九ヶ月を過ごす「山上の家」は、一九五〇年代半ばに高名な日本画家・雨田具彦が周囲の山地を含む広い敷地とともに購入し、半世紀にわたって画作に打ち込んできた場所である。

作者は、第1章の冒頭で、この家が「狭い谷間の入り口近くの山の上」にあり、海から吹き上げる「南西の風」のせいで、「夏には」「ひっきりなしに雨が降」る「谷の奥の方」と、「だいたい晴れてい」る「ちょうどその境界線あたりに建って」いるとし、「山上の家」が気象変化の境界線上に位置することをまず紹介している。それは、認知症のため記憶と意識をほとんど失い、刻一刻死に近づきつつある、まさしく生死の境界線上にいる雨田具彦を連想させると同時に、山上他界を思わせる「山上の家」が現実世界と異界との境界領域に位置していることを示唆している。この文のすぐ後に、「まわりの山には低く切れ切れに雲がかかった。風が吹くとそんな雲の切れ端が、過去から迷い込んできた魂のように、失われた記憶を求めてふらふらと山肌を漂《ただよ》った」とあるのも、「過去から迷い込んできた魂」がイデアを、「失われた記憶」が名画「騎士団長殺し」を暗示しているようで、雨田具彦が過去の記憶を封じ込めた畢生の傑作「騎士団長殺し」を「私」が発見することを契機に、新たな物語が始まる伏線となっている。

ちなみに、第50章で伊豆高原にある高級養護施設の雨田具彦の部屋に現れたイデア・騎士団長は、「とにかくあたしを求めたのは雨田具彦氏だ。そしてあたしは、諸君の役に立ちたいと思えばこそ、ここにいる」と言い、その後で、「あたしは諸君にいささかの恩義がある。諸君ら（「私」と雨田具彦）があたしを地下の場所から出してくれた。そうしてあたしは再びイデアとして、この世にはばかり出ることができた」（括弧内論者）と言う。この言葉を、雨田具彦がイデアを呼び出すために「私」に屋根裏で「騎士団長殺し」を発見させ、イデアを「地下の場所」から解放させたと理解すれば、第1章の冒頭の伏線と呼応していることが分かる。

さて、妻を他の男に奪われた「私」が、あてどない放浪の末に辿り着いたこの「山上の家」は、トポス[*2]——存在根拠としての場所——を失った人間が行き着く〈どこにもない場所〉であり、すべての意味が無に巻き戻されてしまう〈ゼロ地点〉である。実際、『騎士団長殺し』の主舞台「山上の家」の周辺に住んでいるのは、「私」同様に人生の途上でかけがえのない人を失い、トポスを失い、心のやり場を喪失した人々ばかりである。それは、十数年前突然恋人に去られ、彼女の生んだ秋川まりえに血縁の可能性を求めつつ真偽を確認できずに隠居同然の日々を過ごす免色渉、六歳の時スズメバチの襲撃により母を突然亡くした秋川まりえ、失恋して秘書の職を辞し秋川家に戻って姪・まりえの世話に明け暮れる秋川笙子、妻の死後は仕事も家庭も顧みずに新興宗教に入れ込んでいる秋川良信《よしのぶ》などである。

論者は従来、村上春樹の物語世界は、境界領域から立ち上がって来るものと考えている。[*3] 境界領域とは、本来、生と死、あるいは現実と虚構との境界領域を意味するが、ここでは、特に精神的な意味合い、すなわち、自身や親しい者の死に直面したり、病気や事故や天災等に遭遇したりして、従来身に着けてきた価値観や生き方を見失い、他との関係性において成り立っていた自己が根底から覆される危機的状況に直面した時に経験される内的世界も含めて用いている。それは、今まで自分を支えてきた物語が突然意味を失い、すべての価値が無化されてしまういわば〈ゼロ地点〉である。

さて、こうした境界領域に逢着した旅人が、一見偶然と見える必然によって、この世に思いを遺して死んだ者の霊魂に出会い、その悲哀や怨念や苦悩に接し、慰撫と鎮魂を果たすというドラマの形式として数百年にわたる伝統を保ってきたのが、世阿弥の創始した複式夢幻能である。作者自身が意識しているかどうかは明らかでないが、村上作品、特に主人公が異界往還を果たす内的ドラマを描いた長編小説には、死者の魂との交流や鎮魂等、複式夢幻能を彷彿とさせる要素が数多く見受けられる。たとえば、『羊をめぐる冒険』における「僕」と「鼠」の死霊との対話や、『海辺のカフカ』におけるカフカ少年と佐伯の死霊との交流などの場面は、その典型である。[*4]

『羊をめぐる冒険』について、内田樹はその劇的構成において、森正人は鎮魂という主題において、複式夢幻能に通じる要素を持つと指摘している。内田樹は、「村上春樹はその小説の最初から最後まで、死者が欠性的な仕方で生者の生き方を支配することについて、ただそれだけを書き続けてきた」ことが「彼の文学の世界性を担保している」と断じ、『羊をめぐる冒険』は、「正しい葬礼を受けていない死者が服喪者の任に当たるべき生者のもとを繰り返し訪れるという話型」であり、「複式夢幻能と同一の劇的構成」を持つ「『冬ソナ』と酷似した説話構成を持つ」と認めている。[*5] 森正人は、『羊をめぐる冒険』について、「複式夢幻能もその一種であるところの浦島型異境訪問譚として分析する視点が有効」であるとして、能『井筒』の展開と照らし合わせ、「妄執にとらわれている死者の霊魂を慰め、救済を図るのが夢幻能であるとすれば」「『羊をめぐる冒険』の主題が」複式夢幻能と同じく

「鎮魂にあることは明瞭すぎるほど明瞭である」[*6]としている。

ワキ方の能楽師・安田登は、「能の物語は、旅人であるワキが幽霊であるシテと出会う物語だ」と前提し、能に類似する小説として夏目漱石『草枕』『夢十夜』を挙げた上で、「人は異界と出会う物語を求めていて、それを提供する物語形式が実はたくさんある」とし、「現代においてそれを継ぐのは、多分、村上春樹だったり、つげ義春だったりする」と述べ、村上春樹の作品世界が能と親和性を持つことに言及している。[*7]また安田は、『能――650年続いた仕掛けとは』[*8]では、夏目漱石をはじめ文学者には能の愛好家が多いことや、立原正秋の『薪能』、三島由紀夫の『豊饒の海』『英霊の声』などの作品に触れた後、「現代の小説家では、ご本人が意識されているかどうかは分かりませんが、梨木香歩さんや村上春樹さんの作品にも能を感じます。お二人の小説には、日常生活のすぐ近くにある異界への扉から出てくる人物が、ワキとしての主人公と交流する物語が多く、それは世阿弥が完成させた夢幻能の物語構造にとても近いものです」[*9]と述べている。

世阿弥が完成した複式夢幻能においては、この世に思いを遺して死んだ者［シテ］が往生し切れず、その魂が境界領域と見なされる古来の歌枕や名所旧跡等に留まっており、たまさか通りかかった旅人［ワキ］の前に、女性や老人などの仮の姿をとって現れ［前《まえ》ジテ］、その地にまつわる伝説や自らの身の上をあたかも他人事のように語る。ここまでが前場《まえば》で、前《まえ》ジテは退場して中入りとなる。後場《のちば》で装束を替えて改めて登場するのが、本来の死者の霊など［後《のち》ジテ］で、もともと何のゆかりもない旅人［ワキ］に、死んでも死にきれない悲痛な思いや恨みを訴えて舞う。これを聞いた諸国一見の旅僧

「ワキ」は、死者の霊魂が無事往生することを祈念し鎮魂の業を果たす、というのが複式夢幻能の典型的展開である。[10]

世阿弥の複式夢幻能の代表作とされる『井筒』が『伊勢物語』から題材を得ているように[11]、『葵上』や『夕顔』は『源氏物語』[12]に、『清経』『敦盛』『鵺』『頼政』等は『平家物語』[13]に基づいている。これらの曲目が今日も度々上演され、多くの鑑賞者を得ていることは、『伊勢物語』『源氏物語』『平家物語』などの古典作品が、すでにこの世を去った人々や物語の登場人物の悲痛な運命を描く物語として、現代人にも広く享受されている証と言えよう。また、複式夢幻能が過去の人々の癒し難い記憶を引き継ぎ、魂のレベルにおいて集合的記憶として共有され、後世に継承すべき物語の形式として優れた普遍性を示している点にも刮目を禁じ得ない。

ちなみに、「夢幻能こそは世阿弥最大の『発明』である」[14]と喝破する増田正造は、主役であるシテが死者である所以について次のように述べている。

> 我々は今生きている。そしていつかは死ぬ。／つまり「生」の地点に立って「死」を見ているのだ。「死」を原点にして「生」の時間を眺めたらどうなるだろう。こういう逆転の発想を日本の文学に持ち込んだのが兼好法師の『徒然草《つれづれぐさ》』である。永遠の命があったとしたらどうだろう。「もののあはれ」などがありうるだろうか。／「世は定めなきこそいみじけれ」。「はじめに」で述べたように開き直った無常観である。死があるからこそ生の時間が輝く。無常だからこそ一瞬

> 一瞬が尊いのだ。これが兼好の提唱であった。／世阿弥は兼好の一世代よりもう少し後輩に当たる。私は大きな影響を受けていると思う。（中略）世阿弥はさらに原点を死後何百年の位置においた。「死」をフィルターにしたのである。そこから自分の人生を眺めるとどうなるか。例えば五十年の時間は極端なまでに凝縮されるはずである。そうして生きている間は見ることができなかった、自分を動かしていた「運命」をも遠望できる時間的距離を占め得たのである。／これが今日「夢幻能」と呼ばれる、能のドラマの作り方である。
>
> （増田正造『世阿弥の世界』集英社新書 二〇一五年 四三〜四四頁）

『騎士団長殺し』を複式夢幻能に擬えるなら、数カ月の放浪の末「山上の家」という境界領域に逢着した旅人「私」を主人公のワキ、この地に言い知れぬ思いを遺しつつ今まさに逝こうとしている雨田具彦をシテと見ることができる。雨田具彦は、物語の当初は死者ではないが、『海辺のカフカ』の佐伯と同様、長年世間に出ず「山上の家」で隠棲同然の生活を続けてきた。また、死を目前にして意識も朦朧としており、あの世からこの世を見る視点を獲得しつつあるという点から、シテと見なすことができるだろう。あるいは、雨田具彦の魂の核心を表現した絵画「騎士団長殺し」を前ジテと見なし、「生き霊」となって「山上の家」に現れた雨田具彦や、伊豆高原の高級養護施設で死を迎えようとする雨田具彦を後ジテと見立てても良いかもしれない。

　複式夢幻能のシテとワキは、偶然の出会いにより心の深層で親密な交流を体験することになるのだが、『騎士団長殺し』で「私」の魂と雨田具彦の魂が共鳴することが可能になったのは、両人とも、自己を支える価値観が無に帰すほどの深刻な挫折を経験し、トポスを失って境界領域に逢着し、画家として生きる道を再構築しようと苦闘する経験が共通していたからだろう。特に注目されるのは、二人の苦悩が芸術家としての苦悩というより、一人の人間としての生き方から生じている点である。「私」の苦悩は、妻に恋人ができ、突然別れ話を持ち出された衝撃、雨田具彦の苦悩は、ドイツによるオーストリア併合（アンシュルス）の約半年後（一九三八年の秋の初め頃）、ナチ高官殺害未遂事件に連座しながら彼一人だけが日本に強制送還されるという形で助命され、一九三九年に帰国した後、南京に出征していた弟・継彦の自殺を知ったという戦争時代の過酷な経験から発している。

それでは、二人はどのようにその苦難を生き抜こうとしたか。雨田具彦は、帰国後洋画の技法を捨て、戦後、日本画家として画壇に再デビューを果たした。そして、「口ではもはや語ることのできないものごと」となった戦争体験のトラウマを「ある時点で」「寓意として絵の形に」した。それが世に知られぬ傑作「騎士団長殺し」である。一方、偶然「騎士団長殺し」を発見した「私」は、免色やイデア・騎士団長の助けを得ながら、地下世界を往還する体験を経て、「騎士団長殺し」に込められた寓意を自らに通ずる物語として体得する。すなわち、今まで意識することのなかった内心――十二歳で死んだ妹・小径の面影を求めるあまり、妻・柚を少しも理解していなかったこと、どこまでもつきまとってくる「白いスバル・フォレスターの男」とは、「私」の内なるシステムの象徴であったこと、生活のために描きたい絵を描くのを諦め肖像画家の仕事をしているつもりで、実は、画家として生きる意欲を失いかけていたこと等——を悟り、妻ともう一度正面から向き合おうと決心し、システムに抗う一画家として雨田具彦の遺志を継ごうと決意するに至る。「私」は、雨田具彦が「生きた魂から純粋に抽出」した寓意から、彼が戦争時代に負ったトラウマの実相を「生きた」物語として受けとめ、それを自らの人生に引き継ごうと決意したのである。

「私」は、第59章で、秋川まりえに次のように語っている。「騎士団長殺し」とは、「邪悪なる父を殺す」という（雨田具彦が）「実際には成し遂げることができなかったこと」を「絵の中でかたちを変えて」「偽装的に実現させた」作品である。また、「自分（雨田具彦）自身のために、そしてまたもうこの世界にはいない人々のために」「流されてきた多くの血を浄《きよ》めるため」「鎮魂のための絵」として描かれた作品でもある。この絵が「山上の家」の屋根裏に隠されていたのは、「世間のつまらない批評や賞賛」や「経済的報酬は彼（雨田具彦）にとってはまったく意味を持たない」ばかりでなく、「むしろあってはならないものだった」からだ。（括弧内論者）

こうした言葉から、「騎士団長殺し」が公にされないまま、「人が心を隠してしまうための場所」である屋根裏に隠されていたからこそ、作者自身の「魂を鎮め、落ち着かせ、傷を癒す」ことができたのだと分かる。屋根裏とは、第59章に「私たちは暗黙のうちにこの家を分かち合っているのだ。昼に活動するものと夜に活動するものとして、そこにある意識の領域を半分ずつ分かち合っている」[*15]とあることから、「私たち」の居住空間が昼の意識（＝意識）の領域、みみずくの住む屋根裏が夜の意識（＝無意識）の領域であることが示唆されている。また、屋根裏は、継彦が自裁した熊本の実家の屋根裏に通じることから、死者の世界に通ずる領域と見ることもできる。

雨田具彦は、戦後も表舞台には姿を現さず、「山上の家」という境界領域に「ほとんど世捨て人みたいに」引きこもって画作を続け、「ある時点で」危機に瀕した自己を持ち直すために「騎士団長殺し」を制作し、戦争時代に負ったトラウマを芸術作品として昇華しようと試みた。同時に、この絵を秘蔵することで、かつて彼と共に生き「もうこの世界にはいない人々」すなわちウィーンに残して来た恋人や反ナチ地下抵抗組織〈カンデラ〉の同志たち、復員後に自殺して果てた弟・継彦など、戦争時代にシステムの犠牲となり非業の死を遂げた無数の人々に、彼らの「流されてきた多くの血を浄《きよ》めるための」「鎮魂」の祈りを捧げ続け、そうすることで危機に瀕した自己をなんとか持ちこたえてきたのである。

したがって、第40章から第41章で、死を目前にした雨田具彦が「山上の家」のアトリエに「生き霊」となって現れたのも、ここが長年創作の場であったからというだけでなく、絵画「騎士団長殺し」に込めた強く深い思いが死を直前にした彼の魂を引き寄せたからだと言えるだろう。それは、ナチ高官暗殺に失敗した痛恨の念、ナチスというシステムに対する憤怒や怨念、その犠牲となって命を落とした恋人や同志たち、弟・継彦への哀悼の念、彼らだけを死なせて自分だけが生き残ってしまったという自責の念（サバイバーズ・ギルト）、そして、それらの思いを一切口にせず過ごして来た日々の鬱屈等が入り混じった思いであると考えられる。

人生の挫折のただ中にあった「私」が、「山上の家」という境界領域で、一幅の絵画「騎士団長殺し」を介して雨田具彦の魂と偶然の出会いを果たした結果、二人の魂は徐々に慰撫され、救済に導かれて行った。それは、「騎士団長殺し」に込められた寓意が紡ぎ出した物語の力によって惹起された現象であったと言える[*16]。雨田具彦は、当局の圧力により言葉にすることが許されなかった思念や、言葉にしたくとも容易に言葉にならなかった思いを「騎士団長殺し」に寓意として込めた。そして、偶然「騎士団長殺し」を発見した「私」は、その寓意から起動された物語世界を体験することを通じて雨田具彦とともに救済に導かれて行く。こうした展開は、まさしく能楽師・安田登が複式夢幻能について述べた次の言葉に照応している。

> 能（夢幻能）とは、ワキが異界の住人であるシテと出会う物語だ。二人の出会いが実現されたとき、そこには異界が出現する。そしてその出会いを実現するためには、ワキは自分の存在をなるべく無に近づけるための行為をする必要がある。／それが旅だった。しかも乞食《こつじき》の行としての旅だった。乞食の旅をその生にすることによって、ワキは異界と出会い、新たな生を生き直す可能性が与えられる。
>
> （安田登『異界を旅する能――ワキという存在』ちくま文庫 二〇一一年 一二六頁）

2　仏壇という境界領域で出会う死者と生者の魂

雨田具彦は、日本画家として成功した戦後も表舞台に姿を現さず、半世紀にわたって「山上の家」に籠りきりで制作を続けていた。それは、屋根裏に「騎士団長殺し」を隠してある「山上の家」が、静かにトラウマを癒し、死者に祈りを捧げるのに最良の場所だったからだろう。

雨田具彦のこうした身の処し方から想起されるのは、村上春樹が二〇〇九年二月のエルサレム賞受賞スピーチ“Always on the side of the egg”や『猫を棄てる』で触れた、自身の父をめぐる記憶である。

村上は、広く「壁と卵」と呼ばれるようになったスピーチの中で、小説を書く目的について、次のように述べた。

> 私が小説を書く目的は煎じ詰めればただ一つです。個人の魂の尊厳を浮かび上がらせ、そこに光を当てるためです。我々の魂がシステムに絡《から》め取られ、貶《おとし》められることのないように、常にそこに光を当て、警鐘を鳴らす、それこそが物語の役目です。私はそう信じています。生と死の物語を書き、愛の物語を書き、人を泣かせ、人を怯えさせ、人を笑わせることによって、個々の魂のかけがえのなさを明らかにしようと試み続けること、それが小説家の仕事です。そのために

我々は日々真剣に虚構を作り続けているのです。

（『雑文集』新潮社 二〇一一年 七九頁[*17]）

そして、これに続けてやや唐突に、前年九十歳で亡くなった父の思い出に話題が移る。

私の父は昨年の夏に九十歳で亡くなりました。彼は引退した教師であり、パートタイムの仏教の僧侶でもありました。大学院在学中に徴兵され、中国大陸の戦闘に参加しました。私が子供の頃、彼は毎朝、食事をとるまえに、仏壇に向かって長く深い祈りを捧げておりました。一度父に訊いたことがあります。何のために祈っているのかと。「戦地で死んでいった人々のためだ」と彼は答えました。味方と敵の区別なく、そこで命を落とした人々のために祈っているのだと。父が祈っている姿を後ろから見ていると、そこには常に死の影が漂っているように、私には感じられました。

父は亡くなり、その記憶も——それがどんな記憶であったのか私にはわからないままに——消えてしまいました。しかしそこにあった死の気配は、まだ私の記憶の中に残っています。それは私が父から引き継いだ数少ない、しかし大事なもののひとつです。

（『雑文集』七九頁[*18]）

エルサレム賞受賞スピーチと、『猫を棄てる』では、記述内容にいくつか相違があるので、ここで確認しておきたい。まず、エルサレム賞受賞スピーチでは、春樹の父・村上千秋氏は「大学院在学中に徴兵され」とあるが、『猫を棄てる』では、村上千秋氏が徴兵されたのは、大学院在学中ではないことが明らかにされている。すなわち、春樹の父は「１９３８年８月、二十歳のとき」「僧侶としてしかるべき資格を」とるために入学した西山専門学校在学中に徴兵され、その後、一九四一年九月、一九四五年六月の二回、召集を受けたとある。そして、京都帝国大学文学科に入学したのが一九四四年十月、三度目の軍務を解かれたのが一九四五年十月二八日で、「学士試験に合格し、京都大学文学部の大学院に進ん」だのは一九四七年九月である。したがって、エルサレム賞受賞スピーチで「大学院在学中に徴兵され」たと述べたのは、村上の記憶違い等によるものと思われる。

また、このスピーチでは「仏壇」とあるが、『猫を棄てる』では、「毎朝、朝食をとる前に」父は「仏壇に向かって長い時間、目を閉じて熱心にお経を唱えていた」とある直後に、それが「菩薩を収めたガラスの小さなケース」であったと述べ、「父はどうしてちゃんとした普通の仏壇にではなく、そんな小さなガラス・ケースに向かって毎朝お経を唱えていたのだろう?それも僕にはわからないことのひとつだ」と書いている。当時村上の家には、一家の位牌を収めた「普通の仏壇」はなく、ガラス・ケースだけが置かれていたのかもしれない。あるいは、「普通の仏壇」とガラス・ケースの両方が置かれていたのかもしれない。実際のところは分からないが、エルサレム賞受賞スピーチでも、父がお経をあげる時には「仏壇」(the small Buddhist altar)に向かっていたと述べているので、村上は、この「菩薩を収めたガラスの小さなケース」を仏壇と見ていることが分かる。

さて、村上は、エルサレム賞受賞スピーチで、「壁」と「卵」というメタファーを用いて、一作家として、システムの前で全く無力な個の側に立つと宣言した。しかし、小説家の仕事とは、物語を書き継ぐことによって一人ひとりの魂がかけがえのない存在であることを明らかにし続けることだと述べた直後に、なぜ亡父の思い出を語ったのだろう。村上はなぜここで、小説を書き継ぐ自身の日常の根底に、亡父の戦争体験の記憶にまつわる生々しい死のイメージが抜きがたく存在していると告白したのだろうか。

村上がプライベートな事柄を公にするのを常々忌避していることは、よく知られている。その村上が、二〇〇八年から二〇〇九年一月のイスラエル国防軍によるガザ侵攻の直後、そもそも村上にエルサレム賞受賞の意志があるのか、受賞する場合は本人がエルサレムに赴くのかと世界の耳目を集めた末、毀誉褒貶の渦中[*19]で行ったスピーチの中で、自ら父について言及したのには、相応の必然性があったはずである。

比較宗教学者・町田宗鳳は、「宗教学であの世とこの世をつなぐ役割をしているものをヒエロファニー（聖体示現）と呼びます」「特別な神様がいると信じられる」「霊山」や、「教会や寺院もこの世に存在する建築物であり、人間が作ったものですがそこに神仏が降臨すると信じている人にとっては、ヒエロファニーとなります」と述べ、そのほか、お墓や仏壇も「あの世とこの世のつなぎ目としてのヒエロファニーです」と述べている[*20]。

仏壇という「あの世とこの世のつなぎ目としてのヒエロファニー」、すなわち死者の世界に接する境界領域である仏壇の前で、毎朝祈りを捧げていた父の後ろ姿にまとわりつくように浮遊する、おそらく無数の死の影の記憶を、村上は、父から受け継いだもっとも貴重な遺産と考えている。その村上が、父が生涯背負い続けた苦悩を、雨田具彦の帰国後の身の処し方に反映させたとしても、決して不自然なことではないだろう。戦後何十年にもわたって、「味方と敵の区別なく」、数多くの「戦地で死んでいった人々のため」に、毎日朝食の前に仏壇の前で「長く深い祈り」を欠かさなかった父の姿と、その背後につきまとっていた死の影は、作家・村上春樹の原風景として、心に深く刻まれているはずだからである。

　村上春樹の父・村上千秋氏は、中国戦線で経験した戦争について、一人息子である春樹にほとんど話をしなかったという。一九九六年に村上春樹にインタビューしたイアン・ブルマは、春樹から父親の戦争の記憶をめぐる貴重な発言を引き出している。しかし残念なことに、イアン・ブルマは「村上は父親のことを語るつもりはなかったのだろう。口にしてしまって心配になったらしい。翌日電話をかけてきて、あのことは書きたてないでくれと言った」という裏話まで暴露してしまい、村上春樹との間に十分な信頼関係を成立させることができなかった。しかし、次の部分は、たしかに二〇〇九年のエルサレム賞受賞スピーチの内容を裏づけている。

　村上は子どもの頃に一度、父親がドキッとするような中国での経験を語ってくれたのを覚えている。その話がどういうものだったかは記憶にない。目撃談だったかもしれない。あるいは、自らが手を下したことかも知れない。とにかくひどく悲しかったのを覚えている。彼は、内証話を打ち明けると言った調子でもなく、さり気なく伝えるように抑揚のない声で言った。「ひょっとすると、それが原因でいまだに中華料理が食べられないのかも知れない」／父親に中国のことをもっと聞かないのか、と私は尋ねた。「聞きたくなかった」と彼は言った。「父にとっても心の傷であるに違いない。だから僕にとっても心の傷なのだ。父とはうまくいっていない。子供を作らないのはそのせいかもしれない」／私は黙っていた。彼はなおも続けた。「僕の血の中に彼の経験が入り込んでいると思う。そういう遺伝があり得ると僕は信じている」（中略）「僕は事実を知りたくない。想像力の中に閉じ込められた記憶がどんな結果を生み出すのか、それだけにしか興味がない」

（「村上春樹 日本人になるということ」イアン・ブルマ石井信平訳『イアン・ブルマの日本探訪』ティビーエス・ブリタニカ 一九八八年 九二〜九三頁）

この引用部分からは、村上が父からどんな話を聞いたのか、まったく分からない。しかし、父にとっても自分にとっても「心の傷」であることについて、それ以上「聞きたくなかった」と答えた春樹が、その時どれほど大きな衝撃を受けていたかは、想像に余りある。春樹はその時、父にそれ以上尋ねれば、「口ではもはや語ることのできないものごと」に突き当たってしまうと察していたのであろう。こうして、父子は、ともに言葉にならない「心の傷」（＝トラウマ）を負ったまま、それ以上互いの傷に触れることなく終わってしまう。

社会学者・橋本明子は、その著『日本の長い戦後 敗戦の記憶・トラウマはどう語り継がれているか』[*21]において、「沈黙を通して家族には伝わる」「戦争記憶の継承は、トラウマ体験をめぐる複雑な社会心理的現象の一つ」であると述べている。「本人が語らないだけでなく聞き手も訊ねないことで」沈黙は成立するが、「詮索を最小限にとどめなければ、暴力の記憶の重圧には耐えられないということを、子どもは親から敏感に感じとっている」という。そして「日本では、復員者の家庭で育った子供はトラウマを継承し」、「寡黙な父」に対し、「多くの問いが発せられることなく、そのまま過去を墓場に持っていかれた」結果、「戦争さえなければこんな苦悩を背負わずにすんだ、だから二度と戦争には行かない、つまりふたたび戦争への道を歩んではならない」、「戦争を放棄し、日本国憲法第九条を守れば、温厚な父たちが悲惨な状況に陥ることもないだろうと考え」るようになったとしている。

父から「中国での経験」を聞いた春樹少年は、自分の「血の中に」遺伝として父の「経験が入り込んでいる」と考えるようになった[*22]。村上は、イアン・ブルマのインタビューにおいて、事実を知るよりむしろ「想像力の中に閉じ込められた記憶がどんな結果を生み出すのか、それだけにしか興味がない」と答えている。つまり村上は、罪障感やサバイバーズ・ギルトなど、「口ではもはや語ることのできないものごと」を背負ったまま、長年にわたり戦争の犠牲者たちに鎮魂の祈りを欠かさなかった父と、いわば魂のレベルで共鳴しつつ、言葉にならない深い「心の傷」を共有しながら成長を遂げ、本人の表面的意識はどうあれ、[*23]自身の「想像力の中に閉じ込められた記憶」が「生み出」した「結果」が心の深層において物語として醸成された結果、なるべくして小説家になったと言えるのではないだろうか。

とりわけ注目されるのは、「父親が」「語ってくれた」「中国での経験」のせいで、村上が「いまだに中華料理が食べられないのかも知れない」と考えていることである。この言葉は、父の記憶がどれほど村上の心の深層に食い入り、影響を及ぼし続けてきたか、その深刻さを表している。自分でもなぜ中華料理が食べられないのか分からない、けれど、何十年にもわたって中華料理が食べられない。なぜ中華料理が食べられないのか意識できないのだが、無意識の肉体は、中華料理を生理的に受け付けない。これは明らかに、第1章で取り上げた、精神（意識）と肉体（無意識）の乖離の典型例の一つと言えよう。

さて、『猫を棄てる』では、この「ドキッとするような中国での経験」について、もう少し詳しい説明がなされている。

> 一度だけ父は僕に打ち明けるように、自分の属していた部隊が、捕虜にした中国兵を処刑したことがあると語った。どういう経緯で、どういう気持ちで、彼が僕にそのことを語ったのか、それはわからない。ずいぶん昔のことなので、前後のいきさつは不確かで、記憶は孤立している。僕は当時まだ小学校の低学年だった。父はそのときの処刑の様子を淡々と語った。中国兵は、自

分が殺されるとわかっていても、騒ぎもせず、恐がりもせず、ただじっと目を閉じて静かにそこに座っていた。そして斬首された。実に見上げた態度だった、と父は言った。彼は斬殺されたその中国兵に対する敬意を――おそらくは死ぬときまで――深く抱き続けていたようだった。
　同じ部隊の仲間の兵士が処刑を執行するのをただそばで見せられていたのか、あるいはもっと深く関与させられたのか、そのへんのところは分からない。僕の記憶が混濁しているのか、あるいは父がもともと曖昧な語り方をしたのか、今となっては確かめるすべもない。しかしいずれにしても、その出来事が彼の心に――兵であり僧であった彼の魂に――大きなしこりとなって残ったのは、確かなことのように思える。

（『猫を棄てる　父親について語るとき』四七～四八頁）

『騎士団長殺し』第37章には、この父から聞かされた中国兵捕虜処刑の話からイメージを膨らませて書かれたのだろうと思われる場面がある。それは、雨田具彦の弟・継彦が上官の命令によって、「練習のために、馴れるまで」といって「全部で三回も」中国兵捕虜の首を日本刀で切らされたという凄惨なエピソードである。それを「私」に語るのは雨田政彦であるが、政彦も、雨田継彦が遺した「かなり長い遺書」を読んだ父親の具彦から、村上のようにまだ小学生だった頃に、叔父・継彦の南京戦での体験を聞かされたという設定になっている。
　ちなみに、『猫を棄てる』には、村上千秋氏は、西山専門学校を「卒業するまでの四年間、徴兵猶予を受ける権利を有していたのだが、正式に事務手続きをすることを忘れていた（と本人は言っていた）。そのために１９３８年８月、二十歳の時、学業の途中で徴兵されることになった[*24]」とある。こうした事情は、ほとんどそのまま『騎士団長殺し』の雨田継彦の身の上に反映されている。すなわち、ピアニストとして「将来を嘱望されていた」継彦は、「大学に入学したときに出した書類に不首尾があった」ために東京音楽学校在学中に二十歳で徴兵され、「死屍累々の南京戦に放り込まれ」たという設定になっている。第37章で政彦が「私」に語る継彦の戦争体験は、このように村上の父の実体験に基づいている部分もある。が、実体験かどうか確認できない部分、そして、実体験とは明らかに異なる部分もある。父の実体験と同じかどうか確認できない部分とは、捕虜の中国兵処刑を命じられた継彦が中国兵捕虜の首を日本刀で切らされる場面であり、父の実体験と明らかに異なる部分とは、継彦が南京戦に参加していたという設定である。

『猫を棄てる』には、「父親の死後五年ばかり、そうしなくてはと思いながら、なかなか調査に着手することができなかった[*25]」とある。したがって、父が亡くなった二〇〇八年夏から五年後、すなわち二〇一三年以降に、つまり、二〇一七年二月刊行の『騎士団長殺し』執筆とほとんど重なる時期に村上は父の軍務に関する調査を行っていたことが分かる。そして、その調査の結果、村上の父が属していた部隊は南京戦には参加していなかったことが確認されたのだが、『騎士団長殺し』の継彦は、東京音楽学校在学中に二十歳で徴兵されて「死屍累々の南京戦に放り込まれ」、上官の命令によって無抵抗の捕虜三人を日本刀で斬首することを強要され、除隊後、熊本の実家の屋根裏で自裁する。以上のように、『猫を棄てる』の調査結果によれば、『騎士団長殺し』に描かれた継彦の戦時体験は、村上千秋氏の実体験とは一致しない部分も多い。しかし、むしろ両者が一致しない部分、すなわち、父は南京戦に参加し、自ら手を下して無抵抗の捕虜を斬首した（あるいは、斬首させられた）のかもしれないという疑念の深さにこそ、そういう疑念を抱き続けて来た数十年という歳月にこそ、トラウマの深刻さが感じられるのである。

　村上は、父の「心の傷」、すなわちトラウマをどのように引き継ごうとしてきたか、父のトラウマを引き継ぐことにはどういう意味があるか、次のように語っている。

> 　いずれにせよその父の回想は、軍刀で人の首がはねられる残忍な光景は、言うまでもなく幼い僕の心に強烈に焼きつけられることになった。ひとつの情景として、更に言うならひとつの擬似体験として。言い換えれば、父の心に長いあいだのしかかってきたものを――現代の用語を借りればトラウマを――息子である僕が部分的に継承したということになるだろう。人の心の繋がりというのはそういうものだし、また歴史というのもそういうものなのだ。その本質は〈引き継ぎ〉という行為、あるいは儀式の中にある。その内容がどのように不快な、目をそむけたくなるようなことであれ、人はそれを自らの一部として引き受けなくてはならない。もしそうでなければ、歴史というものの意味がどこにあるだろう？

　父は戦場での体験についてほとんど語ることがなかった。自らが手を下したことであれ、あるいはただ目撃したことであれ、おそらく思い出したくもなく、話したくもなかったのだろう。しかしこのことだけは、たとえ双方の心に傷となって残ったとしても、何らかの形で、血を分けた息子である僕に言い残し、伝えておかなくてはならないと感じていたのではないか。もちろんこれは僕の推測に過ぎないが、そんな気がしてならない。

（『猫を棄てる 父親について語るとき』五二～五三頁）

一九四九年生まれの村上春樹の文学の根底には、絶えず死のイメージと癒し難い喪失感がつきまとい、失われた生の本源を求めて過去の時間に向かって遡及する物語が繰り返されてきた。その原点には、父の戦争体験によるトラウマと、そのトラウマを抱いたまま平和を旨とする戦後数十年を生き抜いてきた亡父の魂の苦悩、そしてその苦悩を「擬似体験として」「部分的に継承した」春樹の「心の傷」が存在している。

結局、言葉にできない戦争時代のトラウマを抱えたまま、帰国後六十年余りを第一線の日本画家として生きた雨田具彦の孤高の姿を描いた長編『騎士団長殺し』は、村上が亡父に捧げたオマージュだと言えよう。村上は、父との間で言葉にならなかった「想像力の中に閉じ込められた記憶」を、雨田具彦が「騎士団長殺し」という作品に込めた寓意として表現し、芸術作品の持つメタファーとして、すなわち物語の力として昇華しようと試みた。そうすることによって、「私」が「騎士団長殺し」という絵画を介して雨田具彦と魂と魂の共鳴を経験したように、作者も『騎士団長殺し』という物語を介して、亡父と魂と魂の共鳴を実感しているのではないだろうか。

町田宗鳳[*26]は、村上の「小説を書く、物語を書く、というのは煎じ詰めて言えば、『経験していないことの記憶をたどる』という作業なんです」という言葉を取り上げ、「『経験していないことの記憶をたどる』とは、無意識にある記憶のことだと私は推測しています。村上さんは、書くという作業を通じて、明らかに自らの内なる無意識と向き合い、対話をしているのです」と述べている。

そして、これに続けて、町田は、自らが雲水であった頃の経験をもとに、「呼吸を整え、同じ動作を繰り返す」ジョギングが「走る座禅」となって「『無心無我』の境地に入っていくことができる」、「走ることが大好き」で「プリンストン大学におられた時も、毎朝一〇キロのジョギングを日課にして」いた村上にとって、「走ることは、無意識の階段をおりていく作業となっているように思います」、「長年、走り込んでいる村上さんは、その意識のメカニズムを頭ではなく、全身で理解しているのではないでしょうか」と述べている[*27]。

> ふだんは忘れていても、時々ふいに心をよぎり、胸が痛む。まさにそのような記憶からは逃げようとしても逃げ切れないわけですから、正面から向き合うしかありません。むしろ、その記憶はそのまま受け入れて、何かに前向きに取り組んでいくうちに、昇華されていくのではないでしょうか。化学用語である昇華（sublimation）とは、「個体が液体を経ずに気化する現象」のことですが、まさにこれは無意識に落ち込んだ記憶が潜在意識を通り抜けて、意識化するということ

とを表しているのではないかと考えられます。

（町田宗鳳『ＮＨＫこころをよむ無意識との対話――身心を見つめなおす』ＮＨＫ出版 二〇一七年 一六～一七頁）

町田宗鳳が指摘している通り、『騎士団長殺し』は、村上が亡父から受け継いだ戦争体験の記憶、すなわち「想像力の中に閉じ込められた記憶」を、「経験していないことの記憶をたどる」ことによって物語として昇華させた作品だと言えよう。

村上は、従来の作品にも、戦争時代の体験によって心に傷を負ったサバイバーたちの運命を描き続けてきた。『羊をめぐる冒険』の羊博士、長男を日露戦争で亡くしたアイヌ人の羊飼い、徴兵忌避者・羊男、『ねじまき鳥クロニクル』の本田さん、間宮中尉、『海辺のカフカ』のナカタさん、『１Ｑ８４』のタマル等である。そして、特に注目されるのは、今まで村上作品に取り上げられてきたのが、ほとんど中国を戦場とした日露戦争と日中戦争に限られていることである。『ねじまき鳥クロニクル』で描かれたノモンハン事件前夜の状況やシベリヤ抑留も、旧満州地域の情勢と密接に関連していることは言うまでもないだろう。一方、現在の北朝鮮・韓国や台湾、東南アジア諸国や太平洋地域等については、今まで戦争の記憶と直接結びついた形で取り上げられたことはなかった。

デビュー作『風の歌を聴け』の後、最初に書かれた短編「中国行きのスロウボート」[*28]（一九八〇）にも、すでに中国と中国人に対する複雑に入り組んだ感情が表現されていた。「中国行きのスロウボート」に描かれた三つのエピソードにおいて、作者は、在日中国人の気持ちを故なく傷つけながら、彼らの存在を簡単に忘却してしまう現代日本人の無意識を描き出した。[*29] また、『アフターダーク』（二〇〇四）では、ラブホテル内で白川という日本人エリート会社員が十九歳の中国人娼婦・郭冬莉に故なく暴力を振るう場面を描いている。このように中国系の人を差別や暴力の被害者とする設定が続く背景には、村上が父から受け継いだ「経験していないことの記憶」から発した、中国に対する抜きがたい加害者意識と贖罪を願う心情が窺える。村上春樹は、自らの作品の中に中国や中国人を取り上げることにより、中華料理が食べられないという形でその肉体に刻印されたトラウマと「正面から向き合」い、物語として昇華する、つまり「無意識に落ち込んだ記憶が潜在意識を通り抜けて、意識化する」ことを試みてきたと言えよう。

また、『騎士団長殺し』に至って、再び第一人称「私」を用いているのも、村上の内面でトラウマと化した記憶が作用しているのだろう。つまり、村上は従来多用してきた、社会的に未熟な若者という響きを持つ第一人称「僕」ではなく、より公的で成熟した個人としての意識を表現する「私」を使うことによって、村上と同世代、そして、それ以降の世代の人々も、戦争の集合的記憶につながる日本人として、『騎士団長殺し』という物語を通じて「経験していないことの記憶をたどる」ことを追体験して欲しいと願い、そこから一人一人が新たな生き方を見出してほしいと考えたのだろう。なぜなら、そうすることでこそ、「自らの一部として引き受けなくてはならない」「歴史というもの」の意味が明確になるからである。

『騎士団長殺し』に、戦争に触れた従前の作品と異なる点があるとしたら、それは、ヨーロッパにおけるナチスの圧政と、弟・継彦が一兵士として体験した南京が雨田具彦の戦争時代の経験として結びつけられている点である。ナチスと南京の両者が具彦において結び付けられているのは、洋の東西を問わず、戦争や侵略のためにシステムの暴虐下に置かれた個人の魂が深い傷を負ったことを明らかにするためであろう。なぜなら、親世代から戦争のトラウマの記憶を受け継いだ子供世代の人々が、それを敵国から受けた被害の記憶として受け止めるのではなく、システムの犠牲者としての記憶として受け止めることができれば、彼らが受け継いだ記憶は、個々人の記憶、共同体の記憶という枠を越え、国境を超えて、システムの暴虐を許すまいとする記憶として蓄積され、やがてそれが人類共通の記憶として大きな歴史の流れを形成してゆく可能性があるからである。村上は、そのように個々人の記憶が集積されつつ人類の歴史が形成されていくことを願っているのだと思われる。

『騎士団長殺し』は、戦争を体験した村上春樹の親世代の鎮魂を願う物語であり、親世代のトラウマを引き継いだ村上と戦後世代のための物語である。さらには、もっと若い世代の日本人、ひいては世界中の人々に共有されることを目指す物語でもあるのだろう。ここに、父の一人息子である村上春樹という一人の人としての生き方と、国境を超えた影響力を持つ作家・村上春樹としての姿勢が読み取れるのである。

3　『猫を棄てる　父親について語るとき』で語られたこと

『猫を棄てる 父親について語るとき』は、四百字詰原稿用紙にして約七十枚余りの文章であるが、他のエッセイ等とまとめられず単独で刊行された。この掌に載る小さな本には、村上春樹の深い思いが込められているようである。

「特別寄稿・自らのルーツを初めて綴った」と題して『文藝春秋』二〇一九年六月号に発表されたときは、「猫を棄てる——父親について語るときに僕の語ること」という少し長い副題を持ち、二枚の写真を掲載していた。タイトルページには、父・千秋と春樹の二人が、父は下駄履き、息子は女ものに見えるサンダル履きというリラックスした普段着姿で草野球を楽しんでいる写真、もう一枚は、八歳の春樹が西宮市夙川の自宅の庭で猫を膝の上にのせて座っている微笑ましい姿を撮したものである。また、『文藝春秋』誌上には、十三のゴシック体の小見出し——**毎朝の「おつとめ」・祖父の死と六人の兄弟・親に「捨てられる」・福知山歩兵第二十連隊・戦地から送った俳句・捕虜にした中国兵の処刑・京都帝国大学文学部・慢性的な不満、慢性的な痛み・第十六師団の玉砕・終戦と僕の誕生・九十歳の父とのぎこちない対話・自分自身が透明になる感覚・松の木を上っていった猫**——が付されていたが、単行本ではすべて省かれている。そして、台湾出身の高妍のイラストが表紙カバーと全編の挿画として散りばめられ、どこか懐かしげな雰囲気を醸し出している。また、巻末には『文藝春秋』掲載時にはなかった「小さな歴史のかけら」というあとがきが付され、そこで、作者は「結局独立した一冊の小さい本としてイラストレーションをつけて出版することに決めた」理由を、「内容や、文章のトーンなどからして、僕の書いた他の文章と組み合わせることがなかなかむずかしかったからだ」と、控えめに述べている。

実際、これだけ短い文章を他の文章と組み合わせずに一冊の本として出版したところには、村上春樹の強い思い入れが窺える。それは、『猫を棄てる』が、亡父の従軍経験の調査結果とその背景を明らかにした結果として、村上文学の核心のありかが明らかにされたからであろう。こういう意味で、論者には、たとえ父亡き後でも、村上本人がその従軍記録についてこれほど詳細な調査結果を発表するとは予想できなかった。また、調査を行ったとしても、個人情報に相当する部分、すなわち祖父、父、父の五人の兄弟や従兄弟の実名・職業・経歴等まで、詳細にわたって公表されるとはとても予測できなかった。

なぜなら、一九八八年のイアン・ブルマによるインタビューにおいて、村上は、事実を知るよりむしろ「想像力の中に閉じ込められた記憶がどんな結果を生み出すのか、それだけにしか興味がない」と言明していたからである。この言葉は、一人息子として、父の戦争体験の詳細を知ることに対する危惧を表す一方、作家としては、想像力に委ねられた記憶からどんな物語を生み出すことができるか、自らの内なる創作力に対する自信と期待を表していたとも理解できるからである。

実際、前出のイアン・ブルマのインタビューを掲載した『イアン・ブルマの日本探訪』（一九八八）

発刊後に発表された『ねじまき鳥クロニクル』（一九九四〜九五）では、現代の東京に生きる主人公・岡田亨が「壁抜け」によって時空を越え、日中戦争時代の記憶を遡る体験をし、中国大陸における戦争の記憶を現代によみがえらせる物語が展開された。『ねじまき鳥クロニクル』で描かれたのは、もちろん事実そのものではなく、戦争経験者の語りを盛り込んだ内容でもなく、あくまでも村上が父から受け継いだ記憶をもとに紡ぎ出された壮大な物語であった。

また、『海辺のカフカ』（二〇〇二）では、（第3章第7節でも触れたように）「夢の中から責任は始まる」という言葉を「誰がその夢の本来の持ち主であれ、その夢を共有した以上は、夢の中でおこなわれたことに対して責任を負わなくてはならない」と解釈し、ナチス政権下のドイツの親衛隊将校・アイヒマンが断罪されるべき理由は「想像力の欠如」にあったとした。それは、アイヒマンの完全な無思想性につけ入ったシステムが彼を一個の歯車と化し、重大な戦争犯罪を犯させたのだとしても、アイヒマンには罪を問われるべき責任があるという意味である。村上は、自身が亡父から戦争体験のトラウマを受け継いだ人間であるという自覚から、アイヒマンの例を出して、田村カフカをシステムから抑圧的に与えられた「物語」に呑みこまれてしまう危険性に直面させたのである。

このように、「想像力の中に閉じ込められた記憶がどんな結果を生み出すか」という視点から、すでに『ねじまき鳥クロニクル』、『海辺のカフカ』という長編を完成させ、さらに亡父へのオマージュとしての『騎士団長殺し』の執筆を終えた村上春樹は、どうして今、親族の個人情報まで含めた形で父の従軍記録を公表しようと考えたのだろうか。

ひとつには、村上は、父の従軍記録や親族関係等については、いずれ調査して発表しようとする人が現れるに違いないと考え、それなら、間違った情報が拡散する[*30]のを予防するためにも、むしろ自分が率先して正しい情報を公表するべきだと考えたのだろう。

だが実際には、村上は長いあいだ、この調査を始めることを躊躇していたという。その事情について、村上は次のように説明している。

> とにかくそのように、父が第二十連隊に所属していたと思い込んでいたせいで、僕は父の軍歴について詳しく調べるまでに、というか調べようと決心するまでに、結構長い時間がかかった。父親の死後五年ばかり、そうしなくてはと思いながら、なかなか調査に着手することができなかった。
> 　どうしてか？
> 　それは歩兵第二十連隊が、南京陥落の時に一番乗りをしたことで名を上げた部隊だったからだ。京都出身の部隊というと、何となくおっとりしていそうな印象があるのだが（実際よく「お公家さん部隊」と揶揄《やゆ》されていたようだ）、意外にもというか、この部隊の行動にはとかく血なまぐさい評判がついてまわった。ひょっとしたら父親がこの部隊の一員として、南京攻略戦に参加したのではないかという疑念を、僕は長いあいだ持っており、そのせいもあって彼の従軍記録を具体的に調べようという気持ちにはなかなかなれなかったのだ。また生前の父に直接、戦争中の話

を詳しく聞こうという気持ちにもなれなかった。そして何も訊かないまま、そして何も語らないまま、父親は平成20年（2008年）8月に、方々に転移する癌と、重度の糖尿病のために九十歳にして、京都の西陣の病院で息を引き取った。（中略）

父親が入営したのは1938年8月1日である。歩兵二十連隊が、南京城攻略一番乗りで勇名を馳せたのはその前年、1937年の12月だから、父はすれすれ一年違いで南京戦には参加しなかったわけだ。そのことを知って、ふっと気がゆるんだというか、ひとつ重しが取れたような感覚があった。

（『猫を棄てる　父親について語るとき』三九〜四〇頁）

この調査によって、亡父は、南京攻略戦には参加していなかったことが判明した。村上の胸中で数十年もの間わだかまっていたものがようやくほぐされたような感覚があったとしても、それは至極当然のことであろう。そして、あくまでも結果としてだが、こうした記述によって、村上文学の核心につながるいくつかの疑問が氷解したのも事実である。

たとえば、『騎士団長殺し』以前の村上作品で南京と言えば、ハルハ河河畔で浜野軍曹がふと「南《ナン》京《キン》あたりじゃずいぶんひどいことをしましたよ[*31]」とつぶやく『ねじまき鳥クロニクル』の一場面が想起されるのだが、村上がハルハ河河畔にいる浜野に南京について言及させながら、それ以上は触れなかった理由も、これで推測できるようになった。すなわち、『ねじまき鳥クロニクル』執筆時には、南京がつねに気にかかっていたために、正面切って取り上げられないという心理的抵抗が強かったのだろう。しかし、『騎士団長殺し』では、おそらく父が南京戦には参加していなかったことが判明して踏ん切りがつき、継彦を「死屍累々の南京戦に」放り込み、システムが「我々に人を殺させる」[*32]という血みどろの場面を描くことができたのだろう。

ちなみに、『騎士団長殺し』では、「軍刀で人の首がはねられる残忍な光景」という村上の痛切な記憶からイメージが汲み上げられているためか、凄惨な流血の場面が繰り返し描かれている。まず絵画「騎士団長殺し」上に、「リアルな血がたっぷり流され」る光景が描出される。それが、継彦の南京での捕虜処刑の血まみれの場面を挟んで、イデア・騎士団長が政彦の持参した出刃包丁で「私」に心臓を刺し貫かれて殺され、「血液が彼の足下に赤黒い溜まり」をつくる情景と呼応させられている。絵画「騎士団長殺し」上の流血と、イデア・騎士団長刺殺による血だまりは、ともに「邪悪なる父を殺す」ための流血という意味で呼応しているのは、言うまでもない。

また、村上がイアン・ブルマのインタビューで「子供を作らないのはそのせいかもしれない」と述べていたのは、父から受け継いだトラウマをさらに自分の子供に引き継がせたくないという意味として理解できる。しかし、村上の心中に、長年、南京戦にまつわる葛藤がわだかまっていたことを知ると、この言葉には、並々ならぬ思いが込められていたことが分かる。こうした思いは、実際、いくつかの作品にも影響を及ぼしているようである。たとえば、『ねじまき鳥クロニクル』のクミコが自家の血統の中に流れる邪悪なものを自分の子供に受け継がせまいとして、「僕」に隠れて堕胎をしたこと。『海辺のカフカ』の田村カフカが、自分の中に父と同じ血が流れているのを否定するために、我知らず父を殺害してしまったのではないかと恐れること。さらには、村上作品全体を通して、血のつながった子供を持つ主人公が今まで一度も描かれていないこと。たとえ子供を持っても、『１Ｑ８４』や『騎士団長殺し』のように血の繋がりが判然としないか、「蜂蜜パイ」[*33]のように血の繋がりがないという設定があらかじめ準備されていること。そして、その子供たちも、「蜂蜜パイ」や『騎士団長殺し』のように、おそらくは父と息子の対立・葛藤の可能性を避けるために女子と設定されていること等々である。思えば、すでにデビュー作の『風の歌を聴け』において、「小指のない女の子」の堕胎が遠回しに描かれていたのも、主人公は血のつながった子供を持たないという、その後の流れの源となる前触れだったのかもしれない。

以上のように、村上は、『猫を棄てる』で、自身の生の根底に潜むものを告白し、それが村上文学の核心となっていることを公にした。村上春樹は、実生活で父を見送り、作家としては父へのオマージュとなる『騎士団長殺し』を執筆し終えたことで、おそらく、人間的にも文学的な意味でも、ある地点に着地し得たことを実感し、ようやく父の戦争体験を公表してもよいという心境になったのであろうか。『騎士団長殺し』が村上春樹という作家の文学的な一つの地点への到達を意味しているのなら、『猫を棄てる』は、村上春樹という一個人の一つの着地点となっているように思われる。なぜなら、『猫を棄てる』は、自分の身の上に起きた事柄から逃げず、それを自分自身の一部として引き受け、そうであるしかない自分自身を深めてゆくところから生きる力を汲み出そうとする村上の人間としてディーセントな姿勢から生み出されているからである。そして、村上は、『猫を棄てる』で公にした父の戦争体験、その記憶のトラウマの蓄積の中から、実際にいくつもの〈善き物語〉を生み出し続けてきたからである。

村上は、一人一人の記憶が次世代に受け継がれることによって歴史が紡がれてゆくと考えている。そして、私たち一人一人の生は「ごく微小」ではあるが、それぞれが、かけがえのない輝きを放ちつつ、この世界を形作っていると信じている。

> 歴史は過去のものではない。それは意識の内側で、あるいは無意識の内側で、温もりを持つ生きた血となって流れ、次の世代へと否応なく持ち運ばれていくものなのだ。そういう意味合いにおいて、ここに書かれているのは個人的な物語であると同時に、僕らの暮らす世界全体を作り上げている大きな物語の一部でもある。ごく微小な一部だが、それでもひとつのかけらであるという事実に間違いはない。
>
> （『猫を棄てる　父親について語るとき』九九〜一〇〇頁）

しかし、『猫を棄てる』を上梓したことによって、今まで村上作品を生み出す上で大きな原動力となっていた南京という「重し」が外れ、「想像力の中に閉じ込められた記憶」が解放されてしまった現在、村上春樹はどんな方向へ向かって歩み出そうとしているのだろう。村上文学はこれから、どのように変化を遂げてゆくことになるのだろう。論者は、やはりその行く末を興味深く見守っていきたいと思う。

注

＊1　新潮社

＊2　政治学者・中島岳志は、トポスとは「人間が人間でいられる領域」、「実存と深いレベルで結合」した「存在論的な基盤」としての地域や空間を意味すると述べている。（中島岳志 島薗進『愛国と信仰の構造――全体主義はよみがえるのか』集英社 二〇一六年 一六四頁）

＊3　拙著『村上春樹物語の力』第一章6「境界領域から立ち上がる物語」に詳述。

＊4　第3章第8節に詳述。

＊5　内田樹「『冬のソナタ』と『羊をめぐる冒険』の説話論的構造」『もういちど村上春樹』アルテスパブリッシング 二〇一〇年 一〇一～一一〇頁

＊6　森正人『2015年度第4回村上春樹国際シンポジウム国際会議予稿集』淡江大学村上春樹研究センター 二〇一五年、『村上春樹における両義性（phamakon）』村上春樹研究叢書TC003（淡江大学出版中心 二〇一六年）

＊7　安田登『ワキから見る能世界』生活人新書 NHK出版 二〇〇六年 四六頁、安田登『異界を旅する能――ワキという存在』ちくま文庫 二〇一一年 五五頁

＊8　安田登『能――650年続いた仕掛けとは』新潮選書 二〇一七年

＊9　前掲＊8 六一頁

＊10　霊的な存在が現れたのがワキの夢の中であったという設定から、夢幻能という名称が付けられたとも言われている。

＊11　『伊勢物語』に因む曲目には、このほか『融』『小塩』『雲林院』『隅田川』『杜若』等がある。

＊12　『源氏物語』に因む曲目には、このほか『野宮』『浮舟』『半蔀』等がある。

＊13　『平家物語』に因む曲目には、このほか『忠度』『大原御幸』等がある。

＊14　増田正造『世阿弥の世界』集英社新書　二〇一五年　四四頁

＊15　第59章　四四九頁

＊16　「『騎士団長殺し』に込められた寓意が紡ぎ出した物語の力」については、第五章に詳述。

＊17　I have only one reason to write novels, and that is to bring the dignity of the individual soul to the surface and shine a light upon it. The purpose of a story is to sound an alarm, to keep a light trained on The System in order to prevent it from tangling our souls in its web and demeaning them. I fully believe it is the novelist's job to keep trying to clarify the uniqueness of each individual soul by writing stories - stories of life and death, stories of love, stories that make people cry and quake with fear and shake with laughter. This is why we go on, day after day, concocting fictions with utter seriousness. (Haruki Murakami's Jerusalem Prize acceptance speech "Always on the side of the egg" Mainichi Japan March 3, 2009) .

＊18　My father passed away last year at the age of ninety. He was a retired teacher and a part-time Buddhist priest. When he was in graduate school in Kyoto, he was drafted into the army and sent to fight in China. As a child born after the war, I used to see him every morning before breakfast offering up a long, deep-felt prayer at the small Buddhist altar in our house. One time I asked him why he did this. He told me he was praying for the people who died on the battlefield. He was praying for all the people, he said, who died, both ally and enemy alike. Staring at his back as he knelt at the altar, I seemed to feel the shadow of death hovering around him./My father died, and with him he took his memories, memories I can never know. But the presence of death that lurked about him remains in my own memory. It is one of the few things I carry on from him, and ... one of the most important. (Haruki Murakami's Jerusalem Prize acceptance speech “Always on the side of the egg” Mainichi Japan March 3, 2009)

＊19　村上は、『雑文集』の「『壁と卵』――エルサレム賞・受賞のあいさつ」で、次のように述べている。「当時ガザの騒乱に対するイスラエル政府の姿勢に批難が集中しており、僕がエルサレム賞を受けたことについては、国内外で激しい批判がありました。正直言って、僕としても受賞を断った方が楽だった。何度もそのことを考えました。でも遠くの土地で僕の本を読んでくれているイスラエルの読者のことを考えると、そこに行って、自分の言葉で、自分なりのメッセージを発する必要があるのではないかと思いました。そんな中で、この挨拶の原稿を一行一行心を込めて書きました。ずいぶん孤独だった。ビデオで映画『真昼の決闘』を何度も繰り返し見て、それから意を決して空港に向かったことを覚えています」

＊20　町田宗鳳『死者は生きている――「見えざるもの」と私たちの幸福』筑摩書房　二〇一六年　一五七～一五九頁

＊21　山岡由美訳　第2章「個人史と家族史を修復する記憶」第二節「語らない親との対話――溝を埋め、傷

を癒す」の第二項「戦争は、絶対に起こしてはいけない」みすず書房 二〇一七年 五六〜六二頁

＊22 拙著『村上春樹 物語の力』第八章2「歴史の忘却——「個人的な記憶」と「集合的な記憶」の連結」に詳述。

＊23 二〇一八年八月五日に東京ＦＭラジオで放送された五十五分間の特別番組「村上RADIO〜RUN & SONGS〜」の中でも、村上は、小説家や文章家になるつもりはなかったと二回述べた。

＊24 前掲＊1 三六〜三七頁

＊25 前掲＊1 三九頁

＊26 町田宗鳳は、村上春樹がプリンストン大学の客員講師であった時期に、同大学の東アジア研究学部の助教授を勤めており、個人的に話をした際には小説執筆上のアドバイスを受けたこともあるという（『ＮＨＫこころをよむ無意識との対話——身心を見つめなおす』九〜一一頁）

＊27 前掲＊26 一四〜一五頁

＊28 短編集『中国行きのスロウボート』中央公論社 一九八三年 所収

＊29 拙著『村上春樹 物語の力』第二章1「村上春樹の中国——『中国行きのスロウボート』という視点から」に詳述。

＊30 今までネット上に拡散した誤情報としては、村上春樹の父は、浄土宗の宗祖・法然上人の墓所である寺の出身だという例などがある。

＊31 『村上春樹全作品 1990〜2000 ④』二一六頁

＊32 『雑文集』七八頁

＊33 『神の子どもたちはみな踊る』新潮社 二〇〇〇年 所収

結び　物語を生きる

一九七九年四月、村上春樹は『風の歌を聴け』で群像新人賞を受賞し文壇にデビューを果たした。それから四十一年後の二〇二〇年四月、『猫を棄てる　父親について語るとき』が上梓された。論者には、『風の歌を聴け』に始まった村上春樹の物語世界の淵源が、『猫を棄てる　父親について語るとき』に至って初めて、明らかにされたことに大変感慨深い思いを抱いた。

この小さな二冊の本の間に経過した四十年余りの間、私たち同時代の読者は、村上春樹の物語世界をさまざまなかたちで享受してきた。それは、一人一人の読者にとってそれぞれ異なる経験であっただろう。しかし、論者が想像するに、多くの読者は、一つ一つの作品に接して様々な思いを抱くとともに、自身の心の底に伏流する物語に気づかされ、その奥深さに引き込まれるような体験をしたのではないだろうか。

村上文学には、読者を内なる物語に目覚めさせる力がある。そして物語には、一見無関係に見えるたくさんのものごとをつないでゆく働きがある。現代人が日々の現実の中で自己を見失いそうになった時、もしも、「自己存在とは過去の自分であり、父であり、母であり、家族であり、友人であり、したがって、共同体の歴史や社会のあり方の反映であり結晶であって、人類全体の生命の流れや自然界の生命や宇宙全体とつながっている」と、気づくことができたら、おそらく自分自身を取り戻すことができるだろう。「自分は、空中に浮遊する欠片《かけら》のようなものではなく、目に見えるものとも、見えないものとも、どこかで必ずつながっている」と実感できれば、今ここにいる自分に安んじることができるに違いない。それは、「自分はどこまでも自分でしかないけれど、自分ではない何者かと様々な形でつながることによって、今こうしてここにいる」という感覚である。そのように感得した時、人は、この世界にただ一人しかいない自分のかけがえのなさと、自分という意識を生みだした大宇宙の生命の霊妙さに触れることができるのではないだろうか。村上文学は、現代人の底知れぬ孤独を描き出しているが、それと同時に、一人一人の心の奥底にその人のためのかけがえのない物語が息づいているという希望を描き出している。

　村上春樹は『風の歌を聴け』を書いた際、「気に入ったフラグメントを貼り合わせ、頭の中でどんどん好きにイメージを膨らませ、それを文章に移し替えていった」と、『村上春樹全作品集 1979-1989 ①』別冊の「自作を語る　台所のテーブルから生まれた小説[*1]」で述べている。心に浮かんできた断片的イメージを掬い上げ、それを適宜「貼り合わせ」て書いた作品が村上春樹のデビュー作であり、物語世界の発端となったというのは、その後の作品群の壮大さから考えても大変示唆的なことである。なぜなら、村上春樹の物語は、現実から疎外された孤独な現代人が、ある時現実から身を引き剥がすようにして自己の内界に向かい、今まで想像もしなかった物語世界を体験する中で自分自身と向き会い、他者との出会いを果たして自己を回復するきっかけを得、ようやく現実世界に帰還するという基本構造を持っているのだが、読者は、その物語の進行に従って、当初はバラバラに見えていたものが徐々につながってゆく様相を目にし、そこに新たな意味が生まれ、新たな世界が出現することを体験するからなのである。村上文学が国内外の多くの人々に愛読され、近年は多くの場面で世界文学と称され、毎年のようにノーベル文学賞の候補としてその名が報道されるに至った背景には、こうした、読者を心底から揺さぶる物語文学としての魅力を指摘することができると思う。これは、現代文学における物語の再発見と言える現象であろう。

しかし、世界中の人々を惹きつけた村上春樹の物語文学の核心には、重大な秘密が隠されていた。それは、亡父・村上千秋氏の戦争体験の記憶をいかに引き継ぐかという問題をめぐるものであった。問題の核心が個人的事情に深く関わっているため、論者は、この問題については、村上自身の筆によって解明されることはよもや無かろうと予想していた。しかし、二〇一七年二月に出版された『騎士団長殺し』には、事務手続き上の手違いから招集された雨田継彦が南京戦に参加して中国人捕虜の斬首を命じられ、復員後に自殺を遂げる一方、継彦の兄・雨田具彦は、オーストリア留学中の反ナチス運動の挫折と継彦の自死というトラウマを抱えたまま、沈黙のうちに戦後数十年間を過ごすというストーリーが描かれた。詳細については第6章で取り上げたが、これは、専門学校在学中に召集された春樹の父・村上千秋氏の体験をもとにしつつ、春樹の想像力によって描き出されたストーリーであった。『騎士団長殺し』は、村上春樹が四十年余りの作家生活を経てようやく描き得た、亡き父に捧げる鎮魂の物語だったのである。

村上は、『文藝春秋』二〇一九年六月号に、「村上春樹特別寄稿 自らのルーツを初めて綴った」と題して「猫を棄てる――父親について語るときに僕の語ること」を発表し、翌年四月には、副題を短くして『猫を棄てる 父親について語るとき』として上梓した。村上は、亡父・村上千秋氏の軍務に関する調査と前後して『騎士団長殺し』を書くことで、長年の心のわだかまりを父へのオマージュとして昇華させ、そうして初めて、「猫を棄てる――父親について語るときに僕の語ること」を発表することができたのだろう。

　こうした経緯に思いを馳せると、村上が三十年以上前にイアン・ブルマのインタビューに答えて、「僕の血の中に彼（父）の経験が入り込んでいると思う。そういう遺伝があり得ると僕は信じている（括弧内論者）」、「僕は事実を知りたくない。想像力の中に閉じ込められた記憶がどんな結果を生み出すのか、それだけにしか興味がない」と述べた言葉に、今更ながら一層の重みが感じられる。しかし、この発言を読んだ当初、論者は、村上は本当のことを言いたくないために、故意にインタビュアーの意を逸らすような答をしているのだろうと考えていた。「事実を知りたくない」という言葉は現実から目を逸らすための逃げ口上なのではないかと感じられたからである。しかし今は、この言葉にこそ、物語作家たる村上春樹の深い思いが込められていたことが分る。現在、論者は、自分の血の中に父の戦争体験の記憶が「入り込んでいる」と信じ、「想像力の中に閉じ込められた記憶がどんな結果を生み出すのか、それだけにしか興味がない」という姿勢にこそ、無意識の深淵から日々物語を汲み出して物語を語り続けようという覚悟が表明されていたことに気づかされる。そのようにして、村上自身が物語世界を生き続けてきたことを多くの作品を通じて感じ取ることができる。

心の奥底から浮かび上がってきたイメージを掬い上げ、それをつなぎ合わせて作品とすることから書き始めた村上は、この手法を手放すことなく書き続けて来た。そのため、村上作品には長編・中編・短編を問わず、謎めいたイメージが数多く散りばめられている。それを「謎解き」等と銘打って合理的に解読しようとする試みも間々見られる。また、作品世界が作家独特の内なるイメージから出発しているため、どうかすると、村上作品には自分にしか興味を持てない内向的な人物しか描かれていない、社会性に欠け、批判精神が乏しいといった批判も受けてきた。しかし、村上の物語世界は、『世界の終りとハードボイルド・ワンダーランド』の「街」のような行き止まりの世界ではない。「世界の終り」と名付けられた「街」に閉じこめられた「私」が「影」とともに逃げずに「街」に留まることを選び、そのまったく閉鎖的な「街」のあり様を根本から変えていく可能性に賭けたように、村上の物語世界は、つねに暗闇の中に希望の光を見出そうとしている。

本来、無意識は意識によって捉えられないものであるから、無意識の深淵からイメージを汲み上げ、それを意識の象徴たる言葉によって表現するというのは、至難の業であるに違いない。しかし、目に見えず、耳に聞こえず、手にも触れ得ないもの、平生は意識の俎上に上らないもののイメージを言葉によって表現することで、村上春樹は日々物語を紡いで来た。そのようにして自らが物語世界を生きることで、多くの読者に物語を提供でき、見も知らぬ数多くの読者一人一人とつながる方途が見出せるということを、村上は知っているのだろう。

意識の表面だけで生きようとしがちな多くの現代人にとって、無意識とは、無いに等しいものであるようだ。しかし、人間の意識は、まさしく無意識のうちに、無意識の深淵に根を下ろすことによってこそ意識としての働きを確保しているのではないだろうか。意識の裏付けとしての無意識が人間としての全体性を保障しているのではないかと考えると、必ずしも合理的思考にそぐわない村上春樹の物語世界がこれほど世界中の人々に受け入れられている理由も分かるのである。

注

＊1　講談社　一九九〇年

◆参考文献

第1章

浅利文子『村上春樹 物語の力』翰林書房 二〇一三

岩波明『精神科医が読み解く名作の中の病』新潮社 二〇一三

岩宮恵子『増補思春期をめぐる冒険』創元こころ文庫 二〇一六

加藤典洋『村上春樹論集②』若草書房 二〇〇六

加藤典洋『村上春樹の短編を英語で読む 1979 ~ 2011』講談社 二〇一一

加藤典洋『村上春樹は、むずかしい』岩波新書 二〇一五

小西慶太『「村上春樹」を聴く。ムラカミワールドの旋律』阪急コミュニケーションズ 二〇〇七

酒井英行『村上春樹 分身との戯れ』翰林書房 二〇〇一

多田富雄『能の見える風景』藤原書店 二〇〇七

中島敦『中島敦全集』第一巻 筑摩書房 一九七六

村上春樹『螢・納屋を焼く・その他の短編』新潮社 一九八四

村上春樹『レキシントンの幽霊』文藝春秋 一九九六

村上春樹『めくらやなぎと眠る女 TWENTY-FOUR STORIES』新潮社 二〇〇九

村上春樹『夢を見るために毎朝僕は目覚めるのです 村上春樹インタビュー集1997-2009』文藝春秋 二〇一〇

安藤宏「『レーダーホーゼン』『関係』からの遁走」『國文學』2月号 學燈社 一九九八

今井清人「村上春樹の音楽Ⅵ『スプートニクの恋人』について」『専修総合科学研究25』二〇一七

大木志門「教材研究としての村上春樹「バースデイ・ガール再論――「プールサイド」と「三十五歳問題」を手がかりに」『山梨大学教育学部紀要』第25巻 二〇一六

加藤典洋「現代小説論講義第一回・第二回 村上春樹『スプートニクの恋人』」『一冊の本』6巻7号・8号 朝日新聞社 一九九六

加藤典洋 多田道太郎 鷲田清一「立ち話風哲学問答⑪『スプートニクの恋人』」『広告批評』№9 マドラ出版 一九九九

九
駒ヶ嶺泰暁「『レーダーホーゼン』論――『レーダーホーゼン』が『半ズボン』になったことが『僕』によって語られる物語」『村上春樹と一九八〇年代』おうふう 二〇〇八
BILLY JOEL ビリー・ジョエル 山本安見訳詞「ナイロン・カーテン」"THE NYLON CURTAIN" CBS/SONY RECORDS CDライナー・ノーツ 一九八八
杉山裕紀「村上春樹『スプートニクの恋人』論――こちら／あちらの問題を軸として」『歴史文化社会論講座紀要』二〇一七
高橋世織「『回転木馬のデッド・ヒート』――距離の主題とその変奏（ディスタンス・ヴァリエーション）」『國文學』（特集・村上春樹――予知する文学）3月号 學燈社 一九九五
日高佳紀「エキゾチズムの在処――村上春樹『スプートニクの恋人』のミュウ――」奈良教育大学国文『研究と教育』36巻 二〇一三
松本常彦「孤独――村上春樹『スプートニクの恋人』」『國文學』2月臨時増刊号 學燈社 二〇〇一
丸川哲史「『回転木馬のデッド・ヒート』時代の分析医」『ユリイカ』3月臨時増刊号 青土社 二〇〇四
丸谷才一 第22回群像新人賞選評『群像』6月号 一九七九
村上春樹『CD－ROM版村上朝日堂夢のサーフシティー』朝日新聞社 一九九八
村上春樹「猫を棄てる――父親について語るときに僕の語ること」『文藝春秋』6月号 二〇一九
村上春樹「BMWの窓ガラスの形をした純粋な意味での消耗についての考察」『IN・POCKET』8月号 一九八四
芳川泰久「『スプートニクの恋人』――「帰還」と「洗礼」――物語のジャンク化に抗して」『ユリイカ』3月号 二〇〇〇

第2章

浅利文子『村上春樹 物語の力』翰林書房 二〇一三
岩宮恵子『増補 思春期をめぐる冒険 心理療法と村上春樹の世界』創元こころ文庫 二〇一六

大橋博司 鈴木二郎 中里均 西願寺弘通 大東祥孝 郭麗月 石川中 高橋良 五味渕隆志 成田善弘 森谷寛之 『岩波講座精神の科学4 精神と身体』岩波書店 一九八三

第3章

ハンナ・アーレント 大久保和郎 訳 『新装版イェルサレムのアイヒマン――悪の陳腐さについての報告』みすず書房 一九九四
William Butler Yeats 'RESPONSIBILITIES AND OTER POEMS'THE MACMILAN COMPANY 一九一六
イエーツ 松村みね子訳 『鷹の井戸』角川文庫 一九五三
伊藤正義校注 『新潮日本古典集成 謡曲集 上』新潮社 一九八三
今井清人編 『村上春樹スタディーズ2008-2010』若草書房 二〇一一
内田樹 『もういちど村上春樹』アルテスパブリッシング 二〇一〇
内田樹 『邪悪なものの鎮め方』バジリコ 二〇一〇
梅原猛 『能を観る』朝日新聞出版 二〇一一
梅原猛 観世清和監修 『能を読む②世阿弥 神と修羅と恋』角川学芸出版 二〇一三
尾高修也 『近代文学以後』作品社 二〇一一
金谷治 『論語』岩波クラシックス13 一九八二
小森陽一 『村上春樹論』平凡社新書 二〇〇六
柴田勝二 『村上春樹と夏目漱石』祥伝社新書 二〇一一
柴田元幸 『20世紀アメリカ小説と映画』現代文芸論研究室論集『れにくさ』第二号 二〇一〇
白洲正子 吉越立雄 『お能の見方』新潮社 一九九三
白洲正子 『能の物語』講談社文芸文庫 一九九五
鈴木弘訳 『W・B・イエイツ全詩集』北星堂書店 一九八二
成恵卿 『西洋の夢幻能――イェイツとパウンド』河出書房新社 一九九九
田代慶一郎 『夢幻能』朝日選書 一九九四

夏目漱石『漱石全集』第六巻 岩波書店 一九五六
福田和也『村上春樹12の長編小説』廣済堂出版 二〇一二
村上春樹『若い読者のための短編小説』文藝春秋 一九九七
村上春樹 柴田元幸 畑中佳樹 斎藤英治 川本三郎『and Other Stories ――とっておきのアメリカ小説12篇』文藝春秋 一九八八
村上龍 村上春樹『ウォーク・ドント・ラン』講談社 一九八一
安田登『異界を旅する能 ワキという存在』ちくま文庫 二〇一一
Q・レイノルズ 伊達暁 訳『捕えた――虐殺者アイヒマンの人生と墓場』新潮社 一九六一
高田和文『能をめぐる文化交流――東と西、古典と前衛』シンポジウム「見えるものと見えないもの――能をめぐって」報告10月19日（金）主催静岡文化芸術大学 二〇一二
福田和也「正しいという事、あるいは神の子どもたちは「新しい結末」を喜ぶことができるか？――村上春樹『神の子どもたちはみな踊る――』論」『文学界』7月号 二〇〇〇

第4章

浅利文子『村上春樹 物語の力』翰林書房 二〇一三
内田樹『もういちど村上春樹にご用心』アルテスパブリッシング 二〇一〇
宇野常寛『リトル・ピープルの時代』幻冬舎 二〇一一
ジョージ・オーウェル『１９８４年』ハヤカワ文庫 一九七二
『大澤真幸 THINKING「O」 4号』「特集 もうひとつの1Q84」二〇一〇
ティム・オブライエン 村上春樹訳『世界のすべての七月』文藝春秋 二〇〇四
加藤典洋『村上春樹は、むずかしい』岩波新書 二〇一五
空気さなぎ調査研究会『「１Ｑ８４」の世界を深読みする本』ぶんか社 二〇〇九
小山鉄郎『村上春樹を読みつくす』講談社現代新書 二〇一〇
ジュリアン・ジェインズ 柴田裕之訳『神々の沈黙――意識の誕生と文明の興亡』紀伊國屋書店 二〇〇五

鈴村和成　『村上春樹・戦記／「1Q84」のジェネシス』彩流社　二〇〇九
瀬田貞二　『幼い子の文学』中公新書　一九八〇
曾秋桂編　『第5回村上春樹国際シンポジウム予稿集』淡江大学村上春樹研究センター　二〇一六
新島純良　『阿Qユートピア――あるコミューンの暦』昭文社　一九七八
兵藤裕己　『琵琶法師――〈異界〉を語る人びと』岩波新書　二〇〇九
平居謙　『村上春樹の「1Q84 BOOK3」大研究』データハウス　二〇一〇
村上春樹　『アンダーグラウンド』講談社　一九九七
村上春樹　『約束された場所で――underground2』文藝春秋　一九九八
村上春樹　『村上さんのところ』新潮社　二〇一五
河出書房編集部編　『村上春樹「1Q84」をどう読むか』河出書房新社　二〇〇九
村上春樹研究会　『村上春樹の「1Q84」を読み解く』データハウス　二〇〇九
ジェイ・ルービン編　『1Q84スタディーズ BOOK1』若草書房　二〇〇九
小森陽一編　『1Q84スタディーズ BOOK2』若草書房　二〇一〇
『「1Q84」村上春樹の世界』洋泉社ムック　二〇〇九
鼎談　内田樹　都甲幸治　沼野充義　「村上春樹の〝決断〟」『文学界』7月号　二〇一〇
対談　小森陽一　ジェイ・ルービン　「『1Q84』と漱石をつなぐもの」『群像』7月号　二〇一〇
鈴村和成　「村上春樹の『1Q84』を行く」『文学界』2月号　二〇一〇
鈴村和成　「誰もが〈死後の生〉を生きている」『文学界』6月号　二〇一〇
鈴村和成　「『1Q84』のアメリカを行く」『文学界』9月号　二〇一〇
福嶋亮太　「『半歩のずれ』が呼び起こす神話的構造」『すばる』7月号　二〇一〇
福田和也　「暴力論の消息」『新潮』6月号　二〇一〇
中島一夫　「空虚と反復」『文学界』8月号　二〇〇六
村上春樹　「村上春樹ロングインタビュー」『考える人』夏号　新潮社　二〇一〇

第5章

浅利文子『村上春樹 物語の力』翰林書房 二〇一三

内田樹『もういちど村上春樹』アルテスパブリッシング 二〇一〇

川上未映子 村上春樹『みみずくは黄昏に飛びたつ——川上未映子訊く村上春樹語る』新潮社 二〇一七

サムエル・ヴィレンベルク 近藤康子訳『トレブリンカ叛乱——死の収容所で起こったこと 1942-43』みすず書房 二〇一五

スコット・フィッツジェラルド 村上春樹訳『グレート・ギャッビー』村上春樹翻訳ライブラリー 中央公論新社 二〇〇六

中島岳志 島薗進『愛国と信仰の構造——全体主義はよみがえるのか』集英社新書 二〇一六

橋本明子 山岡由美訳『日本の長い戦後——敗戦の記憶・トラウマはどう語り継がれているか』みすず書房 二〇一七

イアン・ブルマ 石井信平訳『イアン・ブルマの日本探訪』ティビーエス・ブリタニカ 一九九八

増田正造『世阿弥の世界』集英社新書 二〇一五

町田宗鳳『死者は生きている——「見えざるもの」と私たちの幸福』筑摩書房 二〇一六

町田宗鳳『ＮＨＫこころをよむ 無意識との対話——身心を見つめなおす』ＮＨＫ出版 二〇一七

村上春樹『職業としての小説家』スイッチ・パブリッシング 二〇一五

森正人『2015年度第4回村上春樹国際シンポジウム国際会議予稿集』淡江大学村上春樹研究センター 二〇一五

安田登『ワキから見る能世界』生活人新書ＮＨＫ出版 二〇〇六

安田登『異界を旅する能——ワキという存在』ちくま文庫 二〇一一

安田登『能——650年続いた仕掛けとは』新潮選書 二〇一七

柴田勝二「受動的な冒険——『羊をめぐる冒険』と〈漱石〉の影」『東京外国語大学論集』第74号 二〇〇七

福田和也「正しいという事、あるいは神の子どもたちは『新しい結末』を喜ぶことができるか?——村上春樹『神の子どもたちはみな踊る』論」『文学界』7月号 二〇〇〇

村上春樹 Haruki Murakami's Jerusalem Prize acceptance speech "Always on the side of the egg" Mainichi Japan

March 3,2009) 二〇〇九
村上春樹 "The Meaning of Shadows" Haruki Murakami Acceptance Speech of Andersen Literature Award2016 (https://www.buzzfeed.com/ sakimizoroki/murakami-andersen?utm_term=.nyRKVNXbX#.ejvyN RWIW) 二〇一六
村上春樹　村上RADIO ~ RUN & SONGS ~ TOKYOFM 8月5日 19:00 ~ 二〇一八

第6章

川上未映子　村上春樹『みみずくは黄昏に飛びたつ――川上未映子訊く村上春樹語る』新潮社 二〇一七
佐藤信夫『レトリック感覚――ことばは新しい視点をひらく』講談社 一九七八
佐藤信夫『レトリック認識――ことばは新しい世界をつくる』講談社 一九八一
ジュリアン・ジェインズ　柴田裕之訳『神々の沈黙――意識の誕生と文明の興亡』紀伊國屋書店 二〇〇五

初出一覧

第1章

1「村上春樹『ノルウェイの森』につながる『回転木馬のデッド・ヒート』」（『異文化』20 法政大学国際文化学部 二〇一九年）

2「村上春樹作品における回転運動という表象」（『異文化』21 法政大学国際文化学部 二〇二〇年）

第2章

1「『スプートニクの恋人』における「あちら側」への移動」（『村上春樹研究叢書』第7輯 淡江大學出版中心 二〇二〇年）

第3章

1「『海辺のカフカ』の日本文学」『国際文化研究への道 共生と連帯を求めて』（彩流社 二〇一三年 第七章）

2「『海辺のカフカ』責任と救済――複式夢幻能の影響」（『異文化』17 法政大学国際文化学部 二〇一六年）

第4章

1「『１Ｑ８４』物語の秩序――世界の均衡を保つための物語――」（『村上春樹研究叢書』第4輯 淡江大學出版中心 二〇一七年）

2「『１Ｑ８４』――青豆の身体――」（『異文化』12 法政大学国際文化学部 二〇一一年）

3「『１Ｑ８４』ふかえりの耳」（『異文化』18 法政大学国際文化学部 二〇一七年）

第5章

1「『騎士団長殺し』――物語世界の新たな魅惑――」（『村上春樹研究叢書』第5輯 淡江大學出版中心 二〇一八年）

2「『騎士団長殺し』――イデアとメタファーをめぐって――」（『異文化』19 論文編 法政大学国際文化学部 二〇一八年）

第6章

1「『騎士団長殺し』――「山上の家」における魂と魂の共鳴――」（『村上春樹研究叢書』第6輯 淡江大學出版中心 二〇一九年）

2 書き下ろし

あとがき

本書は、二〇一一年から二〇二〇年にかけて、『異文化』（法政大学国際文化学部）、『村上春樹研究叢書』（淡江大學出版中心）等に掲載して頂いた論文をまとめたものです。こうして一書としてまとめる機会の得られたことを感謝し、法政大学国際文化学部名誉教授・川村湊先生ならびに法政大学国際文化学部・国際文化研究科の諸先生方、そして淡江大學村上春樹研究中心の諸先生方・関係各位に心からお礼を申し上げます。

前著『村上春樹　物語の力』（翰林書房）では、主に『羊をめぐる冒険』から『ねじまき鳥クロニクル』に至るまでの長編作品の系譜をたどりながら、村上春樹の物語の特性について考察することに主眼を置きました。本著『村上春樹　物語を生きる』でも、長編作品の骨格たる物語に焦点を合わせていますが、自己喪失に悩む現代人の姿を描いた『回転木馬のデッド・ヒート』、『ノルウェイの森』、『スプートニクの恋人』などを取り上げたⅠと、主人公が他者や過去の記憶とのつながりを得て自己回復を遂げようとする『海辺のカフカ』、『１Ｑ８４』、『騎士団長殺し』を取り上げたⅡという二部構成としたことから、村上文学が長い時間をかけて熟成を遂げてきた道のりを眺望する一視点を得ることができたと思われます。

村上の物語は、自己喪失に瀕した現代人が自らの奥深い内界に分け入り、世界とのつながりを回復してゆくというストーリーとして表現されてきました。恐らく世界中の読者は、村上の物語に自身の孤独を読み取り、現実から隔離されつつある自己を見出し、他者や社会とのつながりを見出そうとする村上の物語世界に共感を覚え、作者とともに物語世界を体験しているのでしょう。この物語構造は、何度も繰り返され、繰り返される度に深化されてきました。そうして、村上春樹の文壇登場以来四十余年という時間の中で、当初は理解され難かった様々なものごとが他作品との関連から解きほぐされつつあるのは、大変興味深いことです。

　村上文学全体を指すのに「村上ワールド」という言葉がよく使われます。「村上ワールド」を構成する作品は、短編・中編・長編を問わず、みな互いに関連し合っています。新作も何らかの形で従来の作品とつながっています。作品同士がつながりながら「村上ワールド」を少しずつ拡大・深化して行くのです。異界往還の物語が繰り返し描かれることをマンネリズムと批判する向きもありますが、この繰り返しの中には、たしかに物語世界の深化を認めることができます。それが最も明らかになったのが、『騎士団長殺し』とそれに次ぐ『猫を棄てる　父親について語るとき』の刊行でした。詳細については第5章から第6章で述べましたが、この両書によって、村上春樹の物語の起源は作者自身によって明らかにされたと考えられます。これは、論者にとっては予想外の嬉しい展開でした。

　村上文学は、物語を提示することによって、個を徹底するところに普遍に通じる道が開けるという道筋を示しています。ここに、村上文学が日本近現代文学において、また、世界文学としても注目されるべき所以があると言えるでしょう。

　末筆になりましたが、ここまで本書をお読みいただきました方々には、是非とも御批正を賜りたくお願い申し上げます。

また、コロナ禍の続く中、本書の出版にご理解・ご尽力を賜りました翰林書房編集長・今井静江様に厚くお礼を申し上げます。

最後に、今年九十七歳を迎える父・慧、九十四歳を迎える母・裕子に心から感謝を捧げ、本書を締めくくりたいと存じます。

二〇二一年　如月

浅利文子

は

ま

た

な

索　引

【著者略歴】
浅利　文子（あさり　ふみこ）
2011年法政大学大学院国際文化研究科博士後期課程修了
博士（国際文化）
法政大学大学院国際文化研究科兼任講師
著書『村上春樹　物語の力』（2013年　翰林書房）

村上春樹　物語を生きる

発行日	2021年5月25日　初版第一刷
著　者	浅利文子
発行人	今井　肇
発行所	翰林書房
	〒151-0071 東京都渋谷区本町1-4-16
	電 話　(03)6276-0633
	FAX　(03)6276-0634
	http://www.kanrin.co.jp/
	Eメール●Kanrin@nifty.com
装　釘	須藤康子＋島津デザイン事務所
印刷・製本	メデューム

落丁・乱丁本はお取替えいたします

ISBN978-4-87737-458-7